KB180488

중국에서의 <춘향전> 번역 수용 연구

(1939–2010년)

이 저서는 2007년도 한국국제교류재단 체한연구펠로십 지원으로 수행된 연구임.

중국에서의 <춘향전> 번역 수용 연구 (1939-2010년)

김 장 선

역락

이 책을 아내 李貞子 여사의 영전에 바친다.

머리말

몇 년 전만 해도 내가 이 책을 펴내리라고는 전혀 생각지 못했다. 2007년부터 <20세기 중한 문학교류사>를 연구하면서 <춘향전>과 관련된 자료들이 심심찮게 눈에 띄었다. 의도치 않고 그냥 습관적으로 그 문헌자료들을 하나 둘 모으다보니 어느 무렵 중국에서 <춘향전>이 여러 양식으로 번역 수용되었음을 발견하게 되었다.

1939년 "만주국"에서 장혁주의 희곡 <춘향전>이 중국어로 번역 소개되면서부터 2010년대까지 중국에서의 <춘향전> 번역 수용은 반세기를 훌쩍 넘어 70여 년이라는 기나긴 세월의 발자취를 남겼다. 건국 17년의 세례, 문화대혁명, 개혁개방, 시장경제체제 등 파란만장의 사회 역사 상황 속에서도 들풀 같이 끈질긴 생명력으로 전무후무한 양상과 존재의 의미를 과시하였다. 현재로서는 명실상부한 한류의 원조로, 한국 문학의 문화콘텐츠 개발과 세계화 전범(典范)으로 그리고 중국 희곡의 경전(經典)으로 자리매김하였다.

이런 <춘향전>의 전설적인 양상을 밝히는 작업은 사실 그렇게 신나는 것만은 아니었다. 무엇보다 여러 여건의 한계로 문헌자료 수집이 상당이 힘들었다. 국가도서관을 비롯한 여러 도서관과 자료실에 소장 비치된 문헌자료나 정보기록은 너무나 적었다. 모래밭에서 바늘 찾기로 여러 루트를 통해 민간에서 하나 둘 찾아 모을 수밖에 없었다. 어떤 자료는 5~6년간의 추적을 통해서야 겨우 만날 수 있었다.

이 책을 펴내면서 고민한 바 있다. 아직 깊이 있는 학술적 연구가 진행되지 못한 상황에서 그리고 관련 문헌자료들을 모두 확보하지 못한 상황에서 이 저서를 펴낸다는 것이 너무 섣부르지 않나 싶었다. 하지만 대변혁 속의 중국이라는 이 크나큰 대륙에서 특히 망망대해와 같은 민간에서 반세기를 넘은 <춘향전>과 관련된 소중한 문헌자료들이 날마다 소실되어가는 안타까운 현실을 간과할 수 없었다. 나 혼자 힘으로서는 이런 현실 극복이 거의 불가능하여 고민 끝에 포천인옥(抛磚引玉, 성숙되지 않은 의견으로 다른 사람의 고견을 끌어낸다는 중국 사자성어)으로 이 책을 펴내어 보다 많은 연구자와 후학들의 관심을 끌고자 한다. 여러 사람들의 공동 연구로 중국에서의 <춘향전> 번역 수용 양상이 보다 아름답고 완벽하게 그려지기를 기대한다.

이 자리를 빌려 건강하게 그리고 바르게 자라준 아들 김천(金川)에게 감사한 마음 전한다.

마지막으로 도서 출판 상황의 불황도 무릅쓰고 이 책을 선뜻 출판해주신 도서출판 역락의 이대현 사장님께 진심으로 감사를 드린다. 아울러 이 책을 예쁘게 편집해주신 박선주 대리님의 노고에 감사를 드린다.

2014년 3월

김장선

春香傳
韓国文化
演員表
AC-789
潮劇
ART-TUNE COMPANY HONG KONG

제**1**장

〈춘향전〉의 중국 번역 수용 70년

春香傳

<춘향전>은 한반도 고전문학의 대표작으로 세계 속에 널리 알려진 작품임은 세인이 다 아는 사실이지만 그 각양각색의 전파 수용 양상에 대해서는 다각적으로 폭넓게 알지 못하고 있다.

<춘향전>은 1939년 중국에 번역 이입되기 시작하여 2010년대에 이르기까지 70여 년 간 파란만장의 사회 정치 역사 문화 세례에도 매몰되지 않고 들풀 같은 생명력을 과시하였다. 비록 간헐적이기는 하지만 끊임없이 희곡, 창극, 소설, 그림책 등 여러 가지 장르로 번역 개편 또는 개작되어 전국적으로 폭넓게 수용 전파되면서 한반도 고전문학의 대표작으로 알려졌을 뿐만 아니라 중국번역문학사의 대표적 작품의 하나로 되었다. 창극 <춘향전>은 완전 현지화 되어 중국 전통극의 경전으로 자리 매김하였다.

이와 같은 경이로운 양상과 달리 중국에서의 <춘향전> 번역 수용 양상에 대한 중한 양국의 연구는 겨우 논문 몇 편 정도에 지나지 않는 정도로 부진한 상황이다.

한국학계 연구는 대체로 양회석의 <월극 '춘향전'初探>(<고전희곡연구> 제6집, 2003년 2월), 양회석의 <중국 연극속의 '춘향전'>(<중국희곡>, 2004년 9월호), 양회석의 <춘향예술의 양식적 분화와 세계성>(박이정, 2004년), 윤진현 이사유의 <월극 '춘향전' 연구>(<민족문학사연구>, 제41집, 민족문학연구소 2009년), 학청산의 <중국에서의 '춘향전'수용에 대한 연구>(건국대학교 대학원 국어국문학과 석사학위논문, 2011년 11월) 등 몇 편으로 찾아볼 수 있다. 이런 연구성과는 대체로 <춘향전>이 월극으로 개편된 과정과 개편 내용 분석에 치중하고 있다. 그 중 학청산의 <중국에서의 '춘향전' 수용에 대한 연구>가 가장 성취 있는 논문이라고 할 수 있다. 이 논문은 현재까지의 한국학계와 중국학계의 <춘향전>에 대한 연구 성과를 체계적으로 정리 검토한 후 "작품론적 접근과 비교문학적 시점 그리고 인류문화학적 해독 등 연구 경향별로 중국에서의 <춘향전> 연구 양상을 개괄적으로 고찰하고자"[1] 대체로 소설 <춘향전>의 세 가지 부동한 중국어 번역본 冰蔚, 張友鸞 역 <春香傳>(作家出版社, 1956年 7月), 柳應九(한국) 역 <春香傳>(新世界出版社, 2006年 月), 薛舟 徐麗紅 역 <春香傳>(人民文學出版社, 2010年 月)과 金仁淑 著 <春香>(中國婦女出版社, 2009年 月)을 비교 분석하면서 각 시대의 <춘향전> 번역본에 드러난 상이점을 살펴보고 월극 <춘향전>을 창극 <춘향전>과의 비교 속에서 그 변용에 대해 살펴본 후 나중에 중국에서 <춘향전> 수용의 발전 방향에 대해 살펴보았다. 이 논문은 중국에서의 <춘향전> 수용 양상에 비교적 체계적으로 살펴보았지만 기존 연구 성과와 몇 몇 번역본에 대한 분석 귀납과 총화에 지나지 않는다고 하겠다. 부동한 번역 개편 텍스트 원본에 대한 실질적 고찰과 번역 자세에 대한 분석에 주목하지 못하였다.

중국학계 연구는 이인경(李仁景)의 <월극 '춘향전'과 창극 '춘향전'의 비교 연구>(상해희곡학원 희극희곡학학과 석사학위논문, 2010년 3월) 한 편뿐이라고 할 수 있다. 이 논문은 월극 <춘향전>의 개편 공연 과정을 구체적으로, 체계적으로 서술함과 아울러 월극 <춘향전>과 창극 <춘향전>을 비교 분석하면서 월극 <춘향전>의 수용 변용 특징을 살펴보았다. 월극 <춘향전>연구에서 가장 성취 있는 논문이다. 하지만 이 논문은 월극 <춘향전> 연구에만 치중하고 소설, 그림책 등 기타 장르의 번역 개편에 대해서도 전혀 논의하지 못하고 있다.

이 책은 상기 기존 연구 성과들을 섭렵하면서 대체로 서지학적 연구방법으로 1939년대부터 2010년까지 중국에서 희곡, 창극, 소설, 그림책, 유성

1 학청산, 「중국에서의 '춘향전'수용에 대한 연구」, 건국대학교 대학원 국어국문학과 석사학위논문, 2011년 11월, 14쪽.

기음반 등 여러 가지 장르로 번역 개편되어 공식 혹은 비공식으로 공연되거나 출판된 양상, 문화콘텐츠로 배포되거나 발매된 양상 그리고 관련 연구 저서와 논문 등을 분석 정리하면서 중국에서의 <춘향전> 번역 전파 양상을 전반적으로 체계적으로 살펴보았다. 특히 다년간 수집해 온 다량의 1차 자료들을 통해 보다 실증적으로 연구하고자 하였다.

이 책을 통해 <춘향전>의 세계화 과정을 어느 정도 신빙성 있게 조망해볼 수 있을 것이다.

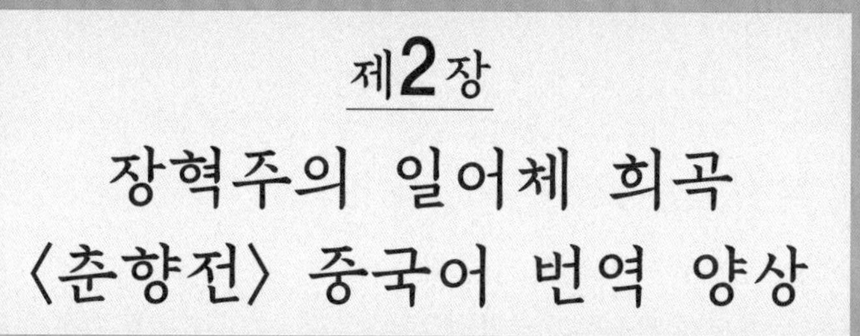

제2장

장혁주의 일어체 희곡 〈춘향전〉 중국어 번역 양상

1939년 6월, "만주국"의 중국인 작가 외문(外文)이 신경(新京, 지금의 장춘시)에서 장혁주 일어체 희곡 <춘향전>을 중국어로 번역하여 <예문지(藝文志)>[1] 창간호에 게재한다. 원문 텍스트가 일본어이기는 하지만 이는 중국에서 최초로 되는 <춘향전> 번역 이입으로서 첫 중국어 번역문이라는 자못 중요한 의미를 갖는다. 현재까지 70여 년간 중국에서의 <춘향전> 번역 수용 역사는 바로 이 번역문으로부터 시작되었다고 할 수 있다.

1 『藝文志』, 月刊滿洲社, 滿洲文藝家協會 編輯, 1939년 창간.

01 장혁주의 일어체 희곡 〈춘향전〉

장혁주(張赫宙, 1905-1998)는 당대 조선과 일본의 경계에서 식민지 조선을 "대표하는" 일본어작가 및 옳지 못한 과거 행적 등으로 "친일작가"로 비판받는 문제적인 작가로 지금까지 논란이 지속되고 있지만 일본문단에서 일본어로 당대 조선문학의 작가와 작품을 널리 소개한 작가임은 틀림없다.

장혁주의 희곡 <춘향전>은 1938년에 일본어로 창작 발표됨과 더불어 같은 해 3월 23일 일본 도쿄 築地소극장에서의 첫 공연을 이어 일본과 조선에서 순회 공연되면서 흥행을 이룬 당대 성공적인 희곡작품이다.

주지하다시피 장혁주의 희곡 <춘향전>은 무라야마 도모요시(村山知義)의 요청에 의해 창작된 작품[1]으로 그 창작배경과 의도가 독특하다. 무라야마 도모요시는 당시 프롤레타리아연극의 소멸과 역사극의 부흥이라는 연극적 상황 속에서 식민지 조선의 전통과 피식민지 일본의 전통 가부키(歌舞伎) 및 근대 신극의 감각을 서로 융합하여 근대극의 새로운 양식을 실험하고 그 방향성을 탐색하고자 장혁주에게 조선 고전의 희곡화를 권유하고 이에 응하여 장혁주는 <춘향전>을 선택하여 희곡으로 창작하게 된 것이다. 희곡 <춘향전>은 무라야마 도모요시와 극단 신협(新協)에 의해 일본과 조선

1 張赫宙, 「春香傳」, 『新潮』(5-3), 1938년 3월. 단행본 『春香傳』(新選純文學叢書 第9卷)이 新潮社에 의해 1938년 4월 출간.

에서 공연되어 완전한 희곡작품으로 완성된다. 연극 <춘향전>은 프롤레타리아사상과 문화예술이 소멸되어가는 억압적인 사회문화체제 속에서 한일 양국 근대극의 새로운 미래 가능성을 탐색하는 출발점이 되었다고 하겠다.[2]

장혁주가 무라야마 도모요시의 권유를 받고 <춘향전>을 선택하게 된 것은 "대중적 흥미를 본위로 해서 구성한 것으로 내용이 극히 단순하고 담박한 데 비해서 옛 사람의 풍속을 잘 표현된 까닭에 몇 번 읽어도 도무지 싫지 않은 소설"[3]이기 때문이며 이를 희곡을 창작할 때는 "자연발생적인 민족문학으로서의 특성, 조선의 민정풍속을 가장 리얼하게 표현하고자" 함과 아울러 "일본 내지인 독자들에게 이해가도록 다수의 원본에서 통일적인 내용을 추출하여 극적 요소를 가진 딴 내용을 창작해서 줄거리의 단조로움을 보정하고 현대극 형식으로 가다듬"었다고 한다.[4] 그는 희곡 <춘향전>은 "줄거리와 인물과 시대만을 빌어다가 내 마음대로 표현을 얻어서 발표한 것"[5]이라고 밝혔는데 이는 희곡 <춘향전>은 고전소설의 기본 줄거리인 이몽룡과 춘향 간의 사랑이야기만을 빌렸을 뿐이라는 것을 알 수 있다.

작품적으로, 장혁주의 일어체 희곡 <춘향전>의 텍스트 구조는 6막 15장으로 구성되었는데 이는 또 이몽룡과 춘향 간의 "만남과 이별 그리고 재회"구조, "사또의 악정과 춘향의 시련 그리고 몽룡의 사또 징벌"이라는 두 개의 구조를 동시에 내재하고 있다. 구체적 내용은 <열녀춘향수절가>를 이어받고 대사는 일본어 번역이 가능한 것은 원문의 재치와 익살을 담

2 민병욱, 「장혁주의 일어체 희곡 '춘향전' 연구」, 『한국문학논총』 제48집, 2008. 4, 344~345쪽 참조.
3 장혁주, 「나의 작품 잡감」, 『삼천리』, 1938. 5, 603쪽.
4 장혁주, 「후기」-「춘향전」, 『新潮』 5-3, 1938. 3.
5 장혁주, 「나의 작품 잡감」, 『삼천리』, 1938. 5, 603쪽.

고 있지만 일본어 번역이 불가능한 것은 삭제하였다. 인물 형상은 제3막 제2장에는 죄인들이 죄를 돈 받고 감해 준다거나 무고한 죄인을 잡아들이는 등 신관 사또의 인물 형상이 보다 구체적으로 그려지고 제5막 제1장에는 역졸들에게 임무를 부여하며 주의사항을 엄수하도록 지시하는 몽룡의 형상이 보다 구체적으로 그려져 <열녀춘향수절가>보다 내용이 더 첨가되었다. 또한 텍스트 구조의 전반부는 전형적인 애정플롯으로 짜여있지만 후반부는 사또의 악정과 춘향의 시련이 지배적인 영역을 차지하고 있으며, 춘향의 시련도 사또의 악정 가운데 하나로서 다루고 있어 애정플롯 보다는 격정극적 구조화에 초점을 두고 있다. 따라서 "텍스트는 사또와 춘향의 관계를 대립시키고 이를 통하여 권세 혹은 관직 때문에 악정이 이루어지는 조선의 현실을 "조선의 민정풍속"으로 표현하면서 그 도덕적 비판을 가하고 있다"[6]고 할 수 있다.

장혁주의 일어체 희곡 <춘향전>은 당대 일본에서 "아주 환영을 받게 되"었고 "단행본도 많이 나갔"다고 한다. 반면 한국에서는 그다지 인정받지 못하였다고 한다.

---

6 민병욱, 「장혁주의 일어체 희곡 '춘향전' 연구」, 『한국문학논총』 제48집, 2008. 4, 361~362쪽 참조 인용.

02 외문의 중국어 번역문 〈춘향전〉

앞에서 서술하다시피 장혁주의 일어체 희곡 <춘향전>은 원문이 발표 공연되어 1년 남짓한 1939년 6월 "만주국" 중국인 작가 외문(外文)에 의해 신경에서 중국어로 번역되어 <예문지> 창간호에 게재된다.

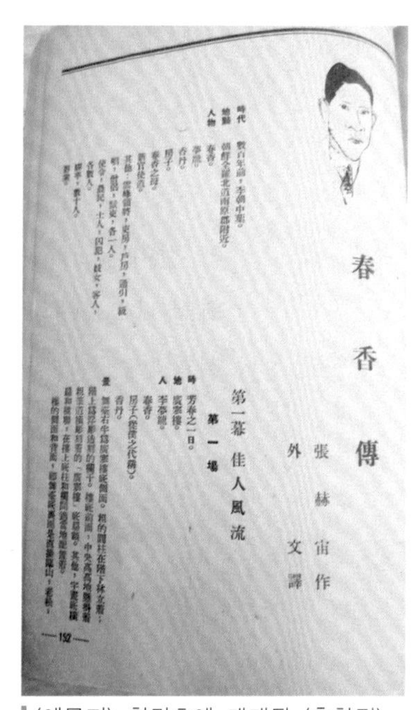
春香傳

張赫宙作

外文譯

第一幕 佳人風流

第一場

時 芳春之一日。

地 廣寒樓。

香丹。

—152—

〈예문지〉 창간호에 게재된 〈춘향전〉

역자 외문(원명 單庚生, 1910년-?)은 당시 "만주국" 중국인 문단의 양대 유파의 하나인 예문지파(藝文志派) 동인으로 장편서사시 <주검(鑄劍)>, 시집 <장음집(長吟集)> 등 많은 시문학 작품들을 창작 발표하였을 뿐만 아니라 滿洲文話會 본부 위원 등 사회문학 활동에 적극 참여한 중국인 문단의 주요 시인이다. 외문은 장편서사시 창작으로 유명하였는데 그 시작품은 내용이 풍부하고 잡다하지만 향토적 색채가 짙은 "향토시"가 가장 대표적이라고 할 수 있다. 그의 "향토시"는 전통형식과 민간형식이 융합된 창작방식으로 사회 하층인의 생활사와 인생사를 그려 평민화 경향이 짙다고 할 수 있다.

예문지파는 "예술을 위한 예술"이라는 문학관으로 "방향 없는 방향"의 "사인주의(寫印主義)"을 주장하면서 왕성한 문학 활동을 전개하였는데 당시

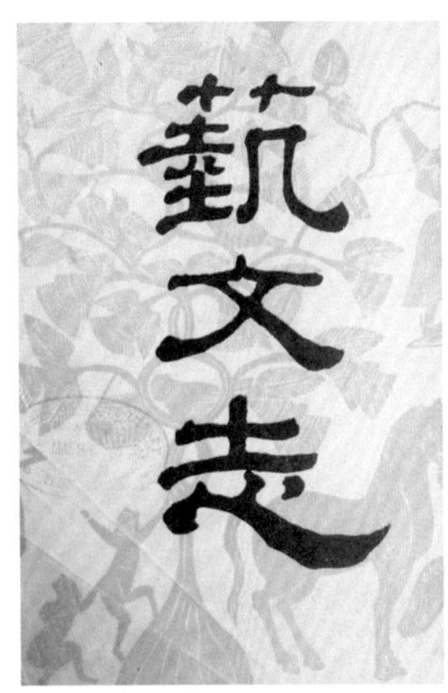

〈예문지〉 창간호 표지

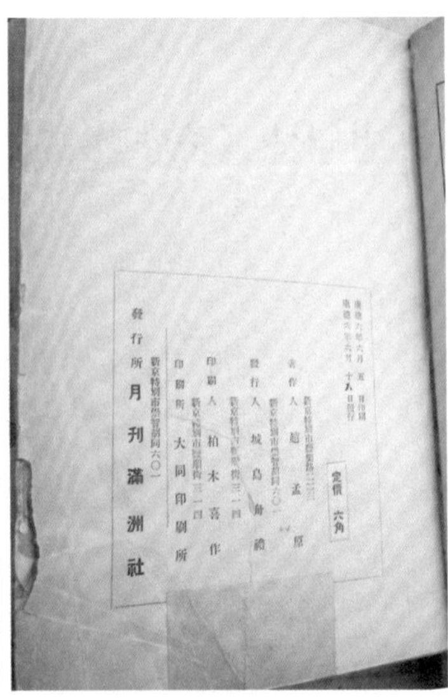
定價 六角
著作人 趙孟原
發行人 城島舟禮
印刷人 柏木喜作
印刷所 大同印刷所
發行所 月刊滿洲社

〈예문지〉 창간호 저작권

창작내용이 제일 풍부하고 출판된 문학도서가 제일 많고 사회문학 활동이 제일 활발하여 그 영향력이 지대하였던 문학유파이다. 특징적인 것은 이런 활발한 문학 활동은 대체로 일본인 문화인들의 협조 하에 이루어지면서 일본인 문화인과 복잡한 관계가 얽히게 되었다는 것이다. 1939년 6월 예문지파의 문학동인지 <예문지> 역시 일본인 문화인 城島舟禮의 경제적 협조 하에 창간되었다. 당시 외문은 <예문지> 편심과(編審科) 과장을 맡았고 일본어에 능통하여 당시 일본인 문인들과의 거래가 적지 않았다.

하다면 장편서사시 시인으로, 향토시 시인으로 특징지어지는 외문이 당시 어떻게 장혁주의 일어체 희곡 <춘향전>을 접하게 되고 또 이를 번역 발표하게 되었는가? 현재까지 이 점을 고증 혹은 방증할 만한 자료가 따로 발굴되지 못한 상황이지만 다행히 외문의 <'춘향전' 역후지(譯後誌)>가 <춘향전> 중국어 번역문과 함께 <예문지>에 게재되어 그 기본 상황을 파악할 수 있게 된다.

외문은 <'춘향전' 역후지(譯後誌)>에서 이렇게 쓰고 있다.

지난 해 가을바람이 부는 어느 날 밤, 나와 신가(辛嘉) 그리고 고정(古

丁) 셋이서 차 한 잔 마시면서 문예에 대해 이야기 나누게 되었다. 그러던 중 모두 익혀둔 외국어를 활용하여 대형 작품들을 번역하는 것이 바람직하다는 데 입을 모았다. 그 자리에서 고정은 나쯔메 소우세끼(夏目漱石)의 <마음>을, 신가는 <베이컨 수필집>을 번역하겠다고 언약하였다. 나는 막연하게나마 공연할 수 있는 극본 몇 편을 번역하겠노라 하였다. <마음>은 지난 해 말에 이미 번역되었을 뿐만 아니라 이제 곧 만일문화협회(滿日文化協會)에서 출판하게 된다. 베이컨의 수필도 지난 해 말에 대동보 문예란(大同報文藝版)에 몇 편 번역 게재된 바 있다. 나의 극본만이 현재까지 나오지 못한 상황이다.

지난 해 추석 직전, 나는 처음으로 송화강 구경을 가게 되었다. 여행 도중에 심심할 것 같아 어느 빌딩의 작은 서점에서 장혁주의 <춘향전>을 샀다. 나는 시원하고 아름다운 강변에서 극본 창작에 애쓰고 있는 군이(君頤)씨와 이 극본에 대해 이야기 하다가 만주 극단의 참고로 될 수 있도록 이 극본을 번역하겠다고 언약하였다. 하지만 집에 돌아온 후 질질 끌며 번역 작업을 시종 완성하지 못하였다.

그러다가 <예문지> 발간이 눈앞에 닥쳐오게 되자 급급히 번역을 마무리하게 되었다. 앞에서 한 언약을 지키기 위해서였다고 하겠다.

이 극본은 신조사(新潮社)에서 신선문학총서(新選純文學叢書)의 하나로 출간한 단행본을 텍스트로 번역한 것이다.

작가에 대해 나는 아는바가 거의 없다. 단행본 서두에 수록된 자각 약력에 의하면 작가는 메이지(明治) 28년 10월 조선 대구에서 출생하였다고 한다. ……

<춘향전> 등에 대해서는 작가가 후기에 상세한 설명을 하고 있는데 독자들의 이해를 돕기 위해 참고로 아래에 그 전문을 번역하여 옮겨 놓는다.[1]

---

1 外文 역, 張赫宙, 「春香傳」, 『藝文志』 창간호, 月刊滿洲社(滿洲文藝家協會 編輯), 1939. 6, 212~213쪽 인용.

앞의 인용문에서 보다시피 외문은 외국의 희곡작품을 중국어로 번역하겠다고 예문지파 동인과 약속한다. 우연한 기회에 장혁주의 일어체 희곡 <춘향전>을 접하게 되고 군이(君頤)이라 극작가와 이 작품에 대해 논의한 후 번역을 결심하게 된다.

여기서 간과할 수 없는 것은 군이라는 극작가이다. 군이는 당시 "만주국" 중국인 문단에서 재능이 뛰어난 희곡가로 평가받은 여성 작가이다. 예문지 동인에 공식적으로 가입하지 않았지만 예문지 동인들과 밀접한 관계를 갖고 있었고 자신의 작품들을 <예문지>에 자주 발표하군 하였다. 군이의 희곡작품들은 극적 구조 및 주제 등에 있어서 모두 당대 중국 현대극의 주요 특징들을 띠고 있어 "만주국" 중국인 희곡문단에 현대극을 이입하고 발전시킨 선주자라고 할 수 있다. 4막극 <금사롱(金絲籠)>(<예문지> 제2집, 1939년 12월), 단막극 <막한(漠寒)>(<예문지> 제3집, 1940년 6월) 등 희곡 작품을 창작 발표하였는데 그중 <금사롱(金絲籠)>은 군이의 대표작이자 "만주국" 희곡문단의 대표작으로 손꼽힌다. <금사롱>은 번화한 현대 도시의 한 가족 이야기를 통해 물질적 생활은 풍요롭지만 영혼은 스스로를 좌우지 못하는 억압감과 고통에 부대끼는 주부 여성과 12살 아들 소중(小仲)의 형상을 그리고 있는데 소중은 나중에 가출하여 석탄 줍는 가난한 아이들과 함께 어디론가 떠나간다.

외문은 신가와 고정이 모두 약속대로 외국작품을 번역하였지만 자신만은 약속을 지키지 못해 고민하던 중 우연히 장혁주의 일어체 희곡 <춘향전>을 접하게 되고 또한 소풍하면서 군이와 이 극본에 대해 이야기 나눈 후 번역을 결심하게 된다. 그것도 만주 극단의 참고로 될 수 있도록 이 극본을 번역하겠다고 자신감 단단히 보여주고 있다. 시인 외문이 이런 자신감을 갖게 된 것은 희곡가 군이로부터 "만주국" 중국인 희곡문단 상황과 희곡으로서의 <춘향전>의 문학적 가치나 특징에 대한 평가 해설을 듣고 이 극본에 대해 나름대로 깊은 이해를 하였기 때문이라고 할 수 있다. 외문이 장혁주의 일어체 희곡 <춘향전>을 우연히 접하게 되었지만 이를 선정 번역한 것은 결코 우연히 아님을 알 수 있다.

당시 “만주국” 극단은 대체로 친일 협화를 선양한 정치극과 희곡의 예술성을 주장하면서 사회최하층 사람들의 일상사를 반영한 생활극 두 가지 부류로 나뉘었다. 군이의 희곡창작경향과 외문의 시창작 경향을 살펴볼 때 장혁주의 일어체 희곡 <춘향전>은 생활극의 참고로 가능한 텍스트였다고 할 수 있다. 다시 말하면 희곡 <춘향전>을 친일 협화의 정치극이 아닌 예술성을 주장한 생활극으로 판단 수용하였다고 하겠다. 1941년에 외문이 일본어 <노신전>[2]을 중국어로 번역 출간한 사실이 이 점을 방증하지 않은가 싶다.

▌외문 역 〈노신전〉 표지

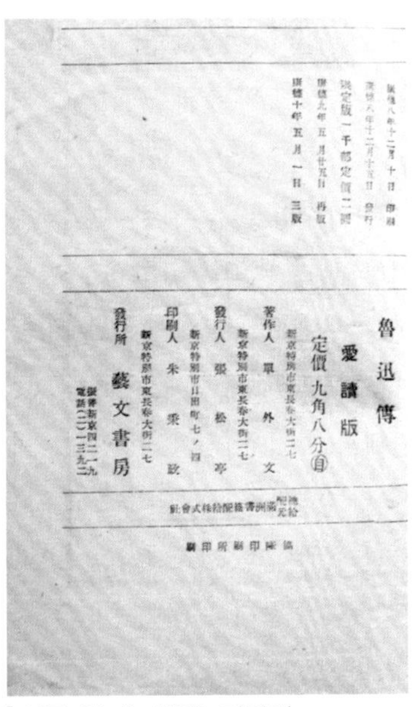
康德八年十二月十日 印刷
康德八年十二月十五日 發行
康德九年五月廿五日 再版
康德十年五月一日 三版

魯迅傳
愛讀版
定價九角八分

著作人 單外文
新京特別市東長春大街二七
發行人 張松亭
新京特別市東長春大街二七
印刷人 朱秉歐
新京特別市日出町七ノ四
發行所 藝文書房
新京特別市東長春大街二七
振替新京四二一九
電話(二)一三九二

滿洲書籍配給株式會社

▌외문 역 〈노신전〉 저작권

2 單外文 역, 小田岳夫 著, 『魯迅傳』, 藝文書房, 1942. 12.

외문의 <춘향전> 번역 자세를 구체적으로 살펴보기로 한다. 외문은 <'춘향전' 역후지>에 "<춘향전> 등에 대해서는 저자가 원문 후기에 상세한 서설(序說)을 부언하였는데 독자들이 참고할 수 있도록 여기서 그 원문 전문을 옮겨놓는다."[3]고 밝히면서 장혁주의 <춘향전> 후기 원문을 번역해 놓았다. 장혁주의 <춘향전> 후기는 "원작에 대하여", "원작의 유래", "졸작 희곡 <춘향전>에 대하여" 등 세 개 부분으로 이루어졌다. 외문은 <'춘향전' 역후지>의 절대대부분 편폭은 장혁주의 <춘향전> 후기로 할애되었다. 이를 통해 당시 중국 독자들에게 전혀 알지 못했던 한국 고전 <춘향전>을 소개 해주고 또 장혁주 일어체 희곡 <춘향전>의 창작 경위와 특징에 대해서도 일정한 이해를 갖도록 하였다. 이는 처음으로 한국 고전 명작으로의 <춘향전>과 근대극으로서의 <춘향전>을 동시에 접하게 되는 중국 독자들에 대한 배려일 뿐만 아니라 <춘향전> 번역문의 사회문학적 가치를 보다 충분히 각인시키는 역할을 하고 있다고 하겠다.

이어 외문은 이렇게 부언하고 있다.

> 번역에서 나는 신선순후(信先順後)원칙을 주장하였지만 이 작품을 번역할 때 곤란에 부딪치게 되었다. 원문에만 충실하면 문장이 자연스럽지 못하여 많은 부분에서 구두어로 표현하면서 의역하게 되었다.
>
> 이 극본은 일본에서 여러 차례 공연되었는데 극본이 부족한 우리 극단에서 고정(古丁)의 주장대로 즉 "만약 공연할 수 있는 극본을 일시 찾을 수 없다면 아예 외국 극본 예하면 일본, 유럽, 미국의 극본을, 그것이 고전 극본이라도 공연하는 것이 좋지 않을가 싶다"(<一知半解集>第三十頁)라는 주장대로 하면 이 극본은 공연할 기회가 있다고 하겠다.[4]

3 外文 역, 張赫宙, 「春香傳」, 『藝文志』 창간호, 月刊滿洲社(滿洲文藝家協會 編輯), 1939. 6, 213쪽 인용.

4 外文 역, 張赫宙, 「春香傳」, 『藝文志』 창간호, 月刊滿洲社(滿洲文藝家協會 編輯), 1939. 6,

여기서 외문은 <춘향전>을 외국 극본을 번역하겠다는 언약을 위한 단순 대본 번역이 아니라 공연까지 사려한 공연대본으로 번역하였다는 점을 알 수 있다. 많은 부분에서 구두어로 표현하면서 의역하게 되었다는 것은 관람자까지 염두에 둔 번역이라고 해도 과언이 아닐 것이다.

한편 외문은 제반 텍스트의 구조와 의미구조는 원문에 완전 충실하여 원문의 문학 예술적 가치를 최대한 확보하였다. 이를 아래 **표 1**[5]로 보기로 한다.

■ 표 1

텍스트의 줄거리 구조				보편적 구조	
원문		번역문		원문	번역문
막	장	막	장		
제1막 가인풍류	제1장	제1막 가인풍류	제1장	춘향과 몽룡의 만남	춘향과 몽룡의 만남
	제2장		제2장	춘향과 몽룡의 만남	춘향과 몽룡의 만남
	제3장		제3장		
제2막 별리	제1장	제2막 별리	제1장		
	제2장		제2장	춘향과 몽룡의 이별	춘향과 몽룡의 이별
제3막 신관사또	제1장	제3막 신관사또	제1장	춘향의 시련 및 사또의 악정	춘향의 시련 및 사또의 악정
	제2장		제2장		
제4막 옥	제1장	제4막 옥	제1장	이방, 춘향모의 설득	이방, 춘향모의 설득

215쪽 인용.

5 민병욱, 「장혁주의 일어체 희곡 '춘향전' 연구」, 『한국문학논총』 제48집, 2008. 4, 355쪽 참조.

제4막 옥	제2장	제4막 옥	제2장	춘향 방자에게 편지 부탁	춘향 방자에게 편지 부탁
제5막 암행어사	제1장	제5막 암행어사 私訪御史	제1장	몽룡의 출세 및 사또의 악정	몽룡의 출세 및 사또의 악정
	제2장		제2장		
	제3장		제3장	춘향과 몽룡의 재회	춘향과 몽룡의 재회
제6막 대단원	제1장	제6막 대단원	제1장	사또의 징벌 및 춘향의 보상	사또의 징벌 및 춘향의 보상
	제2장		제2장		
	제3장		제3장		

위 **표 1**에서 보다시피 번역문의 텍스트 구조와 의미구조는 원문과 완전 일치하다. 이는 근대극으로서의 <춘향전>에 대한 긍정과 적극적 이입 수용 자세의 표현이라고 할 수 있다.

이렇듯 외문은 우연한 기회에 장혁주의 일어체 희곡 <춘향전>을 접하게 되었지만 당시 만주 중국인 극단의 극본 공황을 극복함과 아울러 실질적으로 공연할 수 있기를 바라는 목적에서 <춘향전>을 번역 이입하게 된 것이다. 원문은 비록 일본어로 되었지만 중국독자들에게는 완전 한국문학 작품으로 되어 번역에서의 현지화와 타지화를 조화롭게 융합시킨 성공적인 번역 작품이라고 하겠다.

이 번역본이 실질적으로 만주 중국인 극단에서 공연되었는지는 현재 자료 부족으로 딱히 알 수 없지만 극본의 번역 게재만으로도 중국인 극단에 적극적인 영향을 끼친 것은 분명히 확인할 수 있다.

제3장
창극 〈춘향전〉의 번역 수용

1940년대 말, 한반도가 분단되기 시작하면서부터 한민족의 전통적 창극 <춘향전>도 남과 북으로 구별되면서 서로 부동한 양상을 보여주었다.

여기서는 1950년대 북한의 양상만 살펴보기로 한다. 1948년 3월 창극 <춘향전>(저자 조성, 작곡 안기옥, 연출 마완영)을 공연한 뒤를 이어 1952년 4월(창극 <춘향전>, 6막, 작자 김아부, 작곡 조상선 정남희, 연출 주영섭)과 1954년 12월(창극 <춘향전>, 6막 7장, 작자 조운, 작곡 박동실 안기옥 조상선, 연출 안영일)에 두 차례에 걸쳐 창극 <춘향전>을 무대에 올렸다.[1]

"국립예술극장은 인민군 대후퇴 시기에 이미 준비해 온 대형 창극 <춘향전>을 무대에 올렸다. <춘향전>은 조선인민이 가장 사랑하는, 예술가치가 가장 뛰어난 고전창극이다. 이처럼 방대한 예술작품을 난관이 첩첩한 전쟁 환경 속에서 공연한다는 것은 우리가 특별히 경축해야 할 일이다."[2]

북한 창극 <춘향전>은 전시상태인 1950년대 전반기에 두 차례나 개편 공연되면서 한민족이 가장 사랑하는 대중적 작품인 동시에 민족문화예술의 정수임을 과시하였다.

북한 창극 <춘향전>은 1954년 8월 중국 절강 월극(浙江越劇)으로 번역 개편 공연됨과 더불어 월극 <춘향전>이 텍스트로 되어 다시 중국 각지의 여러 지방극종으로 번역 개편 공연되면서 1950년대 중국 희곡 분야에서 전례 없는 <춘향전> 붐이 일게 되었다.

<춘향전>은 이 붐을 계기로 중국 억만 민중들에게 널리 알려짐과 아울

1 김삼환 · 김용범, 「북한의 창극 변화 양상 연구」, 『한국언어문화』 42호, 2010, 108쪽 참조.
2 「國立藝術劇場的光輝成就」, 『新朝鮮』, 1952. 12.

러 깊은 사랑을 받는 한국 고전명작으로 각인되었고 수십 년간 역사의 세례와 검증을 거쳐 월극(越劇) <춘향전>, 조극(潮劇) <춘향전> 등 일부 극종은 중국 전통극의 대표작으로, 경전(經典)으로 자리 잡게 되었다.

01 중국 전통 지방극의 특징과 분포

창극 <춘향전>의 중국어 번역 양상을 살펴보자면 우선 중국의 전통 지방극 특징과 그 분포에 대해 알아보는 것이 바람직하다.

중국 전통 지방극은 그 극종이 각양각색으로 수십 종에 달할 뿐만 아니라 그 분포 또한 국토가 광활한 만큼 전국 각지에 널리 다양하게 분포되어있다. 아래에 그중 중국 10대 전통극에 속하는 일부 극종만 요약해 보고기로 한다.

경극의 한 장면

경극의 한 장면

경극(京劇)은 중국 5대 전통극 가운데서 1위를 차지는 대표적 극종으로 국수(國粹)라고도 한다. 19세기 중엽 여러 지방극이 북경에서 합류되어 새로운 극종으로 형성된 후 청나라 궁정에서 인기를 누렸다. 궁정과 왕공귀족들의 사랑을 받았을 뿐만 아니라 사회 계층 및 서민들의 사랑까지 받아 전국 각지에 광범위하게 전파되었다. 주로 북경, 하북성, 천지시 등 화북 지역에서 많이 공연되고 있다. 경극은 대체로 역사 소재의 정치 군사투쟁을 많이 반영하고 있다.

▎평극 조형

▎평극 영화의 한 장면

평극(評劇)은 중국 북방지역 지방극의 하나인데 중국 5대 희곡 극종 중 경극 다음 2위를 차지한다. 20세기 초 하북성 당산(唐山)에서 형성되어 천진에서 성황을 이루었다, 대체로 <양삼제가 소송을 하다>(≪楊三姐告狀≫)와 같은 극처럼 사회 현실생활 속의 시사(時事新聞)를 소재로 삼아 권선징악을 선양하고 고금의 역사와 인물을 논하여 당시 영향력이 아주 컸다. 원명이 당산낙자(唐山落子)였는데 1930년대에 평극(評劇)이라 개명하였다. 건국 후, 여러 성, 시, 자치구에 평극예술단(評劇藝術團)이 설립되어 순식간 전국적인 대극종(大劇种)으로 되었는데 주로 화북 지역과 동북 지역에서 인기가 많다. 1910년대 <안중근이 이등박문을 죽이다>(≪安重根刺伊騰博文≫)는 평극을 무대에 올리기도 하였다.

월극의 한 장면

월극의 한 장면

월극(浙江越劇)은 19세기 중엽 절강성 소흥(浙江紹興)지역에서 형성되어 1938년 월극으로 개칭되고 주로 절강성 상해, 강소성 등 장강 삼각주을 중심으로 한 화동지역에서 공연되고 있다. 공산당과 정부의 각별한 배려로 신속히 발전하여 전국 16개 성, 시, 자치구에 전파되었다. 월극은 중국의 국제문화교류의 중요 구성부분으로 외국정상들의 중국 방문시 공연 종목으로, 세계순회공연 극종으로 선정되었다. 첫 해외진출을 한 지방극일뿐만 아니라 홍콩 마카오 대만 등 지역에서도 인기가 많다. 대체로 반봉건과 사회 암흑면 폭로, 애국주의 사상 선양 등을 주제로 하고 있다. 월극은 국제적으로 인지도가 제일 높은 지방극이다.

진극(晉劇)은 청나라 말기 산서성(山西省) 중부지역에서 형성되어 "中戲"이라 불리우다가 건국 후 진극으로 개칭되었다. 현재 근 백여 년 역사를 갖고 있는데 섬서성, 내몽골 하북성 등 지역에서 공연되고 있다. 산서성 중

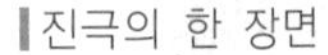
진극의 한 장면

진극의 한 장면

부 지역의 향토 색채가 짙고 강개 격앙한 역사이야기를 소재로 민간 생활을 반영하는 특징을 띠고 있다.

예극의 한 장면

예극 조형

예극(豫劇)은 하남성(河南省) 동남 지역에서 형성된 지방극인데 건국 후 하남성 약칭이 예(豫)로 되자 예극이라 개칭하였다. 주로 안휘성 북부 지역, 호북성, 강소성, 산동성, 하북성, 등 황하와 회하 유역 즉 중원 지역에서 공연되었는데 중원문화의 대표자로 중국에서 제일 큰 지방극종이다. 대체로 통속적이고 질박한 서민 생활을 소재로 하여 대중들이 즐겨 본다.

황매희의 한 장면

황매희의 한 장면

황매극(黃梅劇)은 경극, 월극, 평극, 예극과 더불어 중국 5대 극종의 하나이다. 18세기 호북성, 안휘성, 강소성 등 3개 성 인접지역인 호북성 황매현(黃梅縣)에서 형성되어 안휘성 안경(安慶)지역을 중심으로 호북성, 강서성, 복건성, 강소성, 대만, 홍콩 등 지역까지 전파되는데 최초에 채차조(采茶調)라고 하였다. "自唱自樂"의 민간예술로 대중들의 계급 착취와 빈부차 등 사회현실에 대한 불만과 자유롭고 아름다운 생활에 대한 갈망 그리고 농민들의 생활 등을 소재와 주제로 하고 있다.

조극의 한 장면

조극의 한 장면

광동 월극 조형

조극의 한 장면

조극(潮劇)은 400여 년의 역사를 지니고 있는 광동성 3대 극종의 하나일 뿐만 아니라 중국 10대 극종의 하나로 광동성 동부 조주 지역과 복건성 남부 장주(漳州)지역에서 형성되고 홍콩, 동남아, 상해 등 지역가 나라에 전파되었다. 조극은 주로 조주 지역 사투리와 음악으로 명절 분위기를 띄워주는 민속색채가 농후한 극이다.

광동 월극(廣東粵劇)은 광동성 3개 극종의 하나인데 16세기에 광동성과 광서성에서 형성되었는데 청나라 말기에 월극으로 개칭하였다. 화남지역과 홍콩, 마카오, 동남아, 캐나다, 미국 호주 등 지역과 나라에 널리 전파되었는데 인류 무형문화재로 유네스코에 등록되었다. 주로 고전소설이나 전기(傳奇), 민간이야기나 지방전설을 소재로 하며 남녀 간의 사랑을 주제로 하여 대중들의 사랑을 받고 있다.

이와 같은 지방극종들은 중국 서남, 서부 지역을 제외한 전국 각지에 분포되어 있고 현재 모두 중국 국가 무형문화재로 되어있다.

이 대표적 지방극종들은 1950년대에 창극 <춘향전>을 번역 수용하여 무대에 올리는 전례 없는 양상을 보여주었다.

02 월극 〈춘향전〉으로의 번역 수용 양상

창극 <춘향전>의 중국에서의 번역 수용은 1950년대 절강 월극으로의 번역 개편으로부터 시작되었다.

1952년 말, 華東戱曲硏究院 越劇二團(현재 華東越劇團 前身)은 제3기 중국인민 조선방문 위문단으로 조선 전선에 와서 중국인민지원군과 조선인민군 그리고 조선인민들을 위한 위문공연을 하게 되었다. 공연종목은 중국 전통 희곡 <양산백과 축영대>와 <서상기>였는데 가는 곳마다 뜨거운 환영을 받았다. 조선에는 곳곳마다 춘향의 이야기가 전해지고 있어 월극단 성원들의 관심을 끌게 되었다. 조선 전쟁 정전(停戰) 직전의 어느 날, 조선 개선연극단이 등불단속 비상상태에서 특별히 월극단을 위로하기 위해 <춘향전>을 공연하였다. 무대에서의 춘향 형상은 월극단 성원들을 감동시켰을 뿐만 아니라 <춘향전>을 월극(越劇)으로 중국인민들에게 보여주고 싶은 충동을 느끼게 되었다. 하여 조선 국립고전예술극장의 예술인들은 월극단을 위해 적의 봉쇄선을 뚫고 평양에서 개성으로 와 창극 <춘향전>을 공연하였고 또 음악, 무용, 무대미술설계 등 분야의 전문가들을 보내 월극단을 협조하여 월극 <춘향전>을 창작 공연하도록 하였다. 1953년 가을, 월극단이 귀국한 후 조선에서는 대본 수정본 등 관련 자료들을 지속적으로 보내주면서 월극 공연을 협조 격려하였다. 국제주의 우의의 격려 하에 越劇二團은 많은 곤란을 극복하고 1954년 8월 1일, 상해시 長江극장에서 처음으로 월극 <춘향전>을 무대에 올리게 되었다.[1]

월극 <춘향전> 공연은 대번에 대성공을 거두어 같은 해 10월에 화동지역 희곡관람공연대회에서 대본 1등상, 우수공연상, 우수연출상, 우수음악상, 우수무대예술상 등 많은 상을 수상하고 북경에 상경하여 공연하는 영광을 지니게 되었다.

월극 <춘향전>의 성공적인 공연은 중조 혈맹국 간의 친선적인 문화예술 교류와 협력의 대표적 사례로 되었을 뿐만 아니라 중국에서의 <춘향전> 번역 개편의 첫 주자로 되었다.

월극 <춘향전>은 상해에서만 공연된 것이 아니라 전국 각지에서도 공연되었다. 상해 월극단이 다년간 전국 각지로 순회 공연하는 한편 천진월극단(天津越劇團), 소주월극단(蘇州越劇團) 등 지역 월극단에서도 <춘향전>을 무대에 올렸다. 월극 <춘향전>은 상해 월극단, 소주시(蘇州市) 월극단 등 중핵 월극단에 의해 1980년대까지 지속적으로 공영되었다. 1982년, 중국에서 처음으로 춘향 역을 맡았던 배우 왕문연(王文娟, 1954년 월극 <춘향전>, 越劇二團)의 제자 왕지평(王志萍)이 재수정을 거친 월극 <춘향전>을 上海美琪大戲院에서 다시 무대에 올리면서 그 승계가 이루어지고 1990년대에 경전으로 자리 잡는 데 일조하게 되었다.

---

1 龔牧, 「朝中人民友誼的花朵－越劇「春香傳」的演出」, 『戲劇報』, 1955. 2, 52~53쪽 참조.

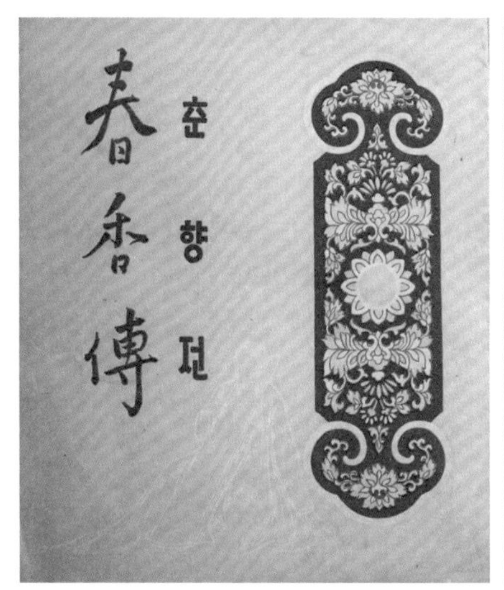

春香傳

춘향전

▌1954년 상해시 장강 극장 최초 공연(越劇二團) 안내책자 표지

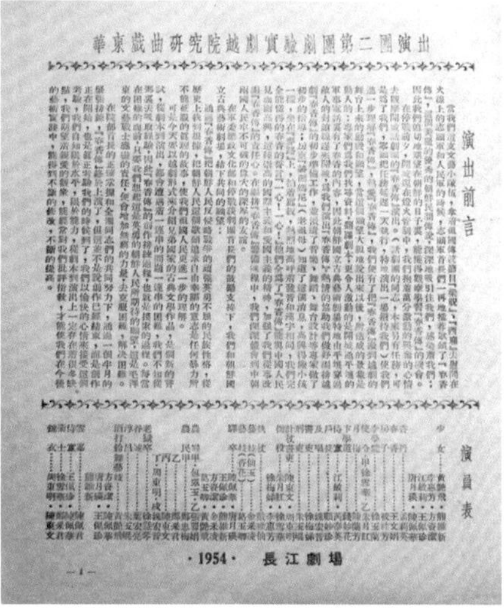

華東戲曲研究院越劇實驗劇團第二團演出

演出前言

演員表

·1954· 長江劇場

▌1954년 상해시 장강 극장 최초 공연(越劇二團) 안내책자 머리

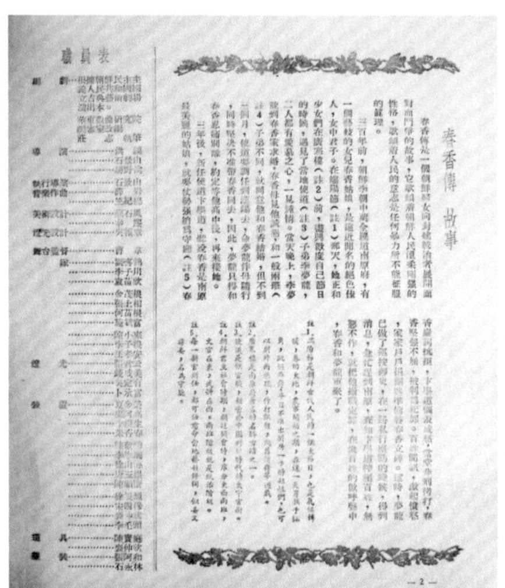

職員表

春香傳 故事

▌1954년 상해시 장강 극장 최초 공연(越劇二團) 안내책자 시놉시스

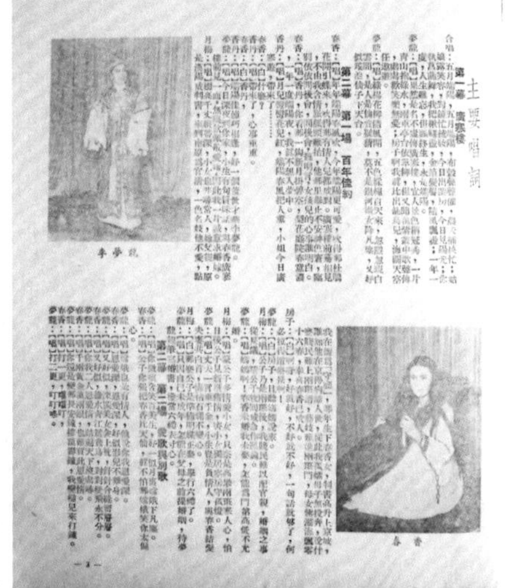

主要唱詞

▌1954년 상해시 장강 극장 최초 공연(越劇二團) 안내책자 가사 및 인물 소개

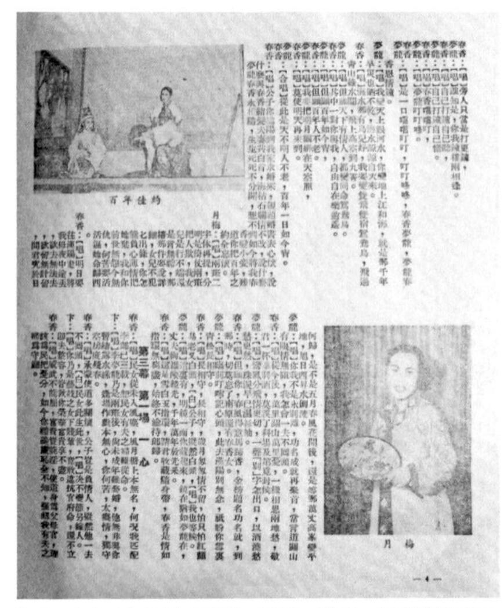

1954년 상해시 장강 극장 최초 공연(越劇二團) 안내책자 가사 및 인물 소개

1954년 상해시 장강 극장 최초 공연(越劇二團) 안내책자 가사 및 인물 소개

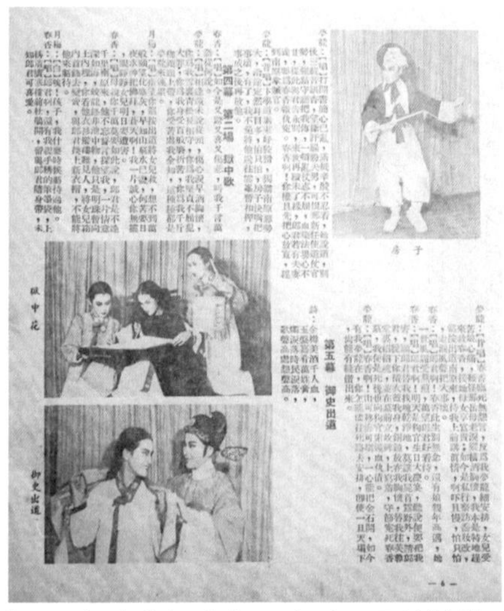

1954년 상해시 장강 극장 최초 공연(越劇二團) 안내책자 가사 및 인물 소개

▍상해월극단(越劇二團)〈춘향전〉 순회공연 (1954-1955) 안내책자 표지

關於朝鮮古典名著「春香傳」的演出

▍상해월극단(越劇二團)〈춘향전〉 순회공연 (1954-1955) 안내책자 "〈춘향전〉 공연에 대하여"

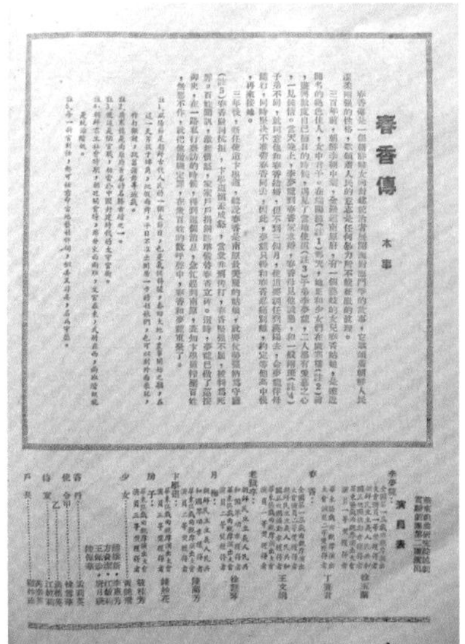
春香傳

▍상해월극단(越劇二團)〈춘향전〉 순회공연 (1954-1955) 안내책자 시놉시스

▍상해월극단(越劇二團)〈춘향전〉 순회공연 (1955) 안내책자 표지

▌1955년 5월 5일 천진시 월극단 공연안내책자 표지

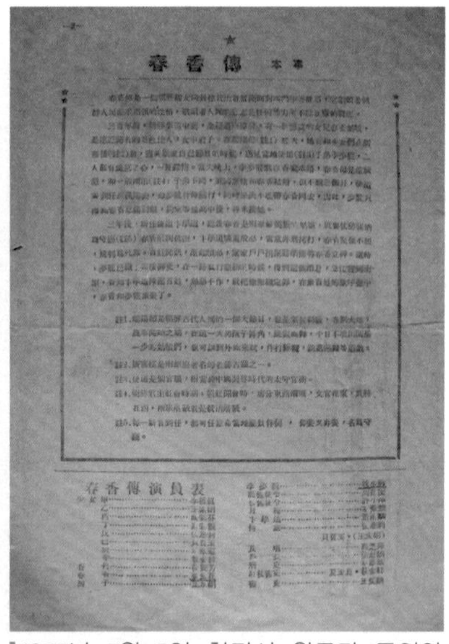

▌1955년 5월 5일 천진시 월극단 공연안내책자 시놉시스

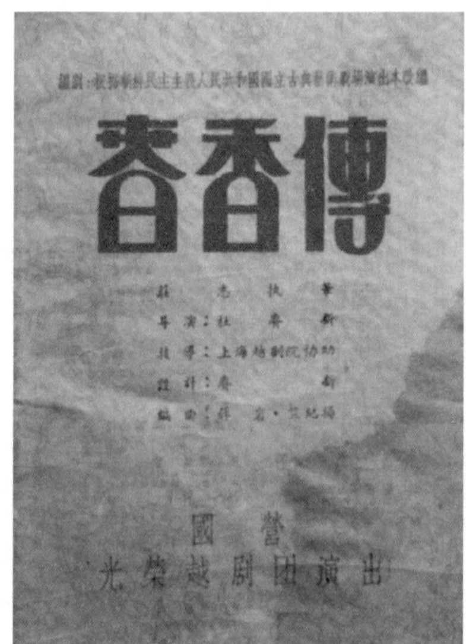

▌1955년 상해시 광영(光榮)월극단 공연안내책자 표지

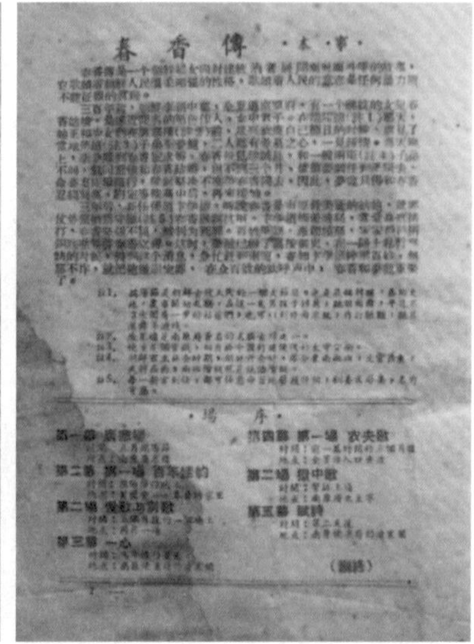

▌1955년 상해시 광영(光榮)월극단 공연안내책자 시놉시스

1956년 상해시 광영(光榮)월극단 순회공연안내책자 표지

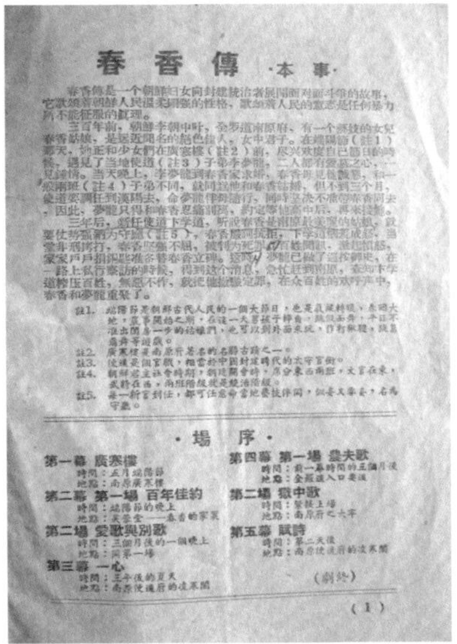

春香傳 ·本事·

·場序·

第一幕 廣寒樓

第二幕 第一場 百年佳約

第二場 愛歌與別歌

第三幕 一心

第四幕 第一場 農夫歌

第二場 獄中歌

第五幕 賦詩

(劇終)

(1)

1956년 상해시 광영(光榮)월극단 순회공연안내책자 시놉시스

1956년 상해시 광영(光榮)월극단 순회공연안내책자 이몽룡 연기자

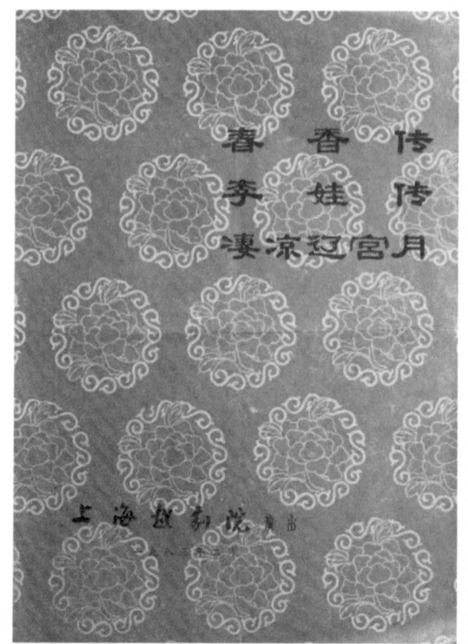

▌1983년 3월 상해월극원 공연안내책자 표지

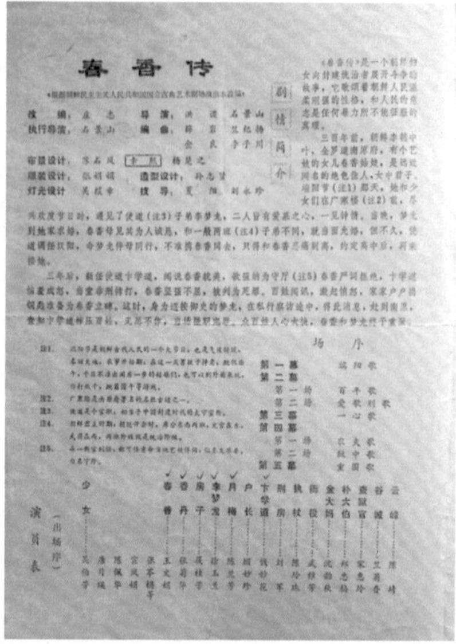

春香传

▌1983년 3월 상해월극원 공연안내책자 시놉시스

▌1980년대 江蘇省 蘇州市월극단 공연안내책자 표지

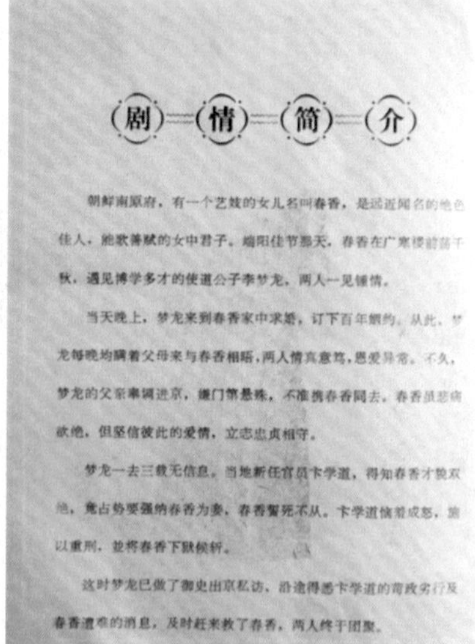

剧情简介

朝鲜南原府，有一个艺妓的女儿名叫春香，是远近闻名的绝色佳人，能歌善赋的女中君子。端阳佳节那天，春香在广寒楼前荡千秋，遇见博学多才的使道公子李梦龙，两人一见钟情。

当天晚上，梦龙来到春香家中求婚，订下百年姻约。从此，梦龙每晚均瞒着父母来与春香相晤，两人情真意笃，恩爱异常。不久，梦龙的父亲奉调进京，嫌门第悬殊，不准携春香同去。春香虽悲痛欲绝，但坚信彼此的爱情，立志忠贞相守。

梦龙一去三载无信息。当地新任官员卞学道，得知春香才貌双绝，竟占势要强纳春香为妾，春香誓死不从。卞学道恼羞成怒，施以重刑，並将春香下狱候斩。

这时梦龙已做了御史出京私访，沿途得悉卞学道的苛政劣行及春香遭难的消息，及时赶来救了春香，两人终于团聚。

▌1980년대 江蘇省 蘇州市월극단 공연안내책자 시놉시스

월극 <춘향전>이 위와 같이 일거에 성공하고 전국적으로 공연됨과 아울러 대를 이어 공연되면서 경전으로 자리매김할 수 있게 된 주요 원인은 무엇인가?

필자는 <춘향전> 작품 자체의 독특한 특성과 당시 중조 양국의 정치 사상 문화 환경이 결맞았기 때문이라고 생각된다. 이 점을 대체로 네 가지 면에서 살펴보기로 한다.

첫째, <춘향전> 서사내용이 중국 관람자와 독자에게 친근감을 느끼게 하기 때문이 아닌가 싶다. 주지하다시피 <춘향전>에는 중국 고대 명인과 명시, 그리고 典故가 많이 활용되고 있는데 이는 중국 관람자와 독자들로 하여금 흔히 외국작품 감상에서 느끼는 난해성과 이질감 대신 동질성을 느끼게 한다. 이 점에 대해서는 기존 논문들에서 이미 입증한 바 있다.

둘째, <춘향전>의 인물형상이 중국 정부 시책과 일반 관람자 및 독자들의 공감을 불러 일으켰기 때문이 아닌가 싶다.

1950년대 중국에서 <춘향전>을 처음 알게 된 것은 1950년대 초 북한 무용가 최승희가 중국을 방문할 때 무용극 <춘향전>의 한 부분을 공연한 때이다. 이어 1954년 북한 창극 예술가 임소향이 중국을 방문할 때 창극 <춘향전>의 한 부분을 공연하여 중국의 일부 예술가들이 <춘향전>에 대해 다소 알게 되었다. 하지만 <춘향전>에 대해 본격적으로, 전면적으로 접하게 된 것은 바로 화동희곡연구원 월극단 2단 단원들이다. 앞에서 언급한 바 있지만 1952년 말, 화동희곡연구원 월극이단(華東戲曲研究院 越劇二團)은 조선방문 위문단으로 조선 전선에 와서 중국인민지원군과 조선인민군 그리고 조선인민들을 위한 위문공연으로 월극 <양산백과 축영대>와 <서상기>를 공연하였는데 가는 곳마다 뜨거운 환영을 받았다.

무엇 때문에 월극 <양산백과 축영대>와 <서상기>가 참혹한 조선 전쟁 전선에서 지원군과 인민군 장병 그리고 조선 서민들로부터 광범위한 환영을 받게 되었는가? 물론 여러 가지 원인이 있겠지만 필자는 무엇보다 작품 자체의 독특한 매력 즉 작품의 주제와 주인공 형상이 관람자들의 공감을 불러 일으켰기 때문이라고 본다.

주지하다시피 월극 <양산백과 축영대>와 <서상기>는 모두 청년 남녀간의 사랑이야기를 주선으로 주인공 형상을 통해 봉건혼인제도에 폭로 비판과 자유연애와 결혼에 대한 갈망과 추구를 구현하고 있다.

중국 중앙 정부에서는 건국 초에 봉건혼인 제도를 반대하고 자유연애와 자유 결혼을 제창하는 <신혼인법(新婚姻法)>을 제정 반포하고 1953년부터 조직적으로 일련의 <신혼인법> 홍보 활동을 진행하였다. 그 일환으로 지방극단과 극장 그리고 문화단체들에서 민간의 낭만적인 사랑 이야기들을 개편하여 <신혼인법>을 선전하도록 격려하였다. 월극 <양산백과 축영대>와 <서상기>가 조선 방문 위문단의 공연종목으로 선택된 것도 그 주요원인의 하나라고 본다.

당시 전선의 지원군과 인민군 장병들 절대대부분이 청년 남녀들로서 자유연애와 자유 결혼은 모두가 간절히 바라는 꿈이었다고 할 수 있다. 할진대 <양산백과 축영대>와 <서상기>가 그들의 공감을 불러일으킨 것은 너무나 자연스러운 일이 아닐 수 없다.

화동희곡연구원 월극이단은 북한에서1953년 가을에야 귀국하였는데 북한에서 8개 월 동안 순회공연을 하는 동안 가는 곳마다 북한 인민들한테서 춘향의 이야기를 듣게 되어 월극단 성원들의 관심을 끌게 되었다. 북한의 장병과 서민들은 중국의 월극 <양산백과 축영대>를 관람하면서 이와 비슷한 창극 <춘향전>을 연상하지 않을 수 없었을 것이고 이를 월극단 성원들에게 이야기하였을 것이다. 월극 <양산백과 축영대>와 창극 <춘향전>은 중조 양국의 장병들과 서민들의 공감을 불러일으키는 공통점을 구비하고 있었기 때문이다. 창극 <춘향전>에서 춘향 형상이 보여준 자유연애와 신분평등에 대한 갈망과 추구는 <양산백과 축영대>에서 양산백과 축영대 형상이 보여준 주제와 일치하다고 할 수 있다. 봉건제도의 속박에서 벗어난 자유연애와 혼인, 신분 평등에 대한 갈망과 추구는 당시 중조 양국 인민들 모두의 공동 소원이었다. 춘향 형상이 바로 양산백과 축영대와 동조하면서 이런 소원의 대리 체현자로 되었다고 해도 과언이 아닐 것이다.

이 상황은 북한 당정 지도자들의 주목을 받게 되었다. "조선 전선에서 <양산백과 축영대>을 공연하였는데 조선인민군의 열렬한 환영을 받았다. 하여 남일(南日) 대장은 조선의 고전 명극 <춘향전>을 越劇二團에 추천하여 이 극을 공연할 수 있기를 바랐을 뿐만 아니라 자기 비서더러 <춘향전> 연극 대본과 창극대본 그리고 판소리대본을 중국어로 번역하도록 하였다."[2]

셋째, <춘향전>의 반봉건(反封建) 주제사상이 당시 중국의 문예시책에 알맞았기 때문이 아닌가 싶다.

1950년대 북한의 저명한 평론가 윤세평은 <춘향전에 대하여>라는 글에서 <춘향전>의 주제는 '리조 봉건 관료 통치를 폭로하고 그것을 반대하는 인민대중의 지향을 가장 정확히 보여주는 거울로 되고 있'는[3] 것이라고 피력하고 있다.

위 월극 <춘향전> 공연안내책자들의 시놉시스에서는 모두 <춘향전> 주제를 밝히고 있는데 이를 구체적으로 살펴보기로 한다.

월극 <춘향전> 최초의 공연안내책자(華東戱曲硏究院越劇實驗劇團二團, 上海市長江劇場1954年8月2日) 시놉시스에서는 '<춘향전>은 한 조선 여성이 봉건통치자와 맞서 싸우는 이야기인데 이는 조선인민들의 온유강직한 성격을 찬

2 粵劇 <春香傳> 珠江粵劇團春節演出(1956) 공연안내책자 <前言>에서 인용.
3 윤세평, 「춘향전에 대하여」, 『춘향전』, 조선작가동맹출판사, 1954. 2, 8쪽.

송하고 인민들의 의지는 그 어떤 폭력으로도 정복할 수 없다는 진리를 제시해주고 있다.'(<춘향전故事> 2쪽)고 소개하고 있다.

천진시월극단(天津市越劇團)의 월극 <춘향전> 공연안내책자(1955年 5月 5日) 시놉시스에서는 '<춘향전>은 한 조선 여성이 봉건통치자와 맞서 싸우는 이야기인데 이는 조선인민들의 온유강직한 성격을 찬송하고 인민들의 의지는 그 어떤 폭력으로도 정복할 수 없다는 진리를 제시해주고 있다.(<춘향전> 本事 1쪽)'고 쓰고 있다.

상해시광영월극단(上海市光榮越劇團)의 월극 <춘향전> 순회공연안내책자(1956年) 시놉시스에서는 '<춘향전>은 한 조선 여성이 봉건통치자와 맞서 싸우는 이야기인데 이는 조선인민들의 온유강직한 성격을 찬송하고 인민들의 의지는 그 어떤 폭력으로도 정복할 수 없다는 진리를 제시해주고 있다.(<춘향전> 本事 1쪽)'고 쓰고 있다.

1980년대 상해월극단의 월극 <춘향전> 공연안내책자(1983년 2월)시놉시스에서는 '<춘향전>은 한 조선 여성이 봉건통치자와 맞서 싸우는 이야기인데 이는 조선인민들의 온유강직한 성격을 찬송하고 인민들의 의지는 그 어떤 폭력으로도 정복할 수 없다는 진리를 제시해주고 있다.'(<劇情簡介>, 1쪽)고 쓰고 있다.

극단이 다르고 시대가 다르지만 주제는 한결같이 '조선인민들의 온유강직한 성격을 찬송하고 인민들의 의지는 그 어떤 폭력으로도 정복할 수 없다는 진리를 제시해주고 있다.'고 쓰고 있다. 다시 말하면 <춘향전>의 심층 주제는 반봉건(反封建)사상임을 밝히고 있다.

1950년대 중국은 정치 문화적으로 신민주주의 사상과 민족의식의 고양(高揚)을 위해 외세 침략에 저항하고 국내 통치계급에 저항하는 인민민주국가의 문학작품들을 적극 번역 이입하는 문예시책을 제정하였다.

위에서 보다시피 중국에서 창극 <춘향전>을 월극으로 번역 개편하여 수용할 때 시대를 불문하고 모두 <춘향전>은 조선 고대 인민들의 행복한 생활에 대한 추구와 갈망을 반영하고 있는 한편 봉건제도에 대한 강렬한 반항과 인민들의 의지는 그 어떤 폭력으로도 정복할 수 없다는 진리를 제시해주고 있다고 평가하고 있다. 이런 주제사상 바로 당시 중국의 신민주주의 사상과 민족의식의 고양에 일조할 수 있었던 것이다.

넷째, 중조 양국의 혈맹관계를 돈독히 하고 과시하는 데 일조할 수 있기 때문이었다.

최초로 월극 <춘향전>의 춘향 역을 맡은 왕문연(王文娟)은 <나는 춘향 인물 형상을 어떻게 부각하였는가?>라는 글에서 <춘향전> 번역 수용에 대해 이렇게 피력하였다.

> 우리 극단(상해월극단)이 <춘향전> 공연 임무를 접한 것과 내가 춘향 역을 맡게 된 것은 1953년 9월이었다. 그때 우리는 항미원조(抗美援朝, 중국에서 6·25전쟁 참전을 이르는 일컫는 말. 저자 주)전선에서 공연하고 있었다. 공연 임무를 접한 우리 극단 성원들에게 크나큰 영광과 기쁨을 느끼게 되었다. <춘향전>이 조선의 고전 명작이고 또한 조선 우인(友人)들이 우리에게 추천한 것이기에 우리가 이 극을 공연하게 된다면 중조 양국 인민간의 상호 이해와 우호 단결을 도모할 수 있을 뿐만 아니라 양국의 문화교류를 추진하는데 큰 역할을 하게 될 것이다.[4]

위 인용문에서 월극 <춘향전> 공연은 무엇보다 중조 양국 간의 친선을 도모하는데 중요한 의의가 있음을 알 수 있다.

월극 <춘향전> 최초 공연 안내책자에서는 이 점을 찾아볼 수 있다.

---

4 王文娟, 「我怎樣創造春香的形象」, 『戱劇報』, 1955. 6, 40쪽 인용.

……<춘향전> 공연 준비과정에 우리는 중조 양국 인민 간의 철옹성 같은 위대한 우의를 깊이 체험하게 되었다.

군 당위(軍黨委) 총정치문화부(總政文化部)와 정전 담판단(停戰談判團) 수장(首長)들의 격려 지지 하에 우리와 조선국립고전예술극장은 공동한 소원을 갖게 되었다. 그 소원은 바로 <춘향전>을 통해 조선인민들의 반침략(反侵略)전쟁에서 보여준 용감하고 굳센 불굴의 민족성격을 역사적으로 그 근거를 찾고 조선인민들의 자유와 행복을 지향하는 의지는 그 어떤 폭력도 정복할 수 없다는 진리를 우리 조국 인민들로 하여금 보다 더 깊이 이해할 수 있게 하고자 하는 것이다.[5]

상해월극단 순회공연안내책자에서는 '중조 양국 인민간의 형제적 우의를 상징하는 <춘향전>이라는 이 아름다운 꽃송이가 중국 대지와 광범위한 인민들의 마음속에 활짝 피게 할 것이다'고[6] 쓰면서 역시 <춘향전> 공연은 중조 양국 친선을 도모하게 됨을 보여주었다.

월극 <춘향전>으로의 번역 개편 과정과 공연에 이르기까지 중조 양국의 친선을 도모한다는 목적의식이 명확하였다. 이는 <춘향전>의 인물형상 주제 등은 모두 중조 혈맹국 간의 정치사상과 문화적 동질성을 구축하는데 일조할 수 있다는데서 기인하였다고 하겠다.

요컨대 월극 <춘향전>은 인물 형상, 주제 등 문학 예술적 특징이 당시 정치 사회 문화의 시대적 요청에 알맞아 시책의 격려 지지와 대중들의 사랑을 두루 다 받게 되었다.

월극 <춘향전>은 1950년대에 제일 각광받는 희곡작품의 하나로, 당시 중국 희곡계에 전례 없는 <춘향전> 붐이 일게 하였다. 1960년대 중반부

---

5 1954년 상해시 장강 극장 최초 공연(越劇二團) 안내책자 머리말에서 인용.

6 <關於朝鮮古典名作'春香傳'的演出>, 상해월극단(越劇二團) <춘향전> 순회공연 (1954~1955) 안내책자에서 인용.

터 1970년대 중반까지 중국의 특수한 정치 사회적 환경 하에 월극 <춘향전>은 무대에서 자취를 감추었다가 1980년대부터 다시 무대에 오르게 되었다. 1990년대부터 영상매체의 힘을 입어 또다시 전국 각지에 널리 전파되면서 새로운 팬을 형성하고 경전으로 자리매김하는 데 일조하였다.

03 기타 극종 〈춘향전〉으로의 번역 개편 양상

1950년대 월극 <춘향전>의 대성공은 당시 기타 여러 지방 극종에 큰 영향을 미치게 되었다. 한 자료에 의하면 당시 경극(京劇), 평극(評劇), 황매희(黃梅戲), 월극(粵劇), 조극(潮劇), 예극(豫劇), 진극(晉劇) 등 10여 개에 달하는 지방극종이 월극 <춘향전>을 원텍스트로 삼고 다시 개편 공연하였다고[1] 하는데 그 지방극종들의 분포가 너무나 광범위하여 전국적으로 공연되었다고 해도 과언이 아닐 것이다. 1950년대 중국 희곡계의 공동 종목이었다고도 할 수 있겠다.

경극(京劇), 평극(評劇), 황매희(黃梅戲), 월극(粵劇), 조극(潮劇), 예극(豫劇), 진극(晉劇) 등 여러 지방극종으로의 번역 개편 과정은 구체적인 관련 자료 부족으로 인하여 현재로서는 명확히 밝히기 어려운 상황이다. 여기서는 주로 필자가 입수한 일부 극종의 <춘향전> 공연 안내 책자를 통해 그 일면을 살펴보기로 한다.

경극 <춘향전>은 1954년 12월 북경 대중극장(北京市京劇四團 공연, 大衆劇場)에서 공연되었다. 이 공연안내책자에는 번역 개편 과정에 대한 설명은 없지만 '<춘향전> 설명'이라는 시놉시스에서 작품의 주제와 극 줄거리를

1 粵劇 <春香傳>, 珠江粵劇團 1956年 春節演出 안내 책자 참조.

기술함과 아울러 ‘단오절’, ‘광한루’, ‘사또’, ‘양반’, ‘수청’ 등 조선 특유의 시대적, 문화적, 사회적 고유단어들을 주해로 해설하여 작품의 이해에 도움을 주고 있다.

이 시놉시스에서는 <춘향전> 주제에 대해 이렇게 쓰고 있다.

> <춘향전>은 한 조선 여성이 봉건통치자와 맞서 싸우는 이야기인데 이는 조선인민들의 온유강직한 성격을 찬송하고 인민들의 의지는 그 어떤 폭력으로도 정복할 수 없다는 진리를 제시해주고 있다. (<춘향전> 설명 1쪽)[2]

▎京劇 〈春香傳〉, 北京市京劇四團 大衆劇場 (1954年 12月 26日) 공연안내 책자 표지

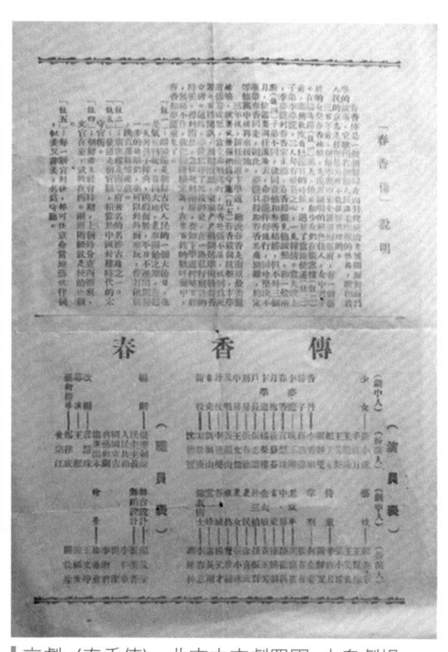

▎京劇 〈春香傳〉, 北京市京劇四團 大衆劇場 (1954年 12月 26日) 공연안내 책자 시놉시스

2 京劇 <春香傳>, 北京市京劇四團 1954年 12月 26日 演出(大衆劇場) 안내 책자 참조.

이는 월극 <춘향전> 최초의 공연안내책자의 시놉시스에서 기술한 주제와 완전 동일하다.

1955년에 요녕희곡원 경극단(遼寧戲曲戲院京劇團)에서는 경극 <춘향전>을 순회 공연하였는데 공연안내책자의 시놉시스는 위에서 소개한 북경시경극사단(北京市京劇四團)의 공연안내책자와 동일하다. 다른 점은 주요 가사가 소개되어있다는 것인데 여기서 경극 <춘향전>은 총 7장으로 구성되었음을 알 수 있다.

이밖에 1950년대에 일천경극원(一川京劇院)에서도 경극 <춘향전>을 무대에 올렸는데 그 공연안내책자의 시놉시스는 북경시경극사단의 공연안내책자와 일치하다.

북경시경극사단의 경극 <춘향전>은 상해 월극단(越劇二團)의 월극 <춘향전>의 주제 인물 슈제트 등을 그대로 수용하고 요녕희곡희원경극단(遼寧戲曲戲院京劇團), 일천경극원(一川京劇院) 등 지방 경극단은 북경시경극사단의 경극 <춘향전>을 그대로 옮겨놓았다. 다만 극종의 특징상 구성에서의 막과 장의 수가 다를 뿐이다.

이는 <춘향전>의 경극으로 번역 수용은 월극으로 번역 수용 자세와 일치함을 보여준다고 하겠다.

경극 <춘향전>은 대체로 중국의 정치 경제 문화 중심 지역인 북경 천지 지역에서 많이 공연되어 그 의미와 영향력이 심원하였다.

京劇

春香傳

춘 향 전

遼寧戲曲戲院京劇團演出

▌遼寧戲曲戲院京劇團 경극 〈춘향전〉 순회공연(1955년) 안내책자 표지

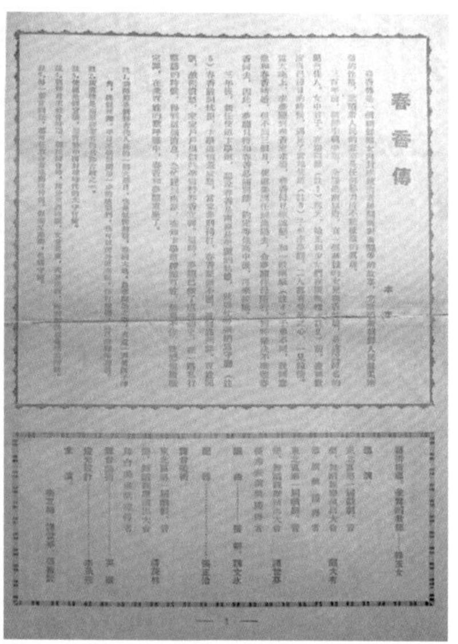

春香傳

— 1 —

▌遼寧戲曲戲院京劇團 경극 〈춘향전〉 순회공연(1955년) 안내책자 시놉시스

主要唱詞

第一場

第二場

第三場

— 3 —

▌遼寧戲曲戲院京劇團 경극 〈춘향전〉 순회공연(1955년) 안내책자 가사 및 장면 소개

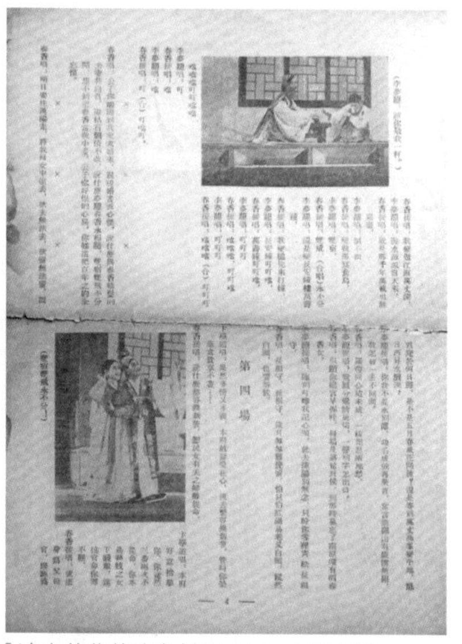

第四場

— 4 —

▌遼寧戲曲戲院京劇團 경극 〈춘향전〉 순회공연(1955년) 안내책자 가사 및 장면 소개

遼寧戲曲戲院京劇團 경극 〈춘향전〉 순회공연(1955년) 안내책자 가사 및 장면 소개

遼寧戲曲戲院京劇團 경극 〈춘향전〉 순회공연(1955년) 안내책자 가사 및 장면 소개

春香傳
춘향전
根據朝鮮民主主義人民共和國國立古典藝術劇場演出本
華東戲曲研究院編審室翻改
莊志執筆
華東區戲曲會演劇本一等獎
一川京劇院編導小組改編
導演: 厲慧敏 厲慧森
設計: 童慧荃 施霖冠
一川京戲院演出

一川京劇院 경극 〈춘향전〉 공연(1950년대) 안내책자 표지

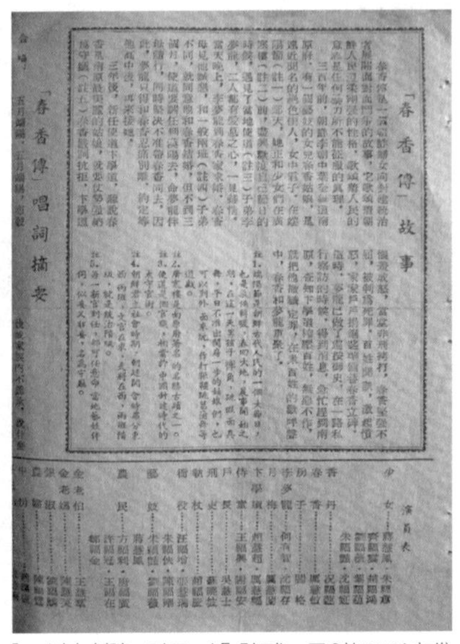

一川京劇院 경극 〈춘향전〉 공연(1950년대) 안내책자 시놉시스

평극 <춘향전>의 첫 공연 단체와 일시 및 장소는 아직 자료발굴의 부진으로 인하여 정확히 알 수 없지만 필자가 입수한 자료에 의하면 1957년 북경 대중극장에서 공연되었다. 이 평극은 중국평극원(評劇院)에서 화동희곡연구원에서 개편한 월극 <춘향전>을 원 텍스트로 하여 다시 정리 개편한 것이다.

이 공연안내책자에는 번역 개편 과정에 대한 설명은 없지만 '<춘향전> 슈제트 소개'이라는 시놉시스에서 작품의 주제와 극 줄거리를 기술하여 작품의 이해에 도움을 주고 있다.

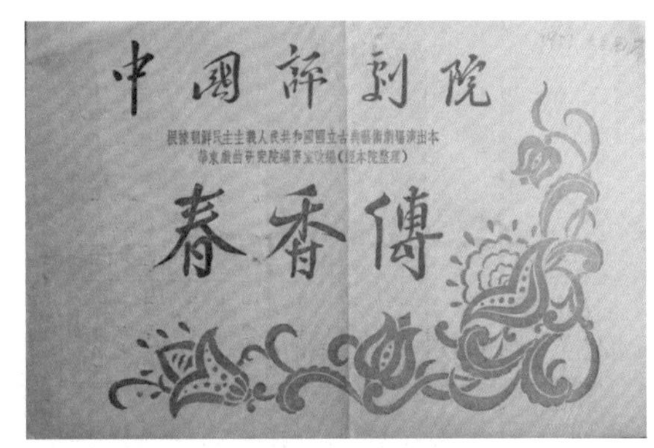

中國評劇院 평극 〈춘향전〉 공연(1957년) 안내책자 표지

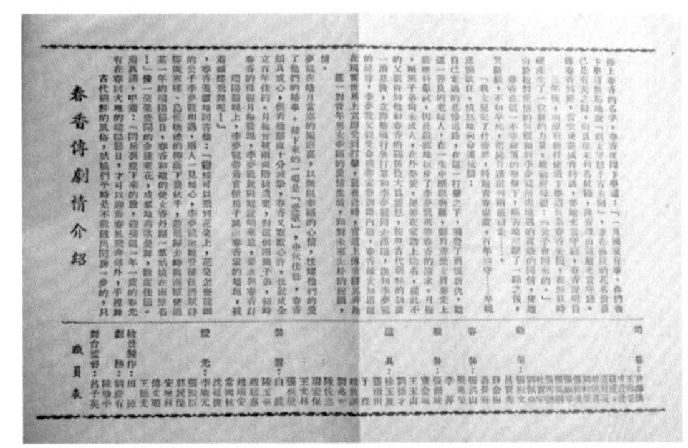
春香傳劇情介紹

中國評劇院 평극 〈춘향전〉 공연(1957년) 안내책자 시놉시스

이 시놉시스는 절강 월극 <춘향전> 첫 공연안내책자에 실린 이병(伊兵)의 글 <조선고전명작 '춘향전'의 공연에 대하여>라는 글을 간추린 것으로 월극 <춘향전>의 주제를 그대로 수용하고 있다.

1950년대 길림성 장춘시 실험평극단(長春市實驗評劇團)에서 공연한 평극 <춘향전>의 시놉시스도 절강 월극 <춘향전> 시놉시스 내용을 그대로 옮겨 놓았는데 그 주제에 대해 이렇게 밝히고 있다. "<춘향전>은 한 조선 여성이 봉건통치자와 투쟁하는 이야기를 통해 조선인민의 온유하고 굳센 성격을 노래함과 아울러 인민들의 의지는 그 어떤 폭력으로도 굴복시킬 수 없다는 진리를 반영하고 있다." 이

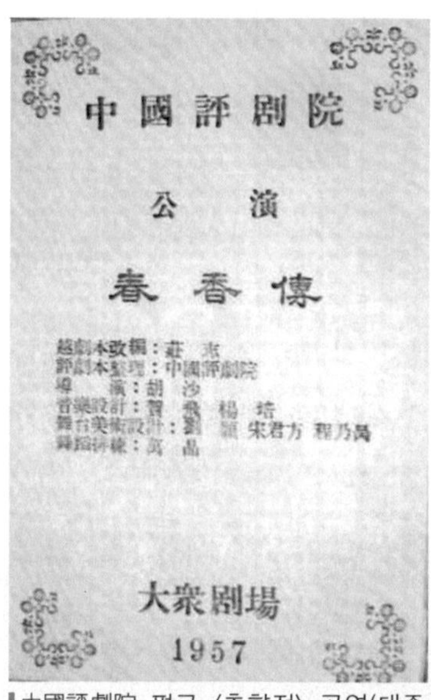

中國評劇院 평극 〈춘향전〉 공연(대중극장 1957년) 안내책자 표지

평극은 1막 광한루, 2막 1장 백년가약, 2막 2장 사랑가와 이별, 3막 일심(一心), 4막 1장 농부가, 4막 2장 옥중가, 5막 어사출도 등 4막 7장으로 구성되어 그 구조가 절강 월극 <춘향전>과 완전 일치하다고 하겠다.

평극 <춘향전>은 주로 1950년대에 화북 지역과 동북 지역에서 공연되면서 창극 <춘향전>이 전국으로 전파되는 데 한 몫 크게 기여 하였다.

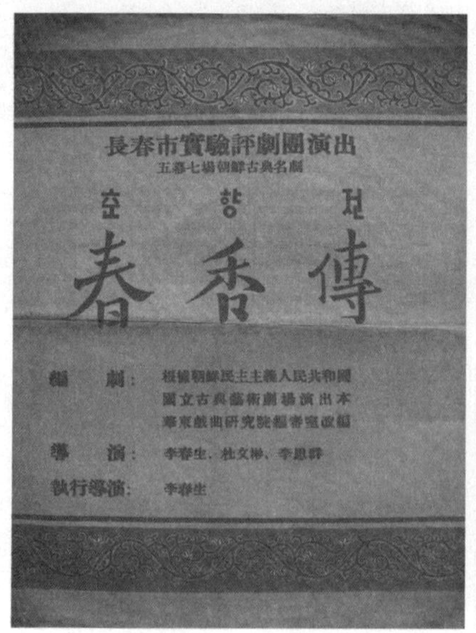

長春市實驗評劇團 평극 〈춘향전〉 공연(1950년대) 안내책자 표지

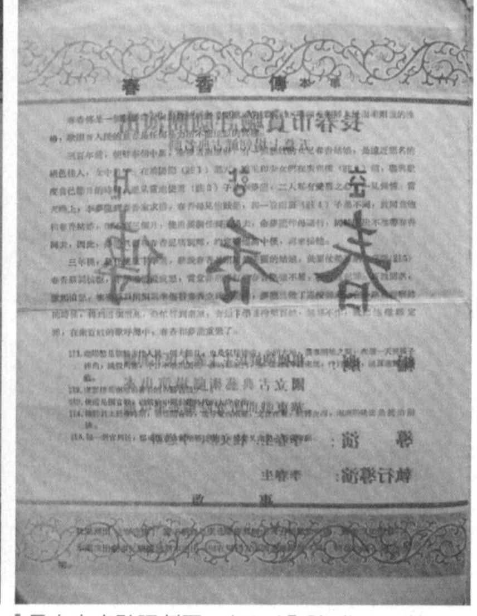

長春市實驗評劇團 평극 〈춘향전〉 공연(1950년대) 안내책자 시놉시스

광동 월극(粵劇) <춘향전> 역시 첫 공연 단체와 일시 및 장소는 아직 자료발굴의 부진으로 인하여 정확히 알 수 없지만 필자가 입수한 자료에 의하면 광동성 광주시(廣州市) 주강월극단(珠江粵劇團)이 1956년 춘절(春節, 구정)을 맞아 성대히 무대에 올렸다. 이 월극은 주강월극단에서 상해월극원(上海越劇院)의 월극 <춘향전>을 원텍스트로 다시 개편한 것이다.

주강월극단이 1956년 춘절에 공연한 <춘향전> 공연안내책자에는 개편과정, 막 순서 및 슈제트 소개, 그리고 '단양가 가사와 악보가 실려' 작품을 상세히 전면적으로 소개하고 있다.

이 시놉시스 역시 평극과 마찬가지로 절강 월극 <춘향전> 첫 공연안내책자에 실린 이병(伊兵)의 글 <조선고전명작 '춘향전'의 공연에 대하여>라는 글을 간추린 것으로 월극 <춘향전>의 주제를 그대로 수용하여 "<춘향전>은 한 조선 여성이 봉건통치자와 맞서 싸우는 이야기인데 이는 조선인민들의 온유강직한 성격을 찬송하고 인민들의 의지는 그 어떤 폭력으로도 굴복시킬 수 없다는 진리를 제시해주고 있다"고 쓰고 있다.

주목되는 것은 이 시놉시스의 "머리말"에 창극 <춘향전>을 광동 월극(粵劇)으로 개편하는 과정에 대해 설명하고 있는 부분이다.

> "……<춘향전>을 중국에 이입된 첫 조선 고전명극으로 만들기 위하여 국제주의 우호 정신으로 공연에 임함으로써 자못 큰 의미를 갖는다. 따라서 우리나라의 10여 개 지방극종이 선후로 <춘향전>을 공연하였다. 우리 극단은 이와 같은 격려 하 지난해 공연기획을 세울 때 올해 춘절(春節, 즉 한국의 구정)에 이 위대한 극을 공연하기로 정하였다. 지난해 9월, 우리 극단은 랑균옥(郞筠玉), 문각비(文覺非), 막지근(莫志勤) 등 세 사람을 상해월극원에 보내 <춘향전>과 관련된 자료, 극본, 연출, 연기, 미술, 무용, 복장, 도구 등에 대해 견학하도록 하였다. 또한 조선 고대 인

민들의 성격, 생활습관, 풍속예절 등에 대해 상해월극원 관련 부처의 책임자로부터 사심 없는 도움을 받으면서 <춘향전> 공연 연습에서 나타나는 구체적 상황과 소중한 경험을 알게 되었다. 때문에 우리는 순조롭게 공연할 수 있게 되었다. 이 자리를 빌려 상해월극원에 진심으로 감사드린다.

우리는 비록 월극(粵劇)관람자들의 문화 식량을 풍부히 하기 위해 노력하였지만 조선 고대 사회 현실 상황(일부분은 우리나라 고대 봉건사회와 동일하지만 대부분은 다르다)에 대한 이해가 깊이 못하다. <춘향전> 공연에서 월극의 원래 풍격을 보존하는 한편 조선 색채를 잃지 않도록 표현 예술에서 그 상호 융합에 애썼지만 당분간 이를 완벽하게 소화할 수 없을 것 같다. 관람자들이 미흡한 점 지적해주길 바라며 우리는 개선할 용기를 갖고 있다.

우리 극단은 <춘향전> 공연 연습을 할 때 화남가무극단(華南歌舞劇團)에 두 사람을 견학 보내 조선무용을 배우도록 하였는데 이 자리를 빌려 화남가무극단에 사의를 표한다."[3]

여기서 광동 월극(粵劇)은 상해 월극(越劇)을 원 텍스트로 개작하였을 뿐만 아니라 월극과 조선 색채 즉 창극 <춘향전>의 특징을 상호 보존하고 융합시키는 자세를 갖추었음을 잘 알 수 있다. 다시 말하면 현지화와 타지화의 공존을 지향하였다고 하겠다. 광동 월극 <춘향전>은 그 구조가 1막 광한루, 2막 1장 백년가약 2막 2장 사랑가와 이별가, 3막 일심 4막 1장 몽룡사방(私訪) 4막 2장 옥중가 5막 어사출도 등 5막 7장으로 되어 상해 월극 <춘향전>과 그 구조가 일치하다.

광동 월극 <춘향전>은 주로 광동 서부 지역을 중심으로 화남 지역에서 공연 전파되었다.

---

3 주강월극단(珠江粵劇團) <춘향전>(1956년 춘절) 공연 시놉시스 "前言"에서 인용.

주강 월극단 〈춘향전〉(1956년 춘절) 공연 안내책자 표지

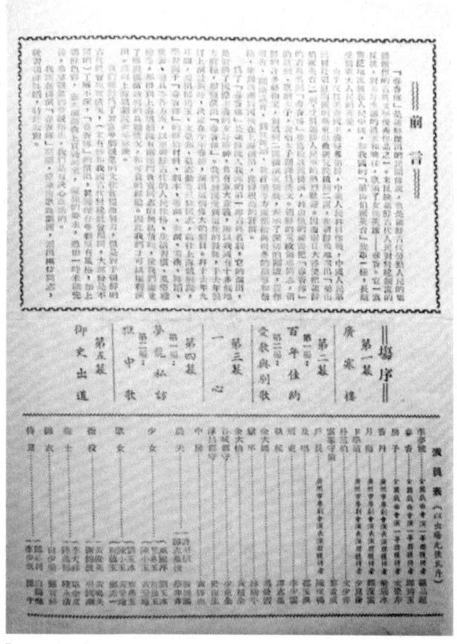

주강 월극단 〈춘향전〉(1956년 춘절) 공연 안내책자 "前言"

주강 월극단 〈춘향전〉(1956년 춘절) 공연 안내책자 시놉시스

안휘성 안경시 민중 황매희극단 〈춘향전〉 공연 안내책자 표지

「春香傳」本事

演員表

職員表

▎안휘성 안경시 민중 황매희극단
〈춘향전〉 공연 안내책자 시놉시스

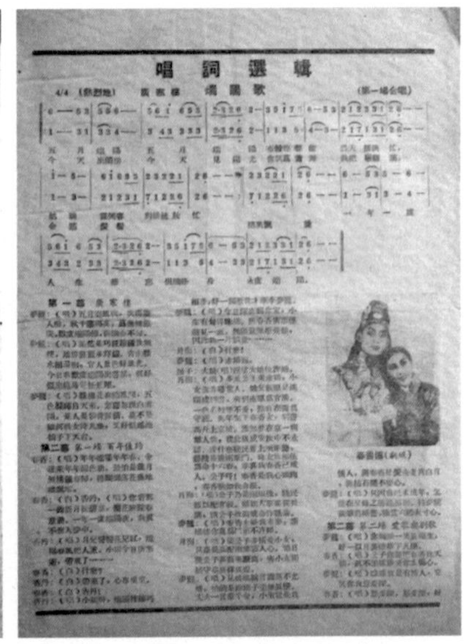
唱詞選輯

▎안휘성 안경시 민중 황매희극단
〈춘향전〉 공연 안내책자 시놉시스

황매희 <춘향전>은 그 첫 공연 단체와 일시 및 장소를 아직 정확히 알 수 없지만 필자가 입수한 자료에 의하면 안휘성(安徽省) 안경시(安慶市) 민중 황매희극단(民衆黃梅戲劇團)이 1955년 7월 23일 무한시(武漢市) 인민극원(人民劇院)에서 무대에 올렸다. 이 황매희는 기타 지방극단과 마찬가지로 화동 희곡연구원에서 개편한 월극(越劇) <춘향전>을 원텍스트로 다시 개편한 것이다.

안경시 민중 황매희극단이 1955년 7월 23일 무한시(武漢市) 인민극원(人民劇院)에서 공연한 <춘향전> 공연안내책자에는 "<춘향전>은 한 조선 여성이 봉건통치자와 맞서 싸우는 이야기인데 이는 조선인민들의 온유강직한 성격을 찬송하고 인민들의 의지는 그 어떤 폭력으로도 굴복시킬 수 없다는 진리를 제시해주고 있다"고 쓰고 있다. 역시 월극 <춘향전>의 주제를 그대로 수용하고 있다. 황매희 <춘향전>은 1막 광한루, 2막 1장 백년가약,

2막 2장 사랑가와 이별가, 3막 일심 4막 1장 농부가, 4막 2장 옥중가 5막 어사출도 등 5막 7장으로 구성되었는데 이는 월극(越劇)의 극적 구조와 완전 일치하다.

황매희 <춘향전>은 주로 안휘성과 호북성(湖北省)을 중심으로 중국 중부 지역에서 공연 전파되었다.

요컨대 위 <춘향전> 공연 안내 책자들의 시놉시스만 살펴보면 평극을 제외하고 모두 천편일률로 글자 하나 틀리지 않게 <춘향전>은 한 조선 여성이 봉건통치자와 맞서 싸우는 이야기이며 이는 조선인민들의 온유강직한 성격을 찬송하고 인민들의 의지는 그 어떤 폭력으로도 굴복시킬 수 없다는 진리를 제시해준다고 쓰고 있다. 월극 <춘향전> 첫 공연 때의 안내 책자 시놉시스를 기타 극종 안내 책자들이 그대로 옮겨 놓은 것이다. 이는 당시 창극 <춘향전>의 여러 극종으로의 개편과 공연은 내용 표현 방식이 상호 부동하지만 주제 사상 표현에서는 동일성 내지 일치성을 확보하고 있었음을 말해 준다. 주제의 일치성은 당시 중국의 문예시책 및 <춘향전>이 중조 우의와 그 상호 교류의 상징이라는 데서 기인한 것이라고 볼 수 있다. 또한 여러 극종의 극적 구조가 모두 5막 7장으로 동일하고 그 공연이 각자 성공적으로 인기를 누린 것은 창극 <춘향전>의 극적 구조 및 예술성이 중국 광범한 대중들과 문화적 공감을 이루었기 때문이 아닌가 싶다.

■ 표 2 _ 1950년대 각 극종 〈춘향전〉 공연 안내 책자

극명	개편	공연단	공연장소 공연연도	〈춘향전〉 시놉시스
(越劇) <春香傳>	華東戲曲 研究院編 審室	華東戲曲研 究院越劇實 驗劇團二團	上海市 長江劇場 1954年	<춘향전>은 한 조선 여성이 봉건통치자와 맞서 싸우는 이야기인데 이는 조선인민들의 온유강직한 성

	改編 莊志 執筆		8月2日	격을 찬송하고 인민들의 의지는 그 어떤 폭력으로도 굴복시킬 수 없다는 진리를 제시해주고 있다. (<춘향전故事> 2쪽)
(京劇) <春香傳>	言慧珠	北京市 京劇四團	北京市 大衆劇場 1954年 12月26日	<춘향전>은 한 조선 여성이 봉건 통치자와 맞서 싸우는 이야기인데 이는 조선인민들의 온유강직한 성격을 찬송하고 인민들의 의지는 그 어떤 폭력으로도 굴복시킬 수 없다는 진리를 제시해주고 있다. (<춘향전> 설명 1쪽)
(越劇) <春香傳>	華東戱曲 硏究院編 審室 改編 莊志 執筆	天津市 越劇團	1955年 5月5日	<춘향전>은 한 조선 여성이 봉건 통치자와 맞서 싸우는 이야기인데 이는 조선인민들의 온유강직한 성격을 찬송하고 인민들의 의지는 그 어떤 폭력으로도 굴복시킬 수 없다는 진리를 제시해주고 있다.(<춘향전> 本事 1쪽)
(黃梅戱) <春香傳>	莊志 改編	安慶市民衆 黃梅戱劇團	武漢市 人民劇場 1955年 7月23日	<춘향전>은 한 조선 여성이 봉건 통치자와 맞서 싸우는 이야기인데 이는 조선인민들의 온유강직한 성격을 찬송하고 인민들의 의지는 그 어떤 폭력으로도 굴복시킬 수 없다는 진리를 제시해주고 있다.(<춘향전> 本事 1쪽)
(越劇) <春香傳>	莊志 執筆	上海市光榮 越劇團	巡廻公演 (旅行演出) 1956年	<춘향전>은 한 조선 여성이 봉건 통치자와 맞서 싸우는 이야기인데 이는 조선인민들의 온유강직한 성격을 찬송하고 인민들의 의지는 그 어떤 폭력으로도 굴복시킬 수 없다는 진리를 제시해주고 있다.(<춘향전> 本事 1쪽)
(京劇) <春香傳>	華東戱曲 硏究院編	遼寧戱曲戱 院京劇團	巡廻公演 (旅行演出)	<춘향전>은 한 조선 여성이 봉건 통치자와 맞서 싸우는 이야기인데

	審室 改編		1955年	이는 조선인민들의 온유강직한 성격을 찬송하고 인민들의 의지는 그 어떤 폭력으로도 굴복시킬 수 없다는 진리를 제시해주고 있다.(<춘향전> 本事 1쪽)
(評劇) <春香傳>	華東戱曲 研究院編 審室 改編 中國評劇 院 整理	中國評劇院	北京市 1955年	……단오명절에……두 사람은 첫눈에 반한다. ……잔혹한 고문에도 춘향은 <십장가>를 높이 부르며 견정불이하고 폭력을 멸시하며서 영용한 반항 성격을 뚜렷하게 보여준다. 악세력은 진리 앞에서 연약해진다. ……이 위급한 시각에 신임어사 이몽룡이 나타나 악세력을 처벌하고 춘향을 구해준다. 춘향과 이몽룡은 재회를 경축한다.(<춘향전> 소개, 3-4쪽)
(粵劇) <春香傳>	上海越劇 院演出本 改編 莫志勤 執筆	珠江粵劇團	廣州市 (春節演出) 1956年	<춘향전>은 한 조선 여성이 봉건통치자와 맞서 싸우는 이야기인데 이는 조선인민들의 온유강직한 성격을 찬송하고 인민들의 의지는 그 어떤 폭력으로도 굴복시킬 수 없다는 진리를 제시해주고 있다.(<극 안내> 1쪽)

04 창극 〈춘향전〉 대본 번역 개편 양상

주지하다시피 그 어떤 극이든 무대에 오르자면 우선 그 대본이 있어야 한다. 1950년대 북한 창극 <춘향전>은 절강 월극 <춘향전>으로 번역 개편되어 대성공을 거두었고 이어 경극(京劇), 평극(評劇), 황매희(黃梅戲), 월극(粵劇), 조극(潮劇), 예극(豫劇), 진극(晉劇) 등 10여 개에 달하는 지방극종으로 개편 공연되었다. 이런 양상은 그 대본의 번역 개편으로부터 시작되었다고 할 수 있다.

북한 창극 <춘향전> 대본은 1950년대 중국에서 월극, 경극 예극, 평극 등 여러 가지 지방극 대본으로 번역 개편됨과 아울러 8개 출판사로부터 공식 출판되었다.

월극(越劇) <춘향전> 대본은 1954년에 <화동희곡연구원대표단 공연 대본선집(華東戲曲研究院代表團演出劇本選集)>(華東區 戲曲觀摩演出大會劇本選集之七)에 수록된다. 이는 창극 <춘향전> 대본이 중국에서 처음으로 되어 공식 발표된 중국어 개편 대본이다. 이 대본은 조선민주주의인민공화국 국립고전예술극장에서 공연한 창극 <춘향전> 대본을 조선의 안효상(安孝相)이 중국어로 번역한 후 이 번역문을 화동희곡연구원 편심실과 장지(莊志)가 월극(越劇) 대본으로 개편한 것이다.

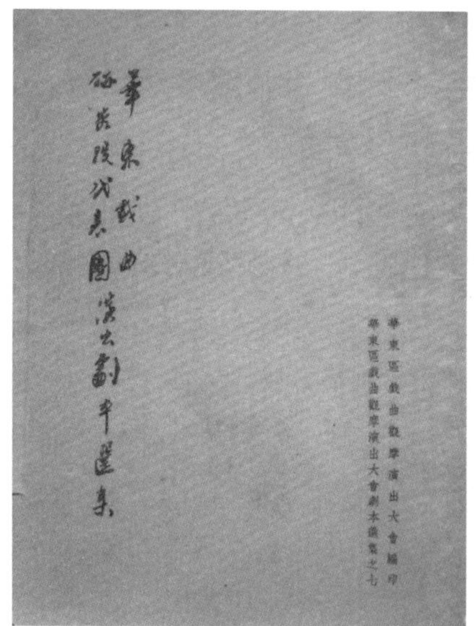

▌華東戲曲研究院代表團演出劇本選集(1954년) 표지

華東戲曲研究院代表團
演出劇本選集
華東區戲曲觀摩演出大會劇本選集之七
華東區戲曲觀摩演出大會編印
一九五四・上海

▌華東戲曲研究院代表團演出劇本選集(1954년) 표지2

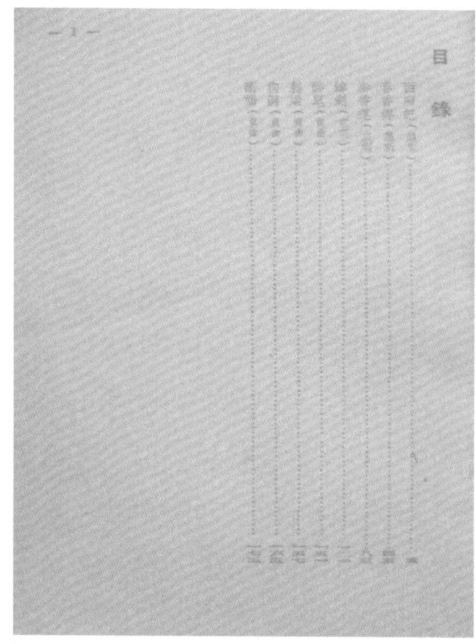

▌華東戲曲研究院代表團演出劇本選集(1954년) 목차

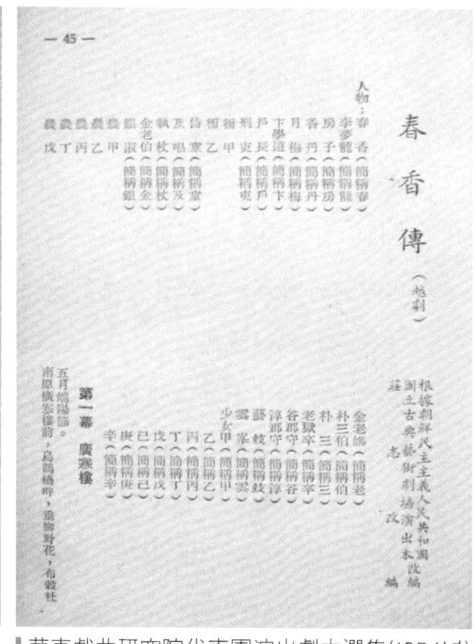

▌華東戲曲研究院代表團演出劇本選集(1954년)에 수록된 월극 〈춘향전〉 대본

다시 말하면 창극 <춘향전> 대본이 먼저 조선의 안효상에 의해 중국어로 번역되었고 이 중국어 번역문이 다시 장지에 의해 월극(越劇) 대본으로 개편된 것이다. 원문에 대한 이해와 텍스트는 안효상의 번역문에 의한 만큼 월극으로 개편에서 오역이 거의 없다고 보아도 과언이 아닐 것이다. 그만큼 창극 <춘향전>의 중국에서의 개편 전파는 완벽하였다고 하겠다.

이 월극 대본은 1955년 2월, 신문예출판사(新文藝出版社)에 의해 <화동지방희곡총간 제4집(華東地方戲曲叢刊 第4集)으로 단독 수록 출간되었는데 이는 중국에서의 첫 월극 <춘향전> 단행본으로 된다. 이 단행본에는 무대 배경, 인물 복장, 곡보(曲譜) 등도 자세하게 첨부되어 있다. 특히 주목되는 것은 "전기(前記)"이다. "전기"에서 월극 <춘향전> 대본 개편에 대해 이렇게 쓰고 있다.

> "<춘향전>은 조선의 걸출한 민간전설이며 조선고전문학의 우수한 대표작이다. <춘향전>은 조선고대인민들의 봉건제도에 대한 강렬한 저항과 아름다운 생활에 대한 추구와 갈망을 반영하였으며 인민들의 의지는 그 어떤 폭력으로도 굴복시킬 수 없다는 진리를 반영하고 있다.
>
> ……
>
> 월극 <춘향전> 대본은 화동희곡연구원 편심실(編審室)에서 조선민주주의인민공화국 국립고전예술극장 연출대본을 개편한 것이다. 개편시 가능한 한 원작품의 정신 면모를 그대로 보여주려 애썼으나 막의 배치, 인물 성격, 언어 등 면에서 약간의 취사선택과 보충을 하게 되었다. 1954년 4월 15일 초고가 완성되고 그 후 공연준비과정에서 수 차례 수정을 거쳤다. 1954년 8월 화동월극단 제2단이 상해에서 이를 공연하였으며 같은 해 10월 화동지역 희곡관람공연대회에서 대본 1등상을 수상하게 되었다.
>
> 현재 월극 <춘향전> 대본이 출판에 교부되는 이 시각, 우리는 무한

> 한 감격의 마음으로 대본 개편을 관심해주고 도와준 분들께 감사드리는 바이다.
>
> 안효재 동지는 고도의 국제주의와 애국주의 정신으로 조선 개성에서 <춘향전> 창극 대본과 연극 대본 그리고 많은 관련 자료들을 중국어로 번역하여 월극 개편에 든든한 기반을 마련해 주었을 뿐만 아니라 이 개편이 완성될 때까지 시종일관 관심해 주었다.
>
> 조선 <춘향전>의 대본 작자 조운선생과 연출을 맡은 안영일 동지는 월극 개편에 많은 소중한 경험과 건의를 제공해주었을 뿐만 아니라 1954년 4월 조선 중국방문단을 따라 상해로 올 때 조선국립고전예술극장의 <춘향전> 새 대본을 가져다주어 월극 개편에 크나큰 계시와 도움을 주었다.
>
> 유렬 교수와 북경대학 조선어학부의 동지들은 밤낮을 이어가면서 <춘향전> 새 대본을 번역하였다. 김파 동지도 아주 분망한 가운데서 개편자들을 도와 글자 수가 무려 25000여 자에 달하는 관련 자료들을 번역하여 많은 참고로 되었다."[1]

월극 <춘향전>대본은 북한 국립고전예술극장의 창극 <춘향전> 연출대본(작자 조운, 연출 안영일)을 텍스트로 번역 개편한 것이고 번역 개편 과정에서 원 작자 조운과 연출 안영일을 비롯한 북한 관련 인사들의 직접적인 도움을 많이 받았을 뿐만 아니라 1차 번역은 북한의 안효재가 담당하였음을 알 수 있다. 중조 양국의 친선의 긴밀한 교류 합작으로 최대한 원본에 충실한 직역이라고 할 수 있겠다.

한편 월극의 예술적 특징과 관람자들의 관람습관에 따라 막의 배치, 인물 성격, 언어 등 면에서 일부 취사선택과 보충을 하였다. 원본의 극적 구

---

1 <前記>, 華東戲曲研究院編審室 改編 莊志 執筆 <春香傳>(越劇), 華東地方戲曲叢刊 (第四集), 新文藝出版社, 1955. 2, 3~4쪽.

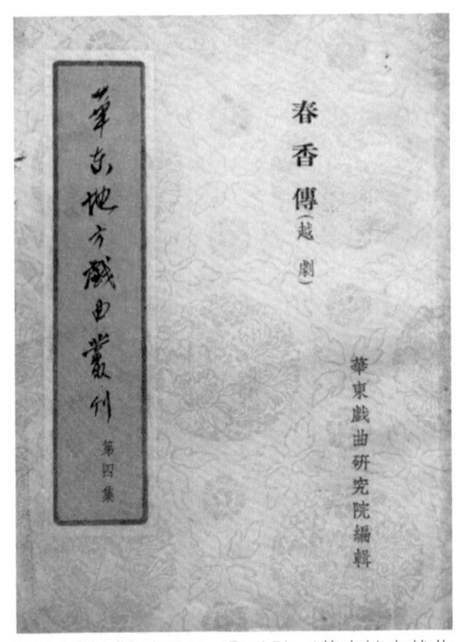

新文藝出版社에서 출간한 〈華東地方戲曲叢刊 第4集〉 (1955년 2월) 표지

조는 6막 7장(제1막 광한루, 제2막 1장 백년가약, 2장 사랑가, 3장 이별가, 제3막 십장가, 제4막 1장 어사분발, 2장 농부가, 제5막 1장 칠성단 , 2장 옥중가 , 제6막 출도)으로 구성되었지만 월극 대본은 5막 7장(제1막 광한루, 제2막 1장 백년가약, 2장 사랑가와 이별가, 제3막 一心, 제4막 1장 농부가, 2장 옥중가, 제5막 賦詩)으로 구성되었다. 월극은 사랑이야기와 주제 부각에 보다 더 치중하였다고 하겠다.

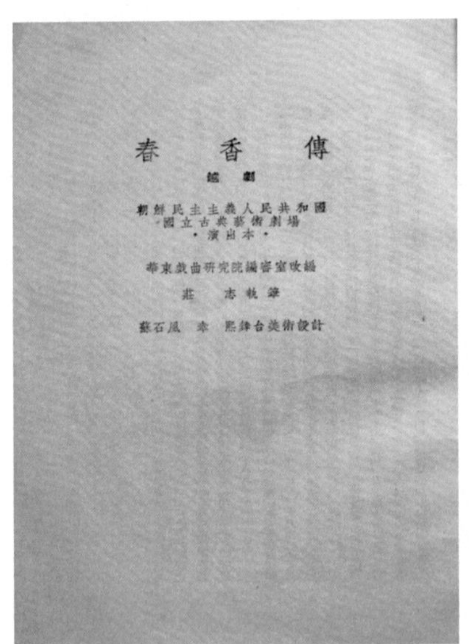

新文藝出版社에서 출간한 〈華東地方戲曲叢刊 第4集〉 (1955년 2월) 표지2

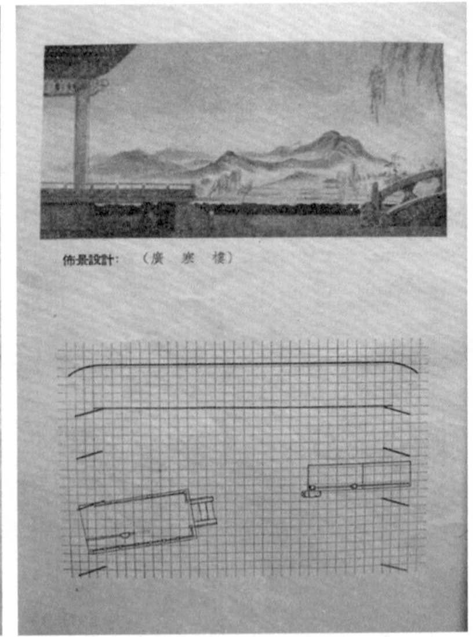

新文藝出版社에서 출간한 〈華東地方戲曲叢刊 第4集〉 (1955년 2월)에 실린 〈춘향전〉 무대 설계

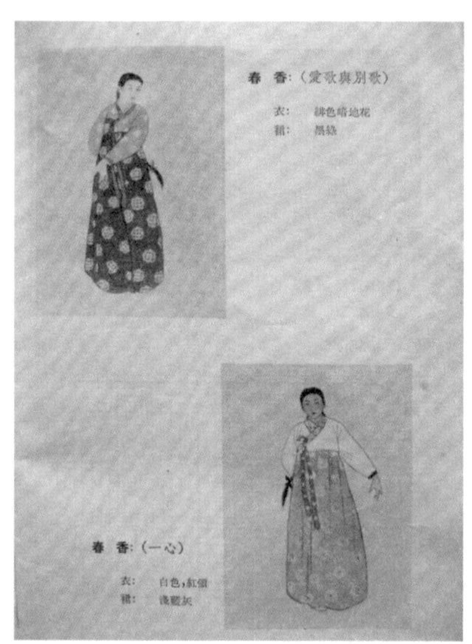

新文藝出版社에서 출간한 〈華東地方戲曲叢刊 第4集〉 (1955년 2월)에 실린 〈춘향전〉 춘향 복장 설계

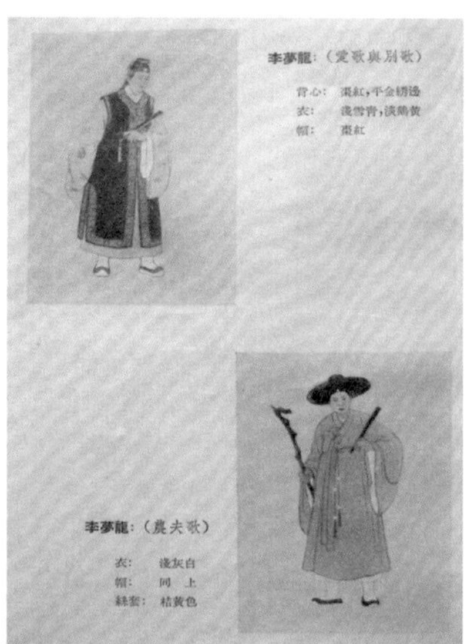

新文藝出版社에서 출간한 〈華東地方戲曲叢刊 第4集〉 (1955년 2월)에 실린 〈춘향전〉 몽룡 복장 설계

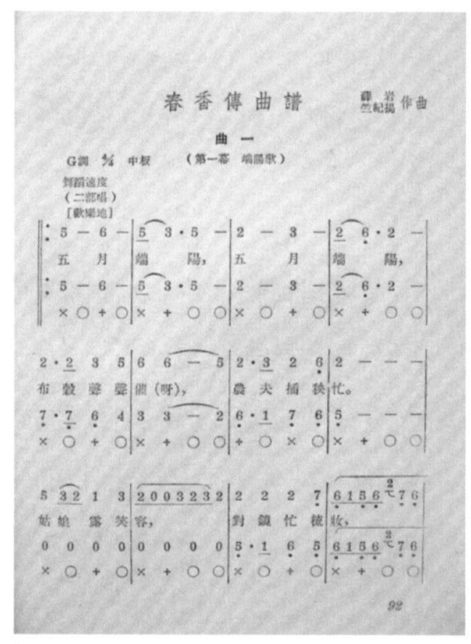

新文藝出版社에서 출간한 〈華東地方戲曲叢刊 第4集〉 (1955년 2월)에 실린 〈춘향전〉 곡보(曲譜)

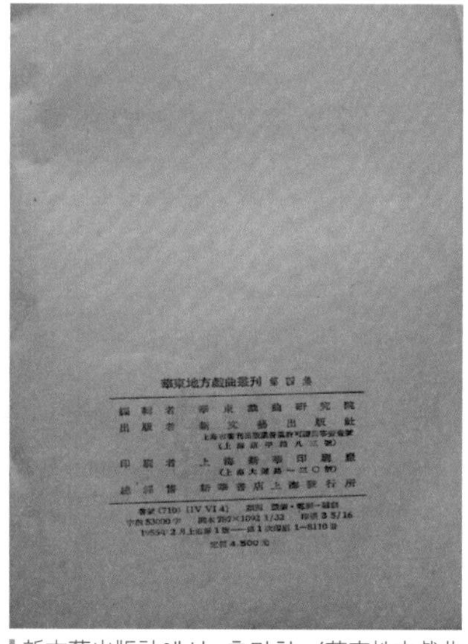

新文藝出版社에서 출간한 〈華東地方戲曲叢刊 第4集〉 (1955년 2월) 저작권

이 월극 <춘향전> 대본은 같은 해 6월, 당시 중국 희곡계에서 영향력이 제일 큰 극본 전문지 <극본(劇本)>에 게재된다. 이 전문지에서는 월극 <춘향전> 대본은 조선민주주의인민공화국 국립고전예술극장에서 공연한 창극 <춘향전> 대본을 조선의 안효상(安孝相)이 중국어로 번역한 후 이 번역문을 화동희곡연구원 편심실과 장지(莊志)가 월극(越劇) 대본으로 개편한 것이라고 밝히고 있다. 그리고 '본호'라는 편집자의 안내문에서는 <춘향전> 게재 목적을 아래와 같이 밝혔다.

> "조선인민들의 미제(美帝)침략전쟁 저항 5주년을 기념하기 위하여 우리는 조선고전명작 <춘향전>을 개편한 월극 <춘향전> 최근 수정본을 발표 게재한다. 이 극본은 춘향 형상을 통하여 고대조선인민들의 재부와 지위에 현혹되지 않고 권세와 무력에 굴복하지 않으며 지조가 굳은 우수한 품성을 찬송함과 아울러 폭력으로 사람을 억압하는 세계를 질타하고 고대조선인민들의 자유와 행복을 추구하는 굳센 의지를 보여주고 있다. 우리는 각 지방극단에서 <춘향전>을 무대에 올릴 때 극본 개편에서든 공연에서든 반드시 원작 정신을 충실히 표현하기에 노력하고 조선인민들의 풍속습관을 존중하기를 바란다."[2]

여기서 <춘향전>은 중조 우의를 돈독히 하기 위해 개편됨과 아울러 임의의 개편을 반대하고 원작에 충실하며 전국적인 공연을 호소하였음을 알 수 있다. <극본>에 게재된 것은 단행본 출간보다 그 영향력이 훨씬 컸기에 이는 전적으로 전국적 전파를 위한 것이라고 하겠다. 또한 당시 희곡계에서 <춘향전> 개편 공연을 각별히 중요시하였음을 알 수 있다.

2 「這一期」, 月刊 『劇本』, 1955. 6, 6쪽에서 인용.

劇本
一九五五年六月號

▌월극 〈춘향전〉 대본이 처음으로 게재된 〈극본〉(1955년 6월호) 표지

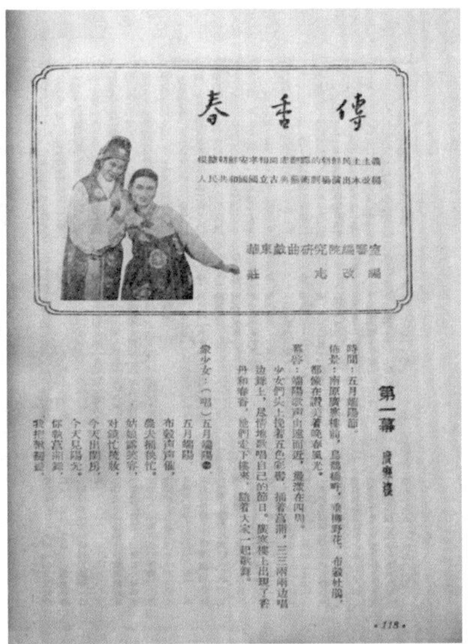
春香傳

第一幕

▌〈극본〉(1955년 6월호)에 게재된 월극 〈춘향전〉 대본

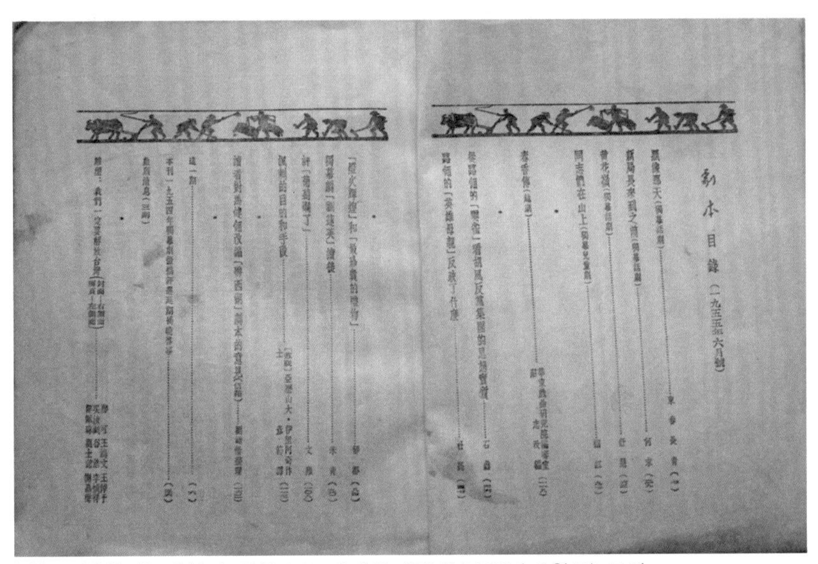
劇本 目錄

▌월극 〈춘향전〉 대본이 처음으로 게재된 〈극본〉(1955년 6월호) 목차

1955년 8월, 신문예출판사(新文藝出版社)에서 출간한 월극(越劇) <춘향전>(<華東地方戲曲叢刊 第4集>, 1955년 2월)은 상해문화출판사(上海文化出版社)에 의해 <춘향전>이라는 서명(書名)으로 출판된다. 이 단행본은 신문예출판사에서 출간한 월극 <춘향전>(<華東地方戲曲叢刊 第4集>, 1955년 2월)의 무대 배경, 인물 복장 부분을 제외하고 기타 내용은 그대로 옮겨놓았다. 저작권 부분에 신문예출판사에서 출간한 <華東地方戲曲叢刊>을 재판(重排)한 것이라고 밝히고 있다. 이 단행본은 출간되어 1년도 채 안 되는 사이에, 1956년 3월까지 4쇄 발간되었는데 누계 10만 4000부를 기록하였다. 지방극단을 위한 대본 출판이 아닌 대중 독자들을 위한 도서출판이라고 할 수 있다. 월극(越劇) <춘향전>은 공연을 통한 관람자만 아니라 독서를 통한 독자들을 통해서 보다 광범위하게 전파되었다고 하겠다.

▌상해문화출판사에서 출간한 〈춘향전〉 (1955년 8월 초판, 1956년 3월 4쇄) 표지

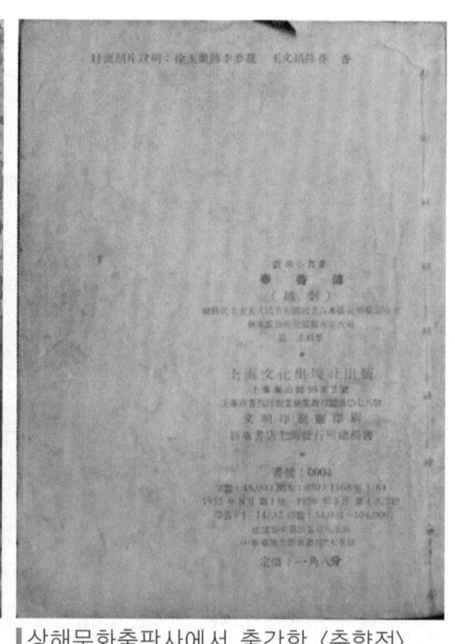

▌상해문화출판사에서 출간한 〈춘향전〉 (1955년 8월 초판, 1956년 3월 4쇄) 저작권

1950년대를 이어 1960년대 전반기에도 <춘향전>은 그 인기가 지속되었다. 1962년 2월, 상해문예출판사에서 <월극총간 제1집(越劇叢刊 第1集)>을 출간하였는데 여기에 <춘향전>이 수록된다. 이 <춘향전>은 <화동지방희곡총간 제4집(華東地方戲曲叢刊 第4集, 新文藝出版社, 1955년 2월)>에 수록된 월극 <춘향전>을 수정 보완한 것으로 원문과 기본적으로 일치하면서도 어느 정도 차별화되었다. 극 구조가 원래의 5막 7장이 6막 8장(1막 광한루, 2막 1장 백년가약, 2막 2장 사랑가와 이별가, 3막 일심, 4막 농부가, 5막 1장 夜礻+壽 5막 2장 옥중가 6막 부시(賦詩)으로 수정되었고 인물들의 대화가 보다 구두어화로 세련되었다. 그리고 원문의 "전기", "곡보" 외에 공연장면과 칼라로 된 무대 배경 등을 보충하여 극단 및 독자들로 하여금 극본의 이해와 공연에 도움을 주고자 하였다.

이 총간은 "편집설명"에서 이렇게 쓰고 있다.

1. ……이 극종(월극, 역자 주)의 발전 면모를 전면적으로 반영하고 우수한 대표적 극작품을 체계적으로 소개하기 위하여 특히 이 <월극총간>을 편집 출판한다.
2. 본 총간은 주로 사상성과 예술성이 잘 융합되고 무대에서의 수차례 공연을 통하여 극단의 대표작품으로 인정받은 작품들을 수록하였다. 하지만 소재의 다양성을 확보하기 위해 사상 내용에 별 문제없고 표현 면에서 특색 있고 또 대중들이 좋아하는 작품들도 선정하고자 한다.
3. 본 총간에 선정된 작품은 해방 후에 정리 개편된 정통극과 해방 후 창작된 현대극 및 역사극이다. 다른 극종에서 이식해온 작품이 특색이 있다면 수록하고자 한다.
4. 본 총간은 여러 집(輯)으로 나눠 출간할 예정인데 특성이 서로 비슷한 작품들을 한 책으로 묶고 매 집의 작품 배정은 정리, 개편,

창작의 시간 선후에 따라 정하고 한다.

5. 독자들로 하여금 작품의 창작과정을 알게 하고 공연 자료를 보존하기 위하여 본 총간은 대본 외 전기(前記), 선곡(選曲), 무대설계도(舞臺設計圖), 공연장면 등도 첨부하였다. 선곡 중의 가사는 간혹 극본의 가사와 다른데 이는 음악 처리의 특점을 배려하기 위한 것이기에 일치성을 강요하지 않았다.

6. 이 계렬 총간 편집에서 우리가 아직 경험이 부족하기에 전국 각지의 월극 단체들에서 대폭적으로 성원해주기를 바란다. ……[3]

위 "편집설명"에서 이 총간에 수록된 작품은 사상 예술성이 잘 융합되고 무대의 검증을 거친 우수작품이며 독자와 공연자료 보존을 위해 전기, 선곡뿐만 아니라 무대설계도, 공연장면 등도 첨부하였으며 전국 각지 월극 단체들에 제공하고자 출간되었음을 알 수 있다. 사실 제1집에 수록된 작품들로는 <양산백과 축영대>, <서상기>, <춘향전>, <홍루몽> 등 4개 작품이다. 주지하다시피 이 작품들은 <춘향전> 제외하고 모두 중국의 정통 명작이다. 이와 같은 중국의 명작들과 함께 수록되었다는 것 그 자체만으로도 당시 <춘향전>의 인기를 충분히 알 수 있다. 이미 월극의 한 명작으로 자리매김하게 되었다고 해도 과언이 아닐 것이다.

특기할 것은 이 <월극총간 제1집(越劇叢刊 第1集)>에 수록된 <춘향전>이 같은 해 5월에 상해문예출판사에 의해 단행본으로 출간되었다. 이 단행본은 <월극총간 제1집>에 수록된 내용을 그대로 옮겨놓은 것으로 당시 월극 <춘향전>의 문학 예술적 위상을 다시 한번 충분히 과시하고 있다.

---

3 「越劇叢刊 第1集」, 上海文藝出版社, 1962. 2, 『編輯說明』, III-IV 쪽에서 인용.

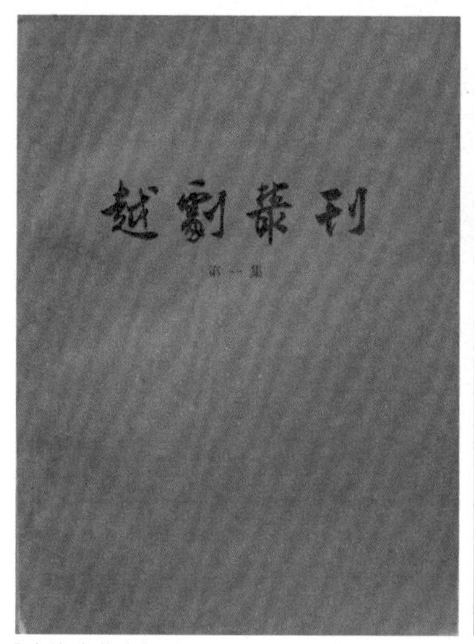

▌上海文藝出版社에서 출간한〈越劇叢刊 第1集〉(1962年 2月) 표지

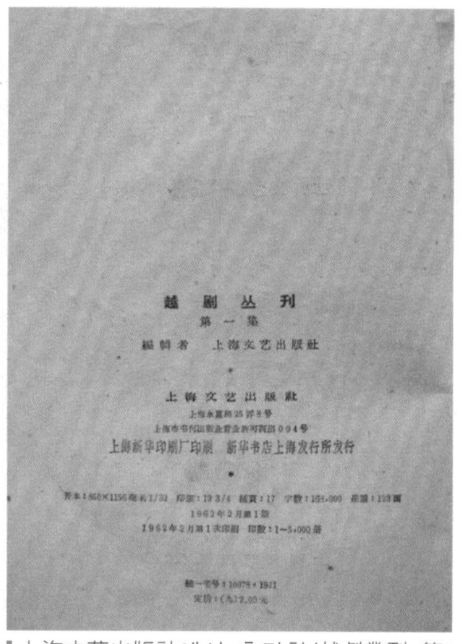

越劇丛刊
第一集
編輯者 上海文艺出版社

上海文艺出版社
上海新华印刷厂印刷 新华书店上海发行所发行

1962年2月第1版
1962年2月第1次印刷 印数：1—5,000册

▌上海文藝出版社에서 출간한〈越劇叢刊 第1集〉(1962年 2月) 저작권

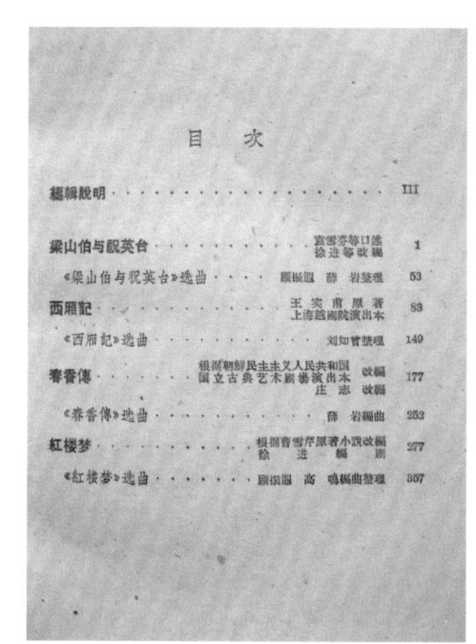

目 次

▌上海文藝出版社에서 출간한〈越劇叢刊 第1集〉(1962年 2月) 목차

▌上海文藝出版社에서 출간한〈越劇叢刊 第1集〉(1962年 2月)〈춘향전〉공연 장면1

上海文藝出版社에서 출간한〈越劇叢刊 第1集〉(1962年 2月) 〈춘향전〉 공연 장면3

上海文藝出版社에서 출간한〈越劇叢刊 第1集〉(1962年 2月) 〈춘향전〉 공연 장면2

上海文藝出版社에서 출간한〈越劇叢刊 第1集〉(1962年 2月) 〈춘향전〉 공연 장면4

上海文藝出版社에서 출간한〈越劇叢刊 第1集〉(1962年 2月) 〈춘향전〉 무대 설계도1

上海文藝出版社에서 출간한〈越劇叢刊 第1集〉(1962年 2月) 〈춘향전〉 무대 설계도2

上海文藝出版社에서 출간한〈越劇叢刊 第1集〉(1962年 2月) 〈춘향전〉 무대 설계도3

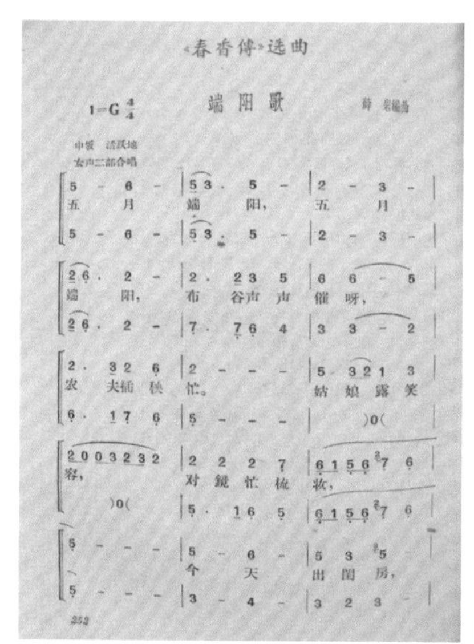

上海文藝出版社에서 출간한〈越劇叢刊 第1集〉(1962年 2月) 〈춘향전〉 선곡1

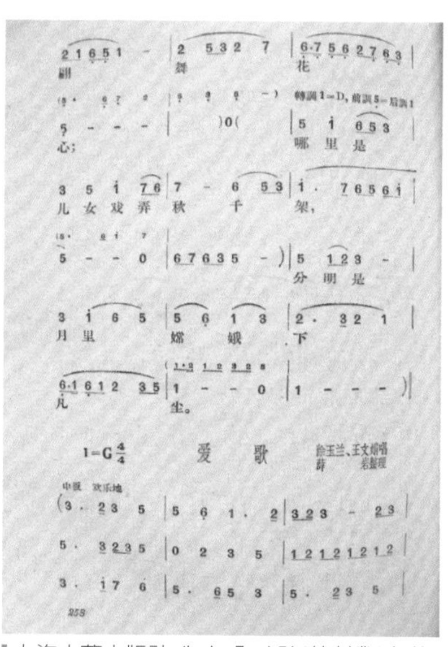

上海文藝出版社에서 출간한〈越劇叢刊 第1集〉(1962年 2月) 〈춘향전〉 선곡2

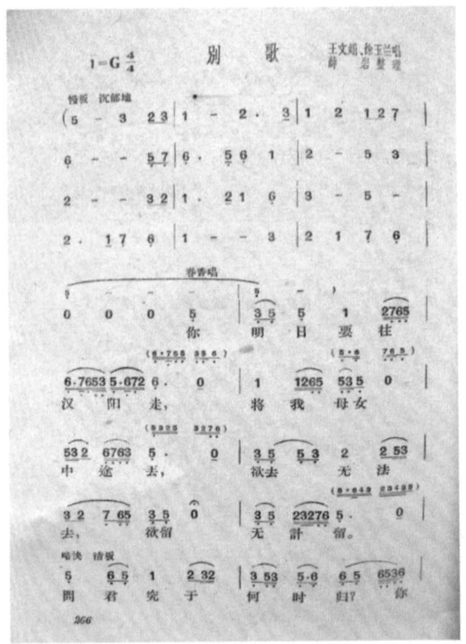

▎上海文藝出版社에서 출간한〈越劇叢刊 第1集〉(1962年 2月) 〈춘향전〉 선곡3

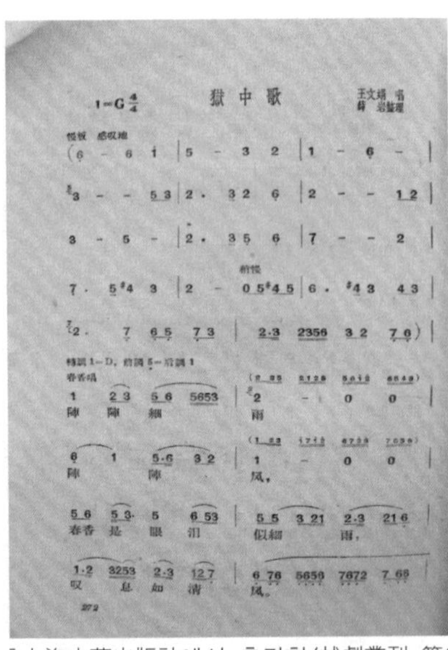

▎上海文藝出版社에서 출간한〈越劇叢刊 第1集〉(1962年 2月) 〈춘향전〉 선곡4

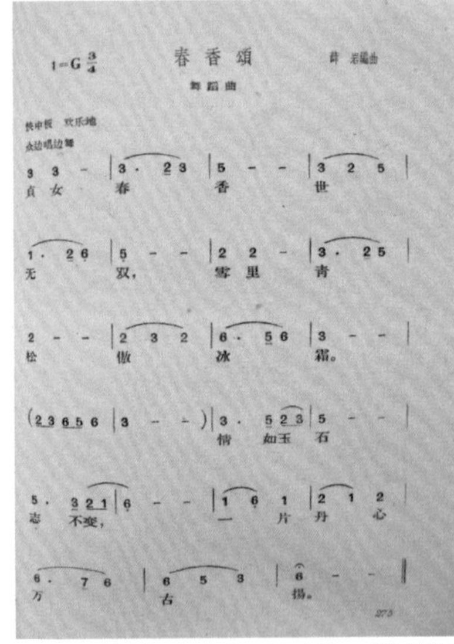

▎上海文藝出版社에서 출간한 〈越劇叢刊 第1集〉(1962年 2月) 〈춘향전〉 선곡5

▎上海文藝出版社에서 출간한 월극 〈춘향전〉(1962年 5月) 표지

1950년대에 월극 <춘향전>만 아니라 기타 지방극의 <춘향전> 대본들도 출간되었다는 것이 크게 주목된다. 1955년 9월, 하남인민출판사(河南人民出版社)에서 고장 예극(古裝豫劇)<출향전> 대본을 출간한다. 이 대본은 화동희곡연구원 편심실(華東戲曲硏究院編審室) 장지(莊志) 개편으로 된 월극 <춘향전>을 원 텍스트로 다시 개편한 상구예극실험3단(商丘豫劇實驗三團)의 공연대본이다. 다시 말하면 하남성(河南省) 상구시(商丘市) 예극실험극단 제3극단에서 예극 <춘향전>을 공연하고자 개편한 예극 <춘향전> 공연 대본이다. 극 구조가 원래의 5막 7장 그대로 즉 1막 광한루, 2막 1장 백년가약, 2막 2장 사랑가와 이별가, 3막 일심, 4막 1장 농부가, 4막 2장 옥중가 5막 부시(賦詩)로 되었는데 이는 월극 <춘향전>과 완전 일치하다. 또한 공연장면, 무대 배경, 악보(樂譜) 그리고 "출판자의 말"을 첨부하여 극단 및 독자들로 하여금 예극 <춘향전> 대본의 이해와 공연에 도움을 주고자 하였다. "출판자의 말"에서는 이 책자의 출판에 대해 이렇게 설명하고 있다.

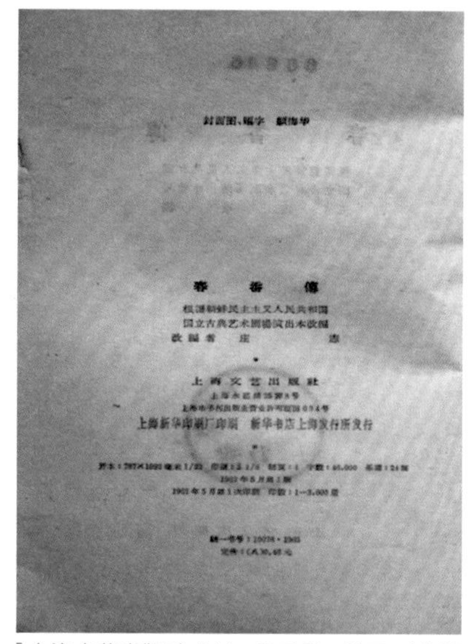
春香傳
上海文艺出版社
上海新华印刷厂印刷 新华书店上海发行所发行

▌上海文藝出版社에서 출간한 월극 〈춘향전〉(1962年 5月) 저작권

<춘향전>은 화동희곡연구원 편집실 장지가 조선의 안효상이 번역한 조선인민민주주의공화국 국립고전예술극장의 공연 대본을 개편한 것이다. 하남성 상구전구(商丘專區) 실험3단(實驗三團)은 여러 지방에 가서 예극을 공연할 때 많은 대중들의 뜨거운 환영을 받았다. 우리는 조선인민

의 우수한 예술을 전파하고 조선인민들의 굳센 투쟁정신을 선양(宣揚)하기 위하여, <춘향전>이라는 우수한 조선 고전극이 하남성 각 도시와 농촌에서 널리 공연되도록 하기 위하여 특히 장지의 허가를 받고 이 대본을 출판한다.

이 극은 춘향의 형상을 통하여 고대조선인민들의 재부와 지위에 현혹되지 않고 권세와 무력에 굴복하지 않으며 지조가 굳은 우수한 품성을 찬송함과 아울러 조선통치자들이 폭력으로 인민을 억압하는 흉악한 행위를 폭로하고 고대조선인민들의 자유와 행복을 추구하는 굳센 의지를 보여주고 있다.

마지막으로, 우리는 각 지방극단에서 <춘향전>을 무대에 올릴 때 극본 개편에서든 공연에서든 반드시 원작 정신을 충실히 표현하기에 노력하고 조선인민들의 풍속습관을 존중하기를 바란다.[4]

예극 <춘향전> 대본 역시 공연을 위한 대본으로 출간되었고 그 주제 및 대본 개편과 공연에서 지켜야 할 요구 사항은 월극 <춘향전>과 완전 일치함을 알 수 있다. 다시 말하면 예극의 수용 자세와 월극의 수용 자세가 일치하다고 하겠다. 이 단행본은 1956년 11월 2쇄 하면서 그 발행수가 2만 149부를 기록하였다.

---

4 莊志 改編 古裝豫劇 <春香傳>, 河南人民出版社, 1955. 9, 『出版者的話』에서 인용.

河南人民出版社에서 출간한 古裝豫劇〈춘향전〉(莊志改編, 1955年 9月) 표지

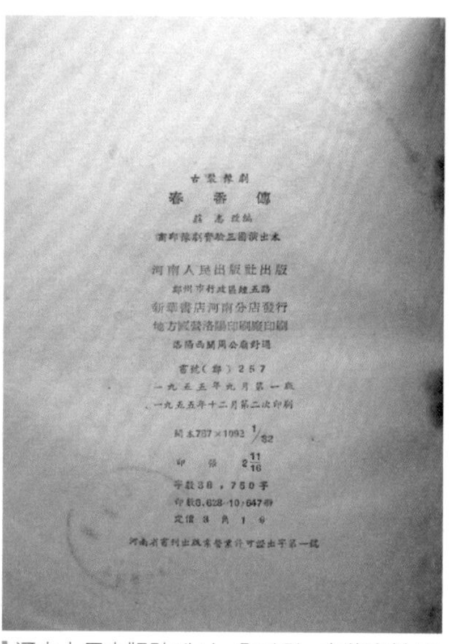
古裝豫劇
春香傳
莊志改編

河南人民出版社出版
新華書店河南分店發行
地方國營洛陽印刷廠印刷

書號(鄭)257
一九五五年九月第一版
一九五五年十二月第二次印刷

開本787×1092 1/32
印張 2 11/16
字數38,750字
印數6,628-10,647冊
定價3角1分

河南省書刊出版業營業許可證出字第一號

河南人民出版社에서 출간한 古裝豫劇〈춘향전〉(莊志改編, 1955年 9月) 저작권

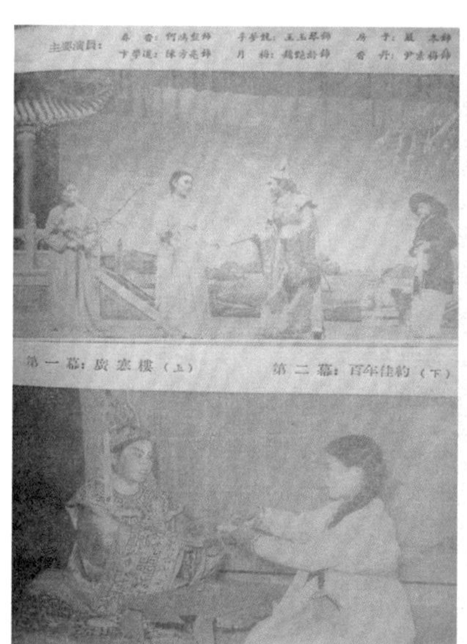

河南人民出版社에서 출간한 古裝豫劇〈춘향전〉(莊志改編, 1955年 9月) 공연 장면1

河南人民出版社에서 출간한 古裝豫劇〈춘향전〉(莊志改編, 1955年 9月) 공연 장면2

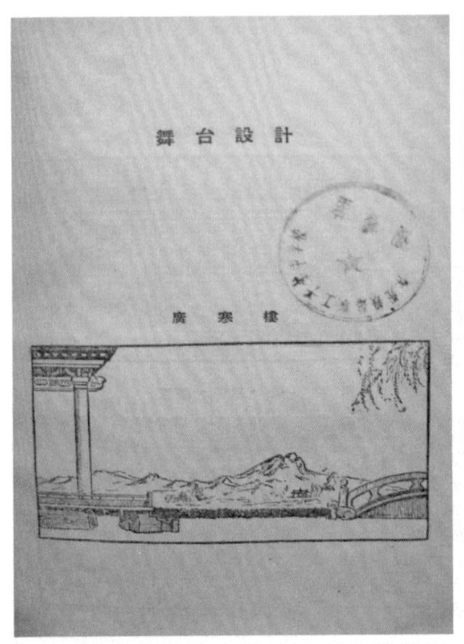

河南人民出版社에서 출간한 古裝豫劇〈춘향전〉(莊志改編, 1955年 9月) 무대 설계1

河南人民出版社에서 출간한 古裝豫劇〈춘향전〉(莊志改編, 1955年 9月) 무대 설계2

河南人民出版社에서 출간한 古裝豫劇〈춘향전〉(莊志改編, 1955年 9月) 무대 설계3

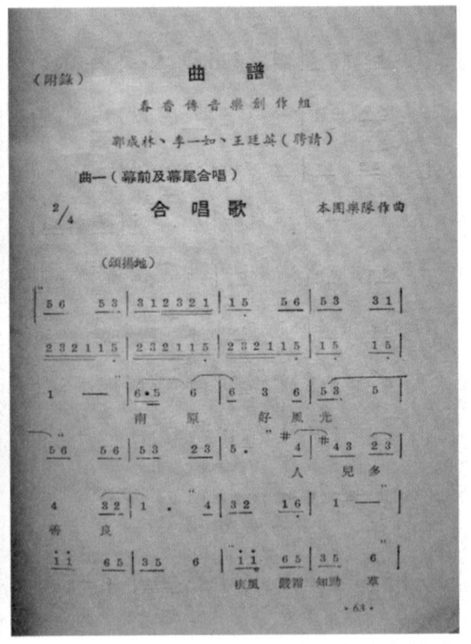

河南人民出版社에서 출간한 古裝豫劇〈춘향전〉(莊志改編, 1955年 9月) 樂譜1

1957년 5월, 음악출판사(音樂出版社)에서 평극곡보(評劇曲譜) <춘향전> 단행본을 출간한다. 이 곡보는 월극 <춘향전>을 원 텍스트로 삼고 중국평극원(中國評劇院)에서 개편한 것인데 대본과 곡보가 함께 있는 평극 <춘향전> 대본이다. 극적 구조 또한 1막 광한루, 2막 백년가약, 3막 사랑가, 4막 이별가, 5막 일심, 6막 농부가, 7막 옥중가, 8막 단원(團圓) 등 8막으로 구성되었다. 월극 2막 3장의 사랑가와 이별가를 3막과 4막으로 나눠 각자 상대적으로 독립적인 막을 구성하였다. 원 텍스트에 충실하면서 또 평극 자체의 특징을 잃지 않은 수용자세를 보여주고 있다. 단순한 독서를 위한 대본이 아니라 공연을 위한 대본으로 출간된 것이다. 그 발행 수는 1쇄에 1만 5,050부를 기록하고 1959년 11월 2쇄 되면서 총 1만 7,110부를 기록하고 있는데 평극이 화북(華北), 동북(東北), 서북(西北) 등 광범위한 중국 북부 지역의 주요 극종이라는 것을 감안할 때 평극 <춘향전>의 전파와 영향력을 가히 짐작할 수 있다.

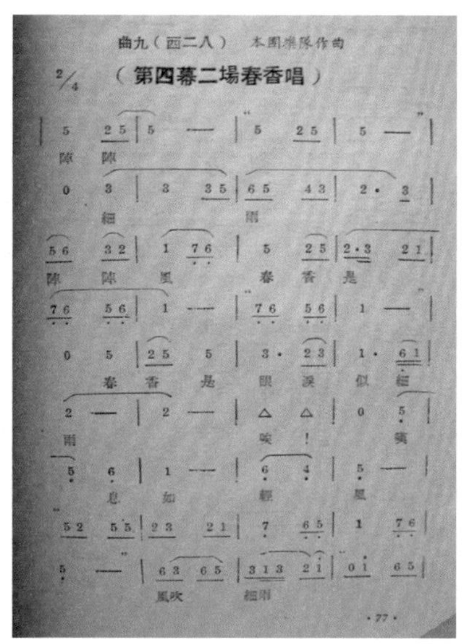

河南人民出版社에서 출간한 古裝豫劇〈춘향전〉(莊志改編, 1955年 9月) 樂譜2

1959년 5월, 북경보문당서점(北京寶文堂書店)에서 출간한 <평극대관(評劇大觀)>(제8집)에 평극 <춘향전> 대본이 수록 발표된다. <평극대관>은 중국평극원(中國評劇院)에서 "광범위한 대중과 전국 극단들의 수용에 응하여 편집" 관장하는 문예지이다. "<평극대관>은 현실생활과 역사생활을 반영한 창작극과 개편극 대본, 우수한 전통 극 대본 그리고 민간전설에 근거하여 개편한 대본 등을 치중하여 수집 수록한다." "무릇 새로 창작 혹은 개편한 대본은 모두 무대실천을 거쳤을 뿐만 아니라 창작 작가와 개편 작가의 수정을 거친 것이다."[5]

<평극대관>에 수록된 평극 <춘향전>은 우선 "전기"에 작품 줄거리를 소개하여 대본 이해를 돕고 있다. 그리고 극적 구조는 1막 광한루, 2막 백년가약, 3막 사랑가, 4막 이별가, 5막 일심, 6막 농부가, 7막 옥중가, 8막 단원(團圓) 등 8막으로 구성되었는데 이는 평극곡보(評劇曲譜) <춘향전>과 일치하다. 다만 곡보(曲譜)만 삭제되었을 뿐이다.

이 평극 <춘향전> 대본은 같은 해 10월, 북경보문당서점(北京寶文堂書店)에 의해 단행본으로 출간된다. 그 발행 수는 8,500부 기록하고 있다.

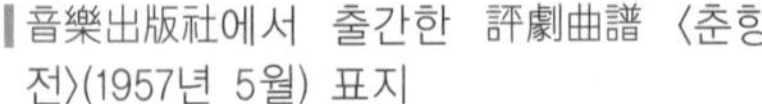
音樂出版社에서 출간한 評劇曲譜 〈춘향전〉(1957년 5월) 표지

音樂出版社에서 출간한 評劇曲譜 〈춘향전〉(1957년 5월) 저작권

5 中國評劇院 編, 『評劇大觀』(第八輯), 北京寶文堂書店, 1959. 5, "凡例"에서 인용.

▌音樂出版社에서 출간한 評劇曲譜 〈춘향전〉(1957년 5월) 표지2

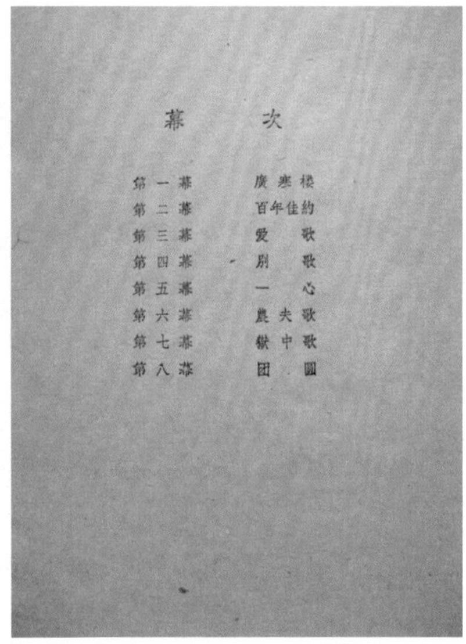

幕次

▌音樂出版社에서 출간한 評劇曲譜 〈춘향전〉(1957년 5월) 목차

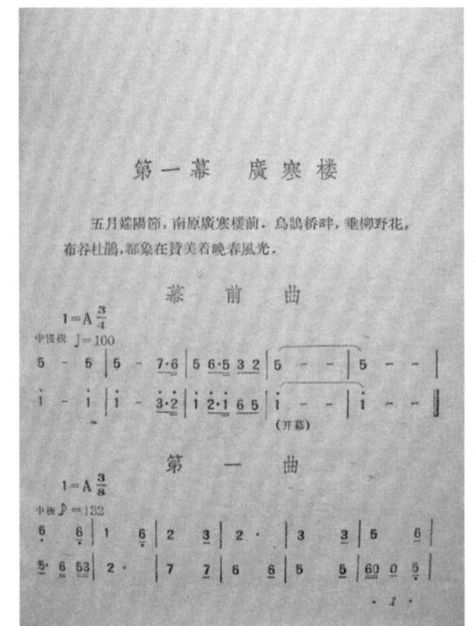

第一幕 廣寒楼

五月端陽節，南原廣寒樓前，烏鵲桥畔，垂柳野花，布谷杜鵑，都象在詩美着晚春風光.

· 1 ·

▌音樂出版社에서 출간한 評劇曲譜 〈춘향전〉(1957년 5월) 악보1

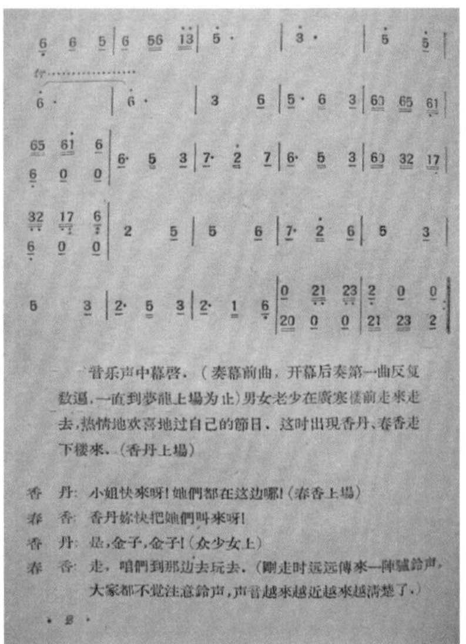

音乐声中幕啓.（奏幕前曲，开幕后奏第一曲反复数遍，一直到夢龍上場为止）男女老少在廣寒樓前走來走去，热情地欢喜地过自己的節日．这时出現香丹、春香走下樓來.（香丹上場）

香　丹：小姐快來呀！她們都在这边哪！（春香上場）

春　香：香丹妳快把她們叫來呀！

香　丹：是，金子，金子！（众少女上）

春　香：走，咱們到那边去玩去.（剛走时远远傳來一陣鑾鈴声，大家都不覺注意鈴声，声音越來越近越來越清楚了.）

· 2 ·

▌音樂出版社에서 출간한 評劇曲譜 〈춘향전〉(1957년 5월) 악보2

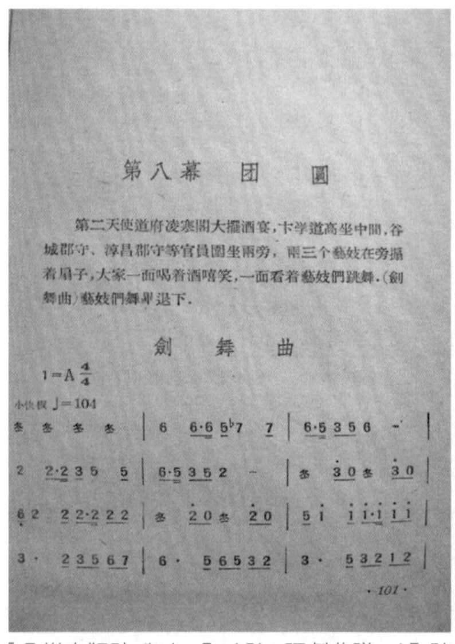
第八幕　团　圓

第二天使道府凌寒閣大擺酒宴，卞学道高坐中間，谷城郡守、淳昌郡守等官員圍坐兩旁，兩三个藝妓在旁搧着扇子，大家一面喝着酒嘻笑，一面看着藝妓們跳舞。(劍舞曲)藝妓們舞罷退下.

劍　舞　曲

· 101 ·

音樂出版社에서 출간한 評劇曲譜 〈춘향전〉(1957년 5월) 악보3

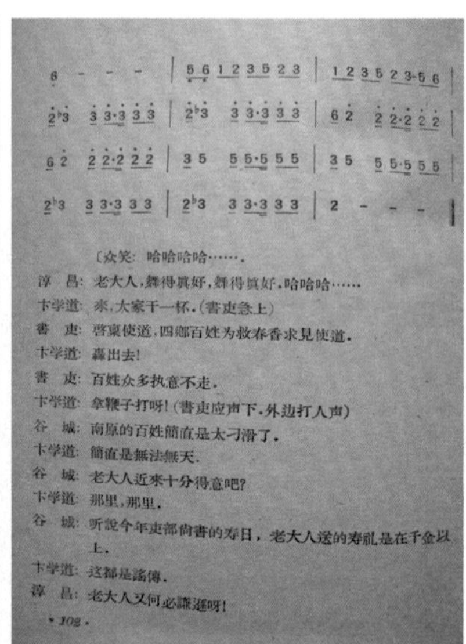
〔众笑: 哈哈哈哈…….

淳　昌: 老大人，舞得眞好，舞得眞好. 哈哈哈……

卞学道: 來，大家干一杯.(書吏急上)

書　吏: 啓稟使道，四鄉百姓为救春香求見使道.

卞学道: 轟出去!

書　吏: 百姓众多执意不走.

卞学道: 拿鞭子打呀!(書吏应声下. 外边打人声)

谷　城: 南原的百姓簡直是太刁滑了.

卞学道: 簡直是無法無天.

谷　城: 老大人近來十分得意吧?

卞学道: 那里，那里.

谷　城: 听說今年吏部尙書的寿日，老大人送的寿禮是在千金以上.

卞学道: 这都是謠傳.

淳　昌: 老大人又何必謙遜呀!

· 102 ·

音樂出版社에서 출간한 評劇曲譜 〈춘향전〉(1957년 5월) 악보4

評剧大觀

（第八集）

中国評剧院編

北京寶文堂書店에서 출간한 〈평극대관〉(제8집) (1959년 5월) 표지

北京宝文堂書店出版

工人出版社印刷厂印刷 · 新华書店發行

北京寶文堂書店에서 출간한 〈평극대관〉(제8집) (1959년 5월) 저작권

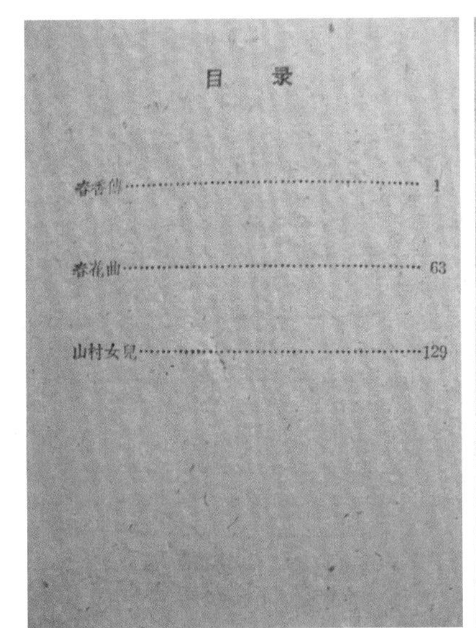

目　录

▌北京寶文堂書店에서 출간한 〈평극대관〉(제8집) (1959년 5월) 목록

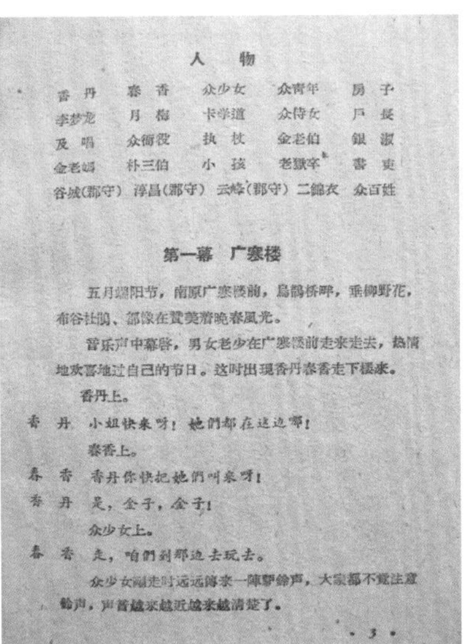

人　物

香丹	春香	众少女	众青年	房子
李梦龙	月梅	卞学道	众侍女	戶長
及唱	众衙役	执杖	金老伯	銀淑
金老媽	朴三伯	小孩	老獄卒	書吏
谷城(郡守)	淳昌(郡守)	云峰(郡守)	二錦衣	众百姓

第一幕　广寒楼

五月端阳节，南原广寒楼前，烏鵲桥畔，垂柳野花，布谷杜鵑、都像在賛美着晚春風光。

音乐声中幕啓，男女老少在广寒楼前走来走去，热情地欢喜地过自己的节日。这时出現香丹春香走下楼来。

香丹上。

香　丹　小姐快来呀！她們都在这边哪！

春香上。

春　香　香丹你快把她們叫来呀！

香　丹　是，金子，金子！

众少女上。

春　香　走，咱們到那边去玩去。

众少女刚走时远远傳来一陣響鈴声，大家都不覺注意鈴声，声音越来越近越来越清楚了。

· 3 ·

▌北京寶文堂書店에서 출간한 〈평극대관〉(제8집)(1959년 5월) 1쪽

▌北京寶文堂書店에서 출간한 평극 〈춘향전〉 (1959년 10월) 표지

春香傳

北京寶文堂書店出版

北京崇文印刷厂印刷　新华书店发行

定价：(7)0.21元

▌北京寶文堂書店에서 출간한 평극 〈춘향전〉 (1959년 10월) 저작권

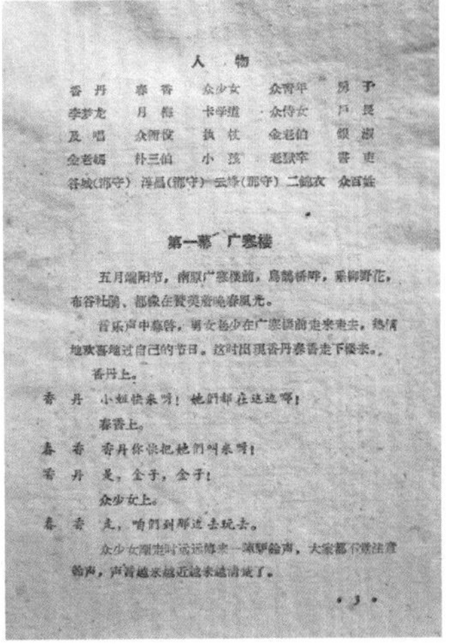

▌北京寶文堂書店에서 출간한 평극 〈춘향전〉 (1959년 10월) 1쪽

경극(京劇) <춘향전> 대본은 1955년 5월 북경대중출판사(北京大衆出版社)에 의해 단행본으로 출간되었다. 언혜주(言慧珠)가 월극 <춘향전> 대본을 개편한 것인데 "전기"에서 이야기줄거리를 소개한 후 나중에 "선량하고 굳센 춘향의 사랑에 대한 충정(忠貞)과 봉건 세력과의 투쟁은 인민들의 깊은 동정을 얻게 된다."고 쓰고 있다. 극적 구조는 제1장 첫 만남(初見), 제2장 백년가약, 제3장 사랑가와 이별가, 제4장 일심, 제5장 옥중화(獄中花), 제6장 몽룡의 밀방(私訪), 제7장 옥중 상봉(監中相會), 제8장 어사출도 등 8장으로 되었다. 월극보다 1장 더 많은데 이 부분은 바로 제6장이다. 제6장에서는 몽룡이 암행어사가 되어 백성들의 질고와 탐관오리들의 부정부패를 살피며 방자를 만나 춘향의 상황을 알게 된다. 봉건통치에 대한 폭로 비판이라는 주제를 보다 뚜렷하게 해주는 부분이라고 하겠다.

경극(京劇) <춘향전> 대본은 1956년 11월까지 4쇄(북경대중출판사가 북경출판사로 개명됨) 발행되는데 그 발행 수는 누계 3만 1천 부에 달한다. 경극 <춘향전>의 전파와 영향력을 어느 정도 알 수 있다.

京劇

春香傳

言慧珠改編

北京大衆出版社

▎北京大衆出版社에서 출간한 경극 〈춘향전〉 (1955년 5월) 표지

春香傳(京劇)

言慧珠改編

*

北京大衆出版社出版

北京印刷廠印刷

*

一九五五年五月第一版

▎北京大衆出版社에서 출간한 경극 〈춘향전〉 (1955년 5월) 저작권

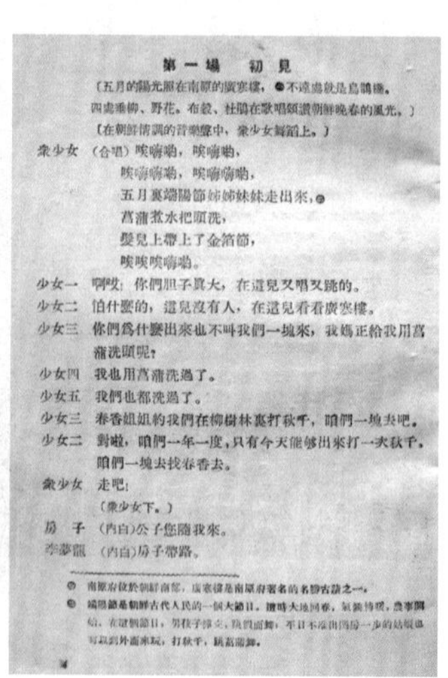
第一場　初見

〔五月的陽光照在南原的廣寒樓，不遠處就是烏鵲橋。四處垂柳、野花，布穀、杜鵑在歌唱頌讚朝鮮晚春的風光。〕

〔在朝鮮情調的音樂聲中，衆少女舞蹈上。〕

衆少女　（合唱）唉嗨喲，唉嗨喲，
唉嗨嗨喲，唉嗨嗨喲，
五月裏端陽節姊姊妹妹走出來，
菖蒲煮水把頭洗，
髮兒上帶上了金箔節，
唉唉唉嗨喲。

少女一　啊哎：你們胆子眞大，在這兒又唱又跳的。

少女二　怕什麼的，這兒沒有人，在這兒看看廣寒樓。

少女三　你們爲什麼出來也不叫我們一塊來，我媽正給我用菖蒲洗頭呢？

少女四　我也用菖蒲洗過了。

少女五　我們也都洗過了。

少女三　春香姐姐約我們在柳樹林裏打秋千，咱們一塊去吧。

少女二　對啦，咱們一年一度，只有今天能够出來打一次秋千，咱們一塊去找春香去。

衆少女　走吧！

〔衆少女下。〕

房　子　（內白）公子您隨我來。

李夢龍　（內白）房子帶路。

▎北京大衆出版社에서 출간한 경극 〈춘향전〉 (1955년 5월) 2쪽

▎북경출판사에서 출간한 경극 〈춘향전〉 (1956년 11월) 4쇄 표지

春香傳（京劇）
言慧珠改編

北京出版社出版

北京印刷厂印刷

新华書店北京發行所發行

▎북경출판사에서 출간한 경극 〈춘향전〉 (1956년 11월) 4쇄 저작권

앞에서 보다시피 월극 <춘향전> 외 기타 극종 <춘향전>은 월극 <춘향전>대본을 원 텍스트로 삼고 개편하였기에 극의 구성, 주제, 인물형상 등 여러 면에서 대체로 월극과 일치하다.

표2에 나열된 여러 극종 <춘향전> 대본들의 "전기"나 "출판설명"에서 <춘향전>을 소개한 부분만을 실례로 매 극종 대본의 구체적인 번역 개편 양상을 살펴보기로 한다.

월극 대본은 "<춘향전>은 조선의 우수한 민간전설일 뿐만 아니라 조선 고전문학의 우수한 작품의 하나이다. 이 작품은 조선 고대 인민들의 봉건제도에 대한 강렬한 반항과 행복한 생활에 대한 추구와 갈망을 반영하고 있으며 또한 인민들의 의지는 그 어떤 폭력으로도 정복할 수 없다는 진리를 제시해주고 있다."고 소개하고 있다.

경극 대본은 "<춘향전>은 조선인민들의 사랑을 받는 고전 희곡이다.

……착하고 굳센 춘향의 사랑에 대한 충정과 봉건세력과의 투쟁은 인민들의 깊은 동정을 자아냈다."고 소개하고 있다.

예극 대본은 "이 극은 춘향의 형상을 통하여 고대 조선인민들의 부귀와 권세에 굴하지 않고 폭력에 두려하지 않으며 지조를 굳게 지키는 우수한 품격을 찬송하고 조선통치자들의 폭력으로 인민들을 노예로 만드는 추악한 행태를 폭로함과 아울러 고대 조선인민들이 자유와 행복한 생활을 추구하는 굳센 의지를 보여주고 있다."고 소개하고 있다.

평극 대본은 "……단오날에 춘향은 소녀들과 함께 광한루 앞에서 즐겁게 명절놀이를 하다가 사또 아들 이몽룡과 마주치게 되며 두 사람은 첫눈에 반한다. ……몽룡은 부득불 춘향과 삐아픈 이별을 하게 되며 과거시험을 본 후 다시 와서 춘향을 데려 가기로 약속한다.

……춘향은 끝까지 굴하지 않아 사형판결을 받고 감옥에 갇혀 죽음을 기다리게 된다. ……이때 이몽룡은 이미 암행어사가 되어……백성들을 압박 착취하면서 온갖 나쁜짓을 다 저지르고 있는 변학도를 면직 처벌한다. 백성들의 환호 속에서 춘향과 몽룡은 다시 만나게 된다."고 소개하고 있다.

여기서 여러 극종 대본들은 주제사상을 비롯하여 대체로 일치성을 보여주면서도 어느 정도 온도 차이가 있음을 알 수 있다.

월극 대본에서는 <춘향전>의 문학사적 의의와 주제 사상적 의의에 대해 전면적으로 개괄 강조한 한편 춘향 인물형상에 대해서는 소개하지 않고 있다. 경극 대본에서는 춘향 인물형상과 그 의의만 언급하였지만 예극 대본에서는 주제 사상적 의의에 대해서만 개괄 강조하였는데 그 내용은 월극과 거의 일치하다. 평극 대본은 <춘향전> 스토리만 상세하게 소개하였을 뿐 문학사적 의의나 주제사상 의의, 인물형상 등에 대해서는 언급하지 않고 있다.

이 점은 대본들의 극 구성에서 살펴볼 수 있다. 예극은 제1막 광한루, 제2막 1장 백년가약, 2장 사랑가와 이별가, 3막 일심, 4막 1장 농부가, 2장 옥중가, 5막 부시 등 총 5막으로 구성되었는데 이는 월극의 구성과 완전 일치하다. 경극 대본은 제1장 첫 만남, 제2장 백년가약, 제3장 사랑가와 옥중가, 제4장 일심, 제5장 옥중화, 제6장 몽룡 암행, 제7장 옥중재회 제8장 어사출도 등 총 8장으로 구성되었는데 이는 월극 대본 보다 스토리가 더 선명하게 그려졌다. 평극 대본은 제1막 광한루, 제2막 백년가약, 제3막 사랑가, 제4막 이별가, 제5막 일심, 제6막 농부가, 제7막 옥중가, 제8막 재회 등 총 8막으로 구성되었는데 스토리가 선명하여 경극 대본과 일치성을 보여준다.

이와 같은 온도 차이는 여러 극종 자체의 예술적 특징의 차이점에서 기인한 것이라고 하겠다.

주지하다시피 희곡작품은 무대에서 공연되었을 때에야 비로소 완벽한 작품으로 완성된다. 위 대본들은 공식 출판물로 독자들을 만난 동시에 모두 무대에서 공연됨으로써 그 가치를 완벽하게 구현하였다. 또한 대본의 출판은 창극 <춘향전>이 무대 공간과 시간의 한계를 벗어나 보다 자유롭고 다양하게 전파되도록 하였다는데 큰 의미가 있다.

■ 표 3 _ 1950년대 창극 〈춘향전〉 대본 번역 개편 양상

저서명	개편	출판사 출판년월	인쇄수	〈춘향전〉 시놉시스
(越劇) <春香傳> 華東地方戲曲叢刊 (第四集)	華東戲曲研究院編審室 改編 莊志 執筆	新文藝出版社 1955年 2月	8110	<춘향전>은 조선의 우수한 민간전설일뿐만 아니라 조선고전문학의 우수한 작품의 하나이다. 이 작품은 조선 고대 인민들의 봉건제도에 대한 강렬한 반항과 행복한 생활에 대한 추구와 갈망을

				반영하고 있으며 또한 인민들의 의지는 그 어떤 폭력으로도 정복할 수 없다는 진리를 제시해주고 있다. (“前記” 2쪽)
(京劇) <春香傳>	言慧珠 改編	北京大衆出版社 1955年 5月	9050	<춘향전>은 조선인민들의 사랑을 받는 고전 희곡이다. ……착하고 굳센 춘향의 사랑에 대한 충정과 봉건세력과의 투쟁은 인민들의 깊은 동정을 자아냈다. (“前記” 2쪽)
(越劇) <春香傳>	華東戱曲研究院編審室 改編 莊志 執筆	上海文化出版社 1955年 8月第一版, 1956年3月第4次印刷	34000, 34001-104000	<춘향전>은 조선의 우수한 민간전설일뿐만 아니라 조선고전문학의 우수한 작품의 하나이다. 이 작품은 조선 고대 인민들의 봉건제도에 대한 강렬한 반항과 행복한 생활에 대한 추구와 갈망을 반영하고 있으며 또한 인민들의 의지는 그 어떤 폭력으로도 정복할 수 없다는 진리를 제시해주고 있다. (“前記” 1쪽)
(古裝豫劇) <春香傳>	莊志 改編	河南人民出版社 1955年 9月	6627	이 극은 춘향의 형상을 통하여 고대 조선인민들의 부귀와 권세에 굴하지 않고 폭력에 두려하지 않으며 지조를 굳게 지키는 우수한 품격을 찬송하고 조선통치자들의 폭력으로 인민들을 노예로 만드는 추악한 행태를 폭로함과 아울러 고대 조선인민들이 자유와 행복한 생활을 추구하는 굳센 의지를 보여주고 있다. (“출판설명” 1쪽)
(京劇) <春香傳>	言慧珠 改編	北京出版社 1956年 11月,1955年	16000--31000	<춘향전>은 조선인민들의 사랑을 받는 고전 희곡이다. ……

		5月第一版,第4次印刷		……착하고 군센 춘향의 사랑에 대한 충정과 봉건세력과의 투쟁은 인민들의 깊은 동정을 자아냈다. (“前記” 2쪽)
<評劇大觀>(第八集)(春香傳、春花曲、山村女兒)	莊志 改編 (中國評劇院整理演出本)	北京寶文堂書店 1959年 5月	6000	……단오날에 춘향은 소녀들과 함께 광한루 앞에서 즐겁게 명절놀이를 하다가 사또 아들 이몽룡과 마주치게 되며 두 사람은 첫 눈에 반한다. ……몽룡은 부득불 춘향과 삐아픈 이별을 하게 되며 과거시험을 본 후 다시 와서 춘향을 데려 가기로 약속한다. ……춘향은 끝까지 굴하지 않아 사형판결을 받고 감옥에 갇혀 죽음을 기다리게 된다. ……이때 이몽룡은 이미 암행어사가 되어……백성들을 압박 착취하면서 온갖 나쁜짓을 다 저지르고 있는 변학도를 면직 처벌한다. 백성들의 환호 속에서 춘향과 몽룡은 다시 만나게 된다. (“前記” 2쪽)
(評劇)<春香傳>	莊志 改編 (中國評劇院整理演出本)	北京寶文堂書店 1959年 10月	8500	……단오날에 춘향은 소녀들과 함께 광한루 앞에서 즐겁게 명절놀이를 하다가 사또 아들 이몽룡과 마주치게 되며 두 사람은 첫 눈에 반한다. ……몽룡은 부득불 춘향과 삐아픈 이별을 하게 되며 과거시험을 본 후 다시 와서 춘향을 데려 가기로 약속한다. ……춘향은 끝까지 굴하지 않아 사형판결을 받고 감옥에 갇혀 죽음을 기다리게 된다. ……이때 이몽룡은 이미 암행어사가 되

				어……백성들을 압박 착취하면서 온갖 나쁜짓을 다 저지르고 있는 변학도를 면직 처벌한다. 백성들의 환호 속에서 춘향과 몽룡은 다시 만나게 된다. (“前記” 1쪽)

제4장

소설 〈춘향전〉 번역 이입

중국에서의 소설 <춘향전> 번역 이입은 1950년대에 시작되어 2000년대까지 4차례 번역 이입 되었다. 창극 <춘향전> 번역 개편이 붐을 이루던 1956년에 소설 <춘향전>의 첫 중국어 번역문이 출간된다. 이 번역문은 1960년에 재판되면서 그 영향력을 다시 한번 과시하였다. 그로부터 40여 년 후 2000년대에 3개 번역문이 연이어 출간되면서 새 시대 새 양상을 보여주었다. 현재까지 중국에서 한국 소설이 반세기에 거쳐 4차례 번역 이입된 것은 오직 <춘향전>뿐이다.

01 소설 〈춘향전〉의 1950년대 번역 이입 양상

소설 <춘향전>의 첫 중국어 번역문은 1956년 7월, 빙울(冰蔚), 장우란(張友鸞) 번역으로 작가출판사에 의해 출판되었다.

이 번역문은 우선 서두에 원 텍스트(<춘향전>, 조선작가동맹출판사, 1954년 2월 15일 초판, 이하 북한 <춘향전>이라 약함)에 실린 윤세평의 해설문 "<춘향전>에 대하여"을 번역 인용하는 방식으로 소설 <춘향전>을 소개하고 있다.

> 춘향전은 그의 경개에서 본 바와 같이 리 몽룡과 춘향의 련애로부터 사건이 시작되여 변 학도의 횡폭을 물리치고 리 몽룡과 춘향의 결합으로 사건의 해결을 짓고 있다. 여기에 리 몽룡과 춘향의 련애는 춘향전의 사건을 끌고 가는 주요한 모찌브로 되였으며 정절을 위한 춘향의 숭고한 도덕적 품성도 큰 비중을 차지하고 있는 것이 사실이다. 그러나 누구도 부정할 수 없는 것은 춘향전이 단순한 련애 소설이 아니라 춘향과 리 몽룡의 련애를 통하여 어느 작품보다도 리조 봉건 사회의 특권적인 량반 관료들의 부패한 통치를 폭로하며 반대하고 있다는 사실이다. 따라서 춘향전에 있어서 련애나 정조 같은 것은 오히려 부차적인 것으로서 리조 봉건 관료들의 폭학을 폭로 반대하는 인민들의 투쟁을 적극적인 주제로 하고 있다는 것을 정당하게 밝힐 필요가 있다. 다시 말하면 「사랑가」나 「리별가」보다도 『金樽美酒千人血』이라는 이 시구에서 춘향전의 내용이 단

적으로 표시되고 있는 것이며 춘향전의 사건 전개는 결국 이 시구 한 마디를 표명하기 위한 전제에 불과하다고 말할 수 있다.[1]

윤세평은 <춘향전>에서 춘향과 몽룡의 사랑 이야기는 부차적인 것이고 이조 봉건 관료의 폭학을 폭로 반대하는 인민들의 투쟁이 적극적인 주제라고 밝히고 있다. 이런 주제 선행론식(先行論式) 평론은 당시 북한의 문화정책과 관련된다고 하겠다. 1950년대에 북한은 문화정책에서 '민족적 형식에 사회주의적 내용을 담는다'는 내용의 기본정책을 구체화하였고, 민족문화의 보존과 새로운 의미 부여를 위한 작업들을 적극적으로 추진하였다.[2]

중국어 번역자도 이에 공감을 표하면서 "<춘향전>의 가치와 의의 등에 대해서는 조선민주주의인민공화국 문학비평가 윤세평이 '<춘향전>에 대하여'라는 글에서 상세하게 밝혔기 때문에 여기서 더 언급하지 않겠다."고 밝히고 나중에 "원 작품에서는 우리나라의 고대 인명, 시, 전고(典故) 등을 많이 인용하였는데 이는 중조 양국이 역사적으로 문화교류가 밀접하였고 인민들 간의 우의가 돈독하였다는 것을 말해준다"[3]고 하면서 소설 <춘향전>은 중조 문화교류 및 우의의 한 징표임을 지적하였다.

중국어 번역문은 주제, 장르 등 면에서 원문에 충실하였을 뿐만 아니라 판소리소설 풍격을 그대로 살리기에 애썼다. 한편 "조선 독자들에게는 익숙하지만 우리나라(중국, 역자 주) 독자들에게는 익숙하지 못하고 또 원문에 주해가 없는 부분은 가능한 한 역자가 주해를 첨부하여"[4] 중국독자들의

1 氷蔚 張友鸞 譯, 『春香傳』, 作家出版社, 1956. 7, 인용문은 <춘향전>, 조선작가동맹출판사, 1954. 2. 15. 초판, 5쪽 원문 인용.

2 김삼환 · 김용범, 「북한의 창극 변화 양상 연구」, 『한국언어문화』 42호, 2010, 111~112쪽 참조.

3 「譯後記」, 氷蔚 張友鸞 譯, 『春香傳』, 作家出版社, 1956. 7, 107~108쪽 참조.

4 「譯後記」, 氷蔚 張友鸞 譯, 『春香傳』, 作家出版社, 1956. 7, 108쪽 참조.

이해를 도움과 아울러 독서습관에 알맞게 하는 의역 자세도 보여주었다.

이 번역문은 발행 수 4만 5000부를 기록하고 있는데 당시로서는 엄청난 수치가 아닐 수 없다.

이 번역문은 1960년 8월, 인민문학출판사(작가출판사의 개칭)에 의해 제2판이 출간 되는데 역자는 빙울, 목제(木弟)으로 서명되었다. 서두에 초판 서문인 윤세평의 “<춘향전>에 대하여(關于“春香傳”)”라는 해설문은 삭제되고 대신 “출판설명”이라는 번역자의 글이 실렸다. 이 글에서 <춘향전>은 이렇게 소개되고 있다.

> 이 소설은 18세기 말 19세기 초 리조 통치가 몰락에 직면한 시기 “금준미주는 천인혈이요 옥반가요는 만성고라 촉루락시 민루락이요 가성고처 원성고(金樽美酒千人血, 玉盤佳肴万姓膏, 燭淚落時 民淚落, 歌聲高處 怨聲高)”의 심각한 계급모순을 반영하고 있다. 소설은 이몽룡과 춘향의 사랑 이야기를 통하여 청년들을 속박한 봉건사회와 봉건 통치계급의 폭악하고 황음무치한 본질을 폭로 비판하였다. 또한 춘향의 형상이 사람들을 감동시키고 춘향의 이몽룡에 대한 변함없는 사랑이 사람들의 동정을 자아낸 것은 바로 춘향의 권세에 두려워 하지 않고 봉건 압박에 굳세게 저항하는, 죽을지 언정 결코 굴하지 않는 투쟁 정신에서 비롯되었다고 할 수 있다.[5]

역자는 초판에서와는 달리 <춘향전>의 주제사상과 춘향 형상에 대하여 자체적인 평가를 하고 있다. 기본적으로 초판 윤세평의 해설문과 맥락을 같이하는 한편 춘향 형상의 사상적 의의를 보다 더 강조하고 있다고 하겠다.

여하튼 소설 <춘향전>의 번역문은 초판이든 제2판이든 주제사상에 대

---

5 「出版說明」, 氷蔚 木弟 譯, 『春香傳』, 人民文學出版社, 1960. 8, 1쪽.

한 평가는 창극 <춘향전>의 여러 개편 대본에서 보여준 주제 사상 평가와 대체적으로 일치하다고 할 수 있다.

이 외 제2판 "출판설명"에서 역자는 초판과 달리 <춘향전>의 희곡 개편 공연 상황에 대해서도 언급하였다.

> 조선이 해방된 후 <춘향전>은 창극으로 개편되어 여러 차례 국내외에서 공연되었다. 우리나라의 많은 지역극단도 자체로 개편한 <춘향전>을 무대에 올려 많은 관람자들의 환영을 받고 있다. 이는 중조 양국의 문화교류에서 자못 의의 있는 일이라 하겠다.[6]

소설 <춘향전> 번역문 제2판은 창극 <춘향전>의 붐에 힘입었음을 간접적으로 실증해준다고 할 수 있겠다. 제2판 발행 수는 8050부이다.

1950년대 소설 <춘향전> 중국어 번역문은 누계 4만 8050부 발행되었는데 소설 <춘향전>을 광범위하게 전파함과 아울러 창극 <춘향전>의 번역 이입에 동조하면서 중조 양국 국민들 간의 문화 공감대 형성과 문학교류에 적극적 영향을 끼쳤다.

6 「出版說明」, 氷蔚 木弟 譯, 『春香傳』, 人民文學出版社, 1960. 8, 1쪽.

작가출판사(作家出版社)에서 출간한 소설 〈춘향전〉(1956년 7월) 표지

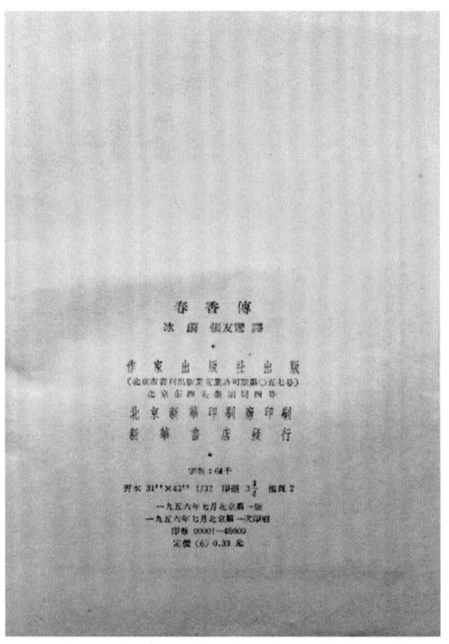
春香傳
冰蔚 張友鸞 譯
作家出版社出版
北京新華印刷廠印刷
新華書店發行
一九五六年七月北京第一版
一九五六年七月北京第一次印刷
印數 00001—45000
定價 (6) 0.33 元

작가출판사(作家出版社)에서 출간한 소설 〈춘향전〉(1956년 7월) 저작권

인민문학출판사(人民文學出版社)에서 출간한 소설 〈춘향전〉(1960년 8월) 표지

春香傳

인민문학출판사(人民文學出版社)에서 출간한 소설 〈춘향전〉(1960년 8월) 표지

02 소설 〈춘향전〉의 2000년대 번역 이입 양상

2000년대 한국문학의 중국 번역 이입 양상을 살펴보면 대체로 한국현대소설이 절대대분의 비중을 차지하고 한국고전소설은 두세 편 정도라 하겠다. 그중 소설 <춘향전>이 3편의 부동한 번역본으로 출판되어 주목받지 않을 수 없게 되었다.

2006년 12월, 신세계(新世界)출판사에서 유응구(柳應九) 번역으로 된 <춘향전>을 출간하였는데 이는 2000년대 첫 중국어 번역문으로 된다. 역자 유응구는 한국 경상대 중국어문학과 교수인데 중국 화중(華中)과학기술대학교 중국어문학과에 객원교수로 있을 때 동제의과대학(同濟醫科大學) 초아동(肖亞東)와 합작하여 초고를 번역하였다고 한다.[1]

이 번역문은 전주완판본 <열녀춘향수절가>을 텍스트로 하고 원작의 예술풍격을 살리는 동시에 중국 독자의 열독에 장애가 없도록 애썼다. "창(唱)" 부분은 원문대로 운문으로 번역하고 "설(說)" 부분에서 일부 운문과 산문으로 된 부분도 운문과 산문으로 번역하였다.[2] 대화 부분은 현대문으로 번역하고 또 많은 삽화를 삽입하여 독자들의 열독과 이해에 도움을 주었다. 역자는 "역자서언"에서 이렇게 쓰고 있다.

1 柳應九 譯, 「譯者序言」, 『春香傳』, 新世界出版社, 2006. 12, 1쪽 참조.
2 柳應九 譯, 「譯者序言」, 『春香傳』, 新世界出版社, 2006. 12, 1쪽 참조.

<춘향전>은 한국의 우수한 고전명작의 하나이다. 기생의 딸 성춘향과 문벌 자제 이몽룡을 주인공으로 청춘남녀 간의 사랑을 묘사함과 동시에 봉건사회 신분등급 관념 타파를 주장하였는데 한국의 '로미오와 줄리엣'으로 평가받으며 한국 국민들의 사랑을 받는 작품이다. ……원문은 중국 전고(典故)와 시사(詩詞) 그리고 고대 성현과 명승고적, 문인일화 등을 많이 인용하였는데 이는 한중 양국 문화교류의 역사가 유구하고 양국 국민 간의 우정이 두텁다는 것을 말해준다.[3]

여기서 역자가 이 번역문을 통해 한국고전명작 특히 애정소설의 명작을 중국에 소개하고자 함과 아울러 이를 통해 한중 양국의 유구한 문화교사와 국민 간의 두터운 우정을 각인시키면서 한국문학의 전파 및 현대 중한 양국 간의 문화교류와 민간인들의 우호적인 내왕을 추진하는데 일조하고자 하였음을 알 수 있다.

특징적인 것은 이 번역문에 수록된 중국 청화대학 중국어문학과 황국영(黃國營)가 쓴 중국어 서문이다. 이 서문에서는 소설 <춘향전>의 창작과정, 예술 특징, 주제, 문학사적 의의 등에 대해 소개하고 있을 뿐만 아니라 한국에서의 <춘향전> 영화 가극(歌劇)개편 양상 및 해외로의 전파 양상 등도 소개하고 있다. 또한 중국에서의 창극 개편 양상도 소개하고 있다. 구체적으로 체계적이고 전면적인 소개이라고 할 수 있다.

책표지에는 또 "한국문화 필독 경전 명작", "한국의 <홍루몽>이라 일컫는 고대조선의 <로미오와 줄리엣>", "아세아문학의 3대 경전 거작 중국 <홍루몽>, 한국 <춘향전>, 일본 <겐지모노가다리(源氏物語)>," "청화대학 중국어학과 황국영 교수가 특별히 서문을 써 추천함" 등 홍보 문구가 첨부되어 독자들의 눈길을 끌고 있다.

---

3 柳應九 譯, 「譯者序言」, 『春香傳』, 新世界出版社, 2006. 12, 1쪽 인용.

그리고 제반 작품을 20개 분절로 나눠 매 분절마다 소제목을 달아주고 아름다운 칼라 삽화 30폭을 넣어 영상매체 시대 젊은 독자들의 독서습관에 맞추었다. 문화상품시대의 특징에 걸맞게 소설 <춘향전>의 문학성과 상품성을 충분히 발굴하고자 한 사례라고 하겠다.

한 가지 간과하지 않을 수 없는 것은 역자가 비록 번역 과정에 중국의 여러 대학 교수님들의 협조를 받기는 하였지만 필경 한국인이 주체가 되어 번역하고 역자 서명도 한국인으로 되었기에 이는 중국으로 놓고 보면 어느 정도 수동적인 번역 이입이라고 할 수 있지 않을 가 싶다.

新世界出版社에서 출간한 소설 〈춘향전〉(2006년 12월) 표지

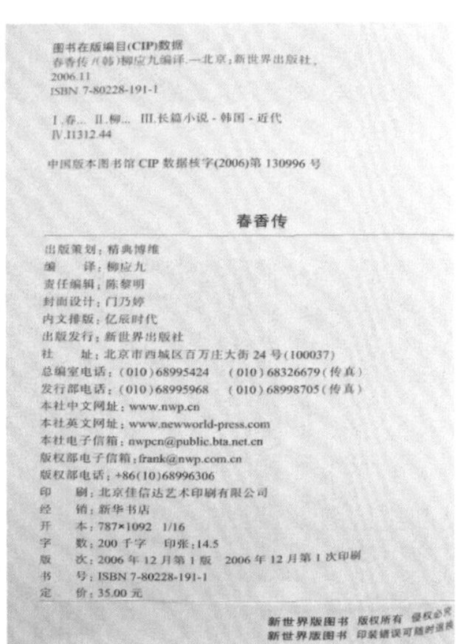

图书在版编目(CIP)数据
春香传/(韩)柳应九编译.—北京:新世界出版社,
2006.11
ISBN 7-80228-191-1

Ⅰ.春… Ⅱ.柳… Ⅲ.长篇小说-韩国-近代
Ⅳ.I1312.44

中国版本图书馆 CIP 数据核字(2006)第 130996 号

春香传

出版策划：精典博维
编　　译：柳应九
责任编辑：陈黎明
封面设计：门乃婷
内文排版：亿辰时代
出版发行：新世界出版社
社　　址：北京市西城区百万庄大街 24 号(100037)
总编室电话：(010)68995424　(010)68326679(传真)
发行部电话：(010)68995968　(010)68998705(传真)
本社中文网址：www.nwp.cn
本社英文网址：www.newworld-press.com
本社电子信箱：nwpcn@public.bta.net.cn
版权部电子信箱：frank@nwp.com.cn
版权部电话：+86(10)68996306
印　　刷：北京佳信达艺术印刷有限公司
经　　销：新华书店
开　　本：787×1092　1/16
字　　数：200 千字　印张：14.5
版　　次：2006 年 12 月第 1 版　2006 年 12 月第 1 次印刷
书　　号：ISBN 7-80228-191-1
定　　价：35.00 元

新世界版图书　版权所有　侵权必究
新世界版图书　印装错误可随时退换

新世界出版社에서 출간한 소설 〈춘향전〉(2006년 12월) 저작권

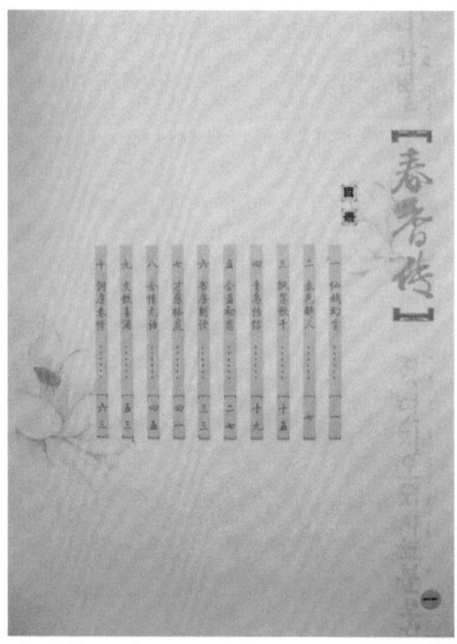

新世界出版社에서 출간한 소설 〈춘향전〉(2006년 12월) 목록1

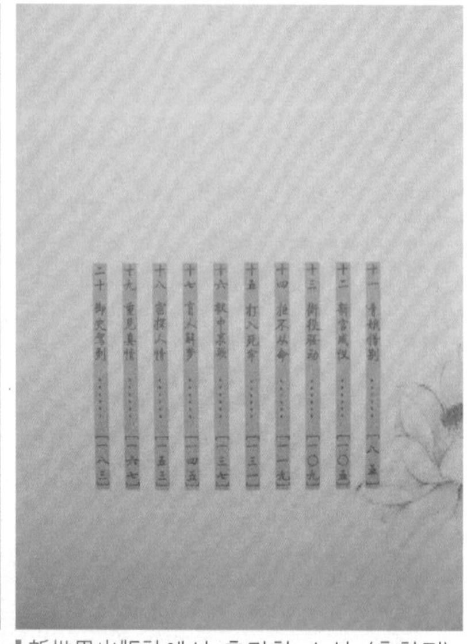

新世界出版社에서 출간한 소설 〈춘향전〉(2006년 12월) 목록2

新世界出版社에서 출간한 소설 〈춘향전〉(2006년 12월) 삽화

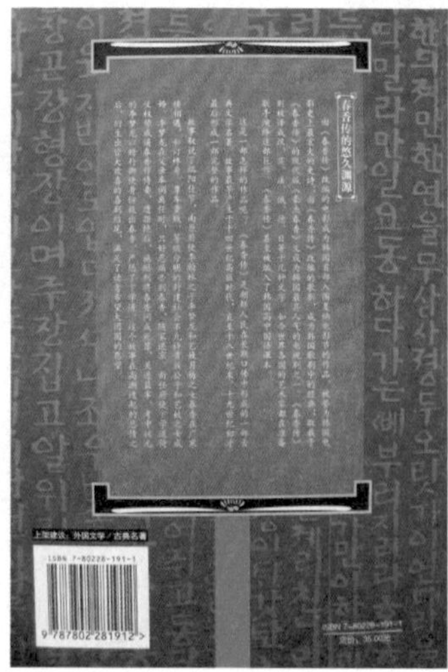

新世界出版社에서 출간한 소설 〈춘향전〉(2006년 12월) 뒤표지

新世界出版社에서 출간한 소설 〈춘향전〉(2006년 12월) 표지에 첨부된 홍보 문구

이와 달리 1950년대 소설 <춘향전> 첫 번역문을 출판한 인민문학출판사에서 반세기가 지난 2010년 1월, 유명한 번역가 설주(薛舟) 서려홍(徐麗紅)에게 위촉하여 소설 <춘향전>을 새로 번역 출판한다. 원문 텍스트는 2004년 3월 민음사에서 출간한 <세계문학전집>(송성욱 편)으로 완산 목각판 <열녀춘향수절가>이다.

재번역의 의미에 대해서 역자는 "역문서언"에서 이렇게 밝히고 있다.

> "<춘향전> 과 같은 세계문학명작은 번역문이 많다한들 결코 지나치지 않으며 모두 나름대로의 가치를 갖고 있다. 한 것은 독자들로 하여금 여러 가지 부동한 텍스트를 통하여 서로 다른 차원과 시각으로 원문을 보다 잘 이해할 수 있게 하기 때문이다."[4]

문화상품화시대에 50여 년 전 출간된 외국 고전 작품을 다시 번역 출판한다는 것은 그 작품의 문학적 가치 내지 기타 가치가 역사적 세례에도 빛바래지 않는 검증된 명작임을 고증한다고 할 수 있다.

이어 역자는 번역 계기와 원칙에 대해 이렇게 피력하고 있다.

> "2007년 초, 인민문학출판사의 위촉을 받고 한국고전소설 <춘향전>을 번역하게 되었다. 반년이라는 시간을 들여 마침내 이 편폭이 그다지 길지 않은 작품을 번역하였다. <춘향전>은 고전문학작품인 만큼 언어가 고풍스럽고 우아하여 현대작품 이해보다 이해하기 어렵고 어떤 중국어로 번역해야 할지 많이 고민하지 않을 수 없었다. 완전 현대중국어로 번역한다면 원문의 묘미와 정취를 잃을 것이고 서술어뿐만 아니라 인물들의 대화도 희곡적인 대화의 음운이 있어 번역 상황이 알맞지 않으면 독자들이 괴이하게 느낄 것이다. 이를 극복하기 위해 수 차 추고 수정하는

4 薛舟 徐麗紅 譯, 「譯序」, 『春香傳』, 人民文學出版社, 2010. 1, 4쪽 인용.

과정에 이 번역문이 완성되었다. 가능한 현대중국어와 고대중국어를 서로 잘 융합시키고 원문에 따라 운문과 산문을 결합시킴과 아울러 최대한 원문 특색을 살리면서도 중국독자들의 열독과 이해에도 배려하고자 하였다."[5]

1950년대 중국어 번역문이 대체로 직역에 가까운 고대중국어로 번역하여 독자들의 열독과 이해에 어려움이 있었던 부족 점을 충분히 감안하고 차별화를 시도하였다고 할 수 있다. 역자는 2000년대 주요 독자가 젊은 층이고 또한 이들이 한국문학 더욱이 한국고전문학에 대한 상식과 이해가 역부족함을 감안하여 "역문서언"을 통해 다방면으로 <춘향전>에 대해 상세하게 소개하고 있다.

"<춘향전>, <심청전>, <홍부전>은 한국고전문학의 3대 명작인데 그중 <춘향전>은 많은 독자들의 사랑을 받는 작품으로 한국의 국민소설이라 평가받고 있으며 십 여 종 언어문자로 번역되어 세계로 진출하였다. 중국과 한국은 역사적 관련이 아주 긴밀한 이웃이고 <춘향전> 또한 중국고전문학 및 고대문화와 불가분의 연관이 있기 때문에 일찍 중국어로 번역되었을 뿐만 아니라 끊임없이 새로운 번역문이 나오고 있다. <춘향전>스토리는 경극, 월극, 평극 등 회곡 방식으로 무대에 올라 중국독자들에게 아주 익숙하다.

어떤 이들은 <춘향전>과 <홍루몽> 그리고 <겐지모노가다리>를 아시아문학의 3대 명작이라고 하는 데 그럴 만한 이유가 있을 것이다.

……<춘향전>을 단순한 애정소설로 이해한다면 절대적인 오독이다. 춘향 형상 속에는 한국 대중들의 용감히 저항하고 완강하게 투쟁하며 운명에 굴복하지 않는 영용무쌍한 정신이 응집되어있다. 춘향은 한민족

5 薛舟 徐麗紅 譯, 「譯序」, 『春香傳』, 人民文學出版社, 2010. 1, 1쪽 인용.

정신세계의 축소판이라고 할 수 있다[6].”

이 번역문 역시 칼라 삽화 30폭을 삽입하였는데 마치 만화를 보는 듯하다. 전통문화와 너무나 멀어진 21세기 새 세대 독자들의 독서와 이해에 도움을 주고자 하였다.

제반 구조는 원문대로 4장으로 되었지만 기승전결을 이루었고 서술어는 통속적이고 간결하며 인물들의 대화는 간결하고 생동하며 인용된 시구는 아름답고 율동적이다. 고전과 현대가 유기적으로 잘 융합되어 현재까지의 소설 <춘향전> 중국어 번역문가운데서 제일 우수한 번역문이라고 하겠다.

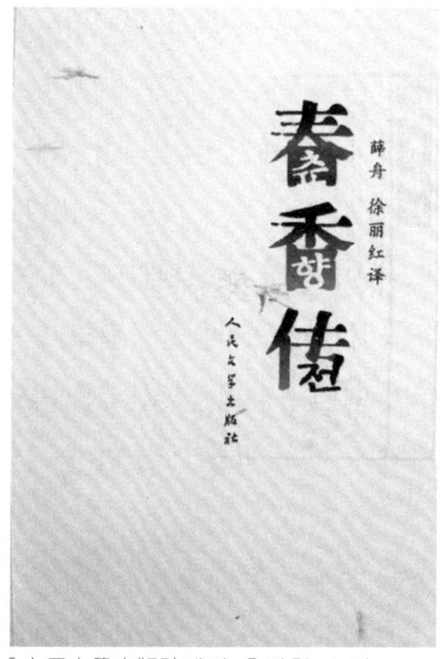

▎人民文學出版社에서 출간한 소설 〈춘향전〉(2010년 1월) 표지

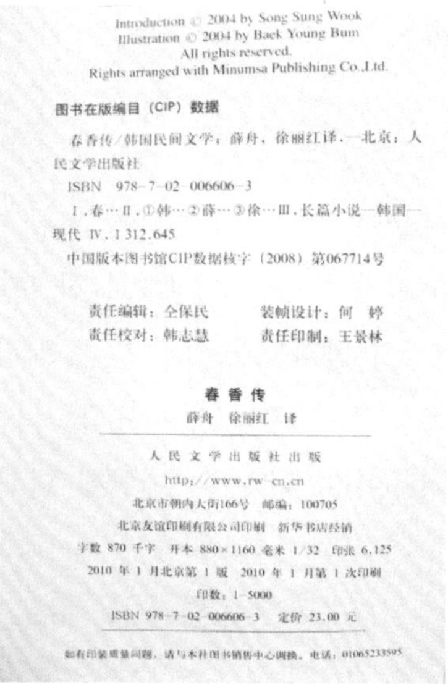
Introduction © 2004 by Song Sung Wook
Illustration © 2004 by Baek Young Bum
All rights reserved.
Rights arranged with Minumsa Publishing Co.,Ltd.

图书在版编目（CIP）数据

春香传/韩国民间文学；薛舟，徐丽红译.—北京：人民文学出版社
ISBN 978-7-02-006606-3
I.春… II.①韩…②薛…③徐… III.长篇小说—韩国—现代 IV.I 312.645
中国版本图书馆CIP数据核字（2008）第067714号

责任编辑：仝保民　　装帧设计：何 婷
责任校对：韩志慧　　责任印制：王景林

春香传
薛舟 徐丽红 译

人民文学出版社出版
http://www.rw-cn.cn
北京市朝内大街166号　邮编：100705
北京友谊印刷有限公司印刷　新华书店经销
字数 870 千字　开本 880×1160 毫米 1/32　印张 6.125
2010 年 1 月北京第 1 版　2010 年 1 月第 1 次印刷
印数：1-5000
ISBN 978-7-02-006606-3　定价 23.00 元

如有印装质量问题，请与本社图书销售中心调换。电话：01065233595

▎人民文學出版社에서 출간한 소설 〈춘향전〉(2010년 1월) 저작권

6 薛舟 徐麗紅 譯, 「譯序」, 『春香傳』, 人民文學出版社, 2010. 1, 1~4쪽 참조.

| 人民文學出版社에서 출간한 소설 〈춘향전〉(2010년 1월) 목록

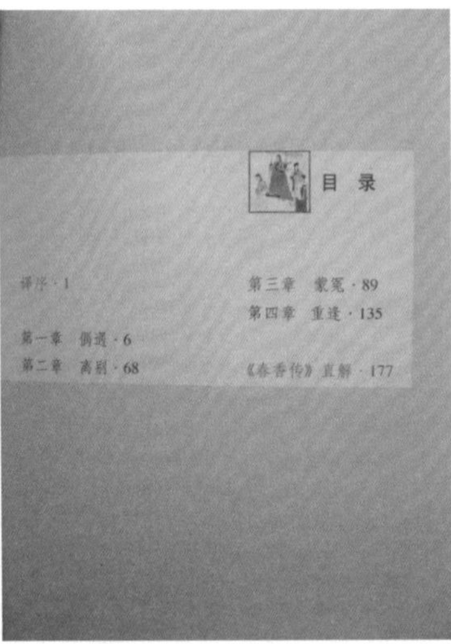

| 人民文學出版社에서 출간한 소설 〈춘향전〉(2010년 1월) 삽화

| 人民文學出版社에서 출간한 소설 〈춘향전〉(2010년 1월) 뒤표지

중한 수교 후 중국의 많은 대학들에 한국어학과가 설립되어 한국어 전문인재들이 육성되기 시작하였다. 이런 시대적 상황에 따라 2010년 12월, 한국어학과 학생들을 상대로 한 <춘향전>이 번역 출판되었다. 이 번역문은 기왕의 번역문과 완전 다른 배경과 목적 하에 번역 출간되었다. 이 번역문 텍스트는 김진영, 서유석 지음으로 된 『「춘향전」과 한국문화』(도서출판 박이정)이다. 이 책의 편찬에 대해 저자는 이렇게 쓰고 있다.

> 기왕의 한국어 학습자를 위한 한국어 교재는 주로 우선 의사소통 기능에 치우쳐 있다. 작품 하나도 전편을 제시한 것은 찾아보기 어려웠다. 따라서 본격적으로 한국문학과 문화의 깊이에까지 이른 것은 드문 형편이다. 이점에 착안하여 이 책은 한국의 대표적인 판소리 소설 <춘향전>을 쉽고도 알차게 풀어서 외국인들이 한국어와 한국문화를 학습하는데 유용하도록 편찬한 것이다. 동시에 한국 언어문화의 보고인 <춘향전>과

같은 고전작품을 다시 풀어서 어려운 고전 명작을 외국인들도 통독할 수 있도록 배려하였다.[7]

저자가 말한 바와 같은 원문은 소설 <춘향전>을 한국어를 공부하는 외국학생들을 상대로 알기 쉽게 풀어 썼을 뿐만 아니라 매 장절마다 단어와 민속 문화 등에 대한 설명 그리고 삽화를 첨부하여 이해와 통독을 돕고 있다. 역자 류정, 황길이는 이런 텍스트의 특수성을 착안하고 기타 <춘향전> 중국어 번역문과 차별화하여 독자대상을 전문적으로 한국어 공부를 하는 사람으로 선정하고 한국어 원문 뒤에 번역문을 첨부하는 방식으로 번역문을 출간하였다. 한중 이중어로 된 <춘향전>이다. 원문 <춘향전>이 한국 초등학교 독본 수준으로 읽기 쉽게 쓰였기에 중국어 번역문 또한 중국 초등학교 독본 수준의 현대중국어로 번역되었다.

원문의 고풍스러움과 음운적 우아함, 기승전결의 문학적 묘미 등이 희석되어 한국고전명작을 감상한다고 하기에 아쉬운 유감을 보여주고 있다. 한국 명작의 번역 이입이 아니라 "한국어와 한국문화를 학습하는 데 유용하도록 편찬한 것이기"[8] 때문이다. 특정된 대상을 위한 특별 제공으로 그 전파 및 영향력에 뚜렷한 한계를 갖게 되었다. 다행히 중국의 한국어 전공자가 적지 않다는 점에서 남다른 의미가 부여되어 있다.

이 번역문의 출간은 21세기 한중 문학교류의 새 양상이라고 하겠다.

---

7 金鎭英 徐有爽 著, 劉靜 黃吉怡 譯, 『春香傳與韓國文化』, 上海外語教育出版社, 2010. 12, 3~4쪽 인용.

8 金鎭英・徐有爽 著, 劉靜 黃吉怡 譯, 『春香傳與韓國文化』, 上海外語教育出版社, 2010. 12, 뒤표지에서 인용.

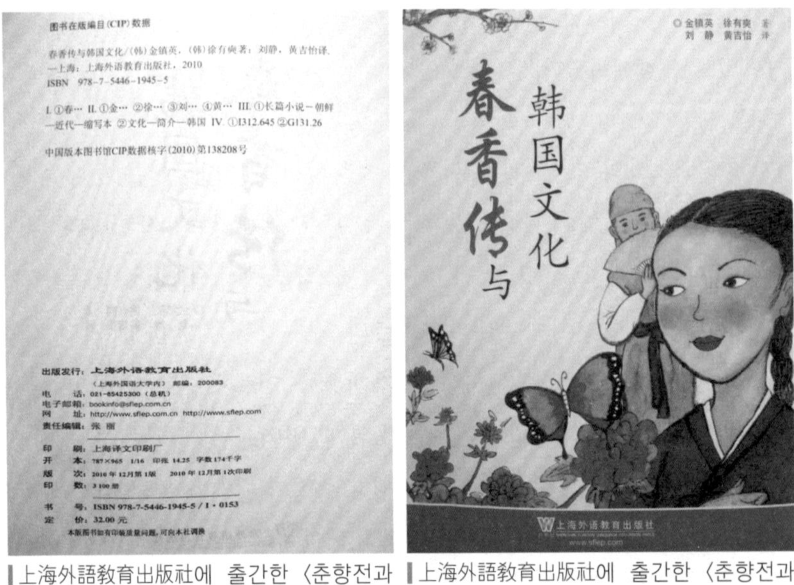

图书在版编目(CIP)数据

春香传与韩国文化/(韩)金镇英，(韩)徐有卿著；刘静，黄吉怡译.
—上海：上海外语教育出版社，2010
ISBN 978-7-5446-1945-5

I. ①春… II. ①金… ②徐… ③刘… ④黄… III. ①长篇小说—朝鲜—近代—缩写本 ②文化—简介—韩国 IV. ①I312.645 ②G131.26

中国版本图书馆CIP数据核字(2010)第138208号

出版发行：上海外语教育出版社
（上海外国语大学内） 邮编：200083
电　　话：021-65425300（总机）
电子邮箱：bookinfo@sflep.com.cn
网　　址：http://www.sflep.com.cn http://www.sflep.com
责任编辑：张 丽

印　　刷：上海译文印刷厂
开　　本：787×965 1/16 印张 14.25 字数 174千字
版　　次：2010年12月第1版 2010年12月第1次印刷
印　　数：3 100 册

书　　号：ISBN 978-7-5446-1945-5 / I · 0153
定　　价：32.00 元

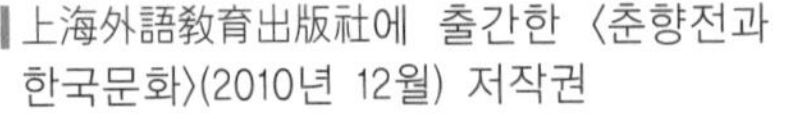

▌上海外語教育出版社에 출간한 〈춘향전과 한국문화〉(2010년 12월) 저작권

▌上海外語教育出版社에 출간한 〈춘향전과 한국문화〉(2010년 12월) 표지

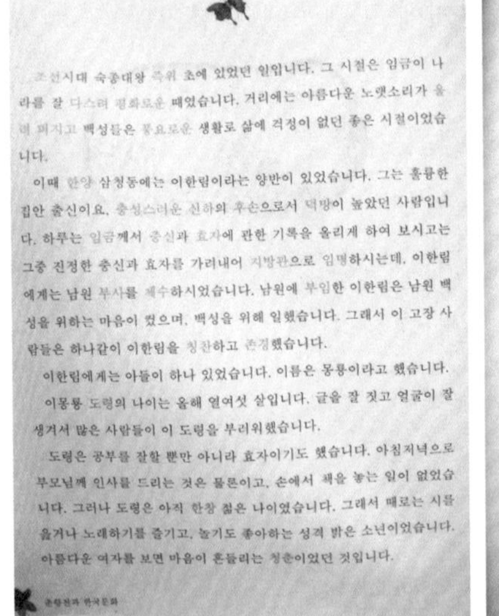

조선시대 숙종대왕 즉위 초에 있었던 일입니다. 그 시절은 임금이 나라를 잘 다스려 평화로운 때였습니다. 거리에는 아름다운 노랫소리가 울려 퍼지고 백성들은 풍요로운 생활로 삶에 걱정이 없던 좋은 시절이었습니다.

이때 한양 삼청동에는 이한림이라는 양반이 있었습니다. 그는 훌륭한 집안 출신이요, 충성스러운 신하의 후손으로서 덕망이 높았던 사람입니다. 하루는 임금께서 충신과 효자에 관한 기록을 올리게 하여 보시고는 그중 진정한 충신과 효자를 가려내어 지방관으로 임명하시는데, 이한림에게는 남원 부사를 제수하시었습니다. 남원에 부임한 이한림은 남원 백성을 위하는 마음이 컸으며, 백성을 위해 일했습니다. 그래서 이 고장 사람들은 하나같이 이한림을 칭찬하고 존경했습니다.

이한림에게는 아들이 하나 있었습니다. 이름은 몽룡이라고 했습니다.

이몽룡 도령의 나이는 올해 열여섯 살입니다. 글을 잘 짓고 얼굴이 잘 생겨서 많은 사람들이 이 도령을 부러워했습니다.

도령은 공부를 잘할 뿐만 아니라 효자이기도 했습니다. 아침저녁으로 부모님께 인사를 드리는 것은 물론이고, 손에서 책을 놓는 일이 없었습니다. 그러나 도령은 아직 한창 젊은 나이였습니다. 그래서 때로는 시를 읊거나 노래하기를 즐기고, 놀기도 좋아하는 성격 밝은 소년이었습니다. 아름다운 여자를 보면 마음이 흔들리는 청춘이었던 것입니다.

춘향전과 한국문화

第一章　春日出游

朝鲜王朝肃宗大王即位之初，圣恩浩大，政治清明，天下一片太平。百姓安居乐业，丰衣足食，满街尽是欢声笑语。

此时，汉阳三清洞有位李翰林，出身名门，德高望重，乃累世忠臣之后。一天，肃宗大王翻阅忠孝录，选拔了一批忠臣、孝子去地方任职，李翰林被任命为南原府使。自上任后，李翰林勤务政业，一心为民，得到了百姓的称颂和拥戴。

李翰林膝下有一子，名梦龙，年方二八，儒雅风流，才华横溢，令众人羡慕不已。不仅如此，梦龙还是个孝子，不必说早晚向父母请安，平日里也总是手不释卷，刻苦读书。当然，正值豆蔻年华的他不失明朗活泼的一面，兴致之至，便会吟诗唱歌，看到美丽的女子，心头也会荡起爱的涟漪。

此时正当五月，一年中最美好的时节，阴历五月初五，端午即至，鲜花满树，柳枝垂地，树影斑驳。初春时节，万物欢欣，貂狐生子，蟾蜍产卵，远处的树林在历经一夜春雨后吐纳出新的枝芽，蝴蝶、蜜蜂被和煦的春风唤醒，在花丛间翩翩起舞。

这是个万物复苏、春情萌动的季节，再加上遇到端午这样的节日，百姓们终于可以停下农活稍作休息。在这样的时节里，少男少女们内心蠢蠢欲动，鳏夫寡妇们则只得举目望月感伤孤单身世。

此时，李公子也被这节日的喜庆感染，想要出门游玩。于是，他把方子叫了过来，问道：

"这附近有何好玩的去处？"

方子并未马上回答，反问道：

"少爷，您是读书人，去好玩的地方做什么？"

"这你就不懂了吧，好文章都是在青山秀水、晴空碧云的美景下做出来的啊。行了行了，快回答我的话。"

于是，方子将南原风景秀丽的地方用歌声做了回答。

"出东门，长叶林中禅院寺；

제1장 어느 봄날의 나들이

▌上海外語教育出版社에 출간한 〈춘향전과 한국문화〉(2010년 12월) 제1장 (한글 원문)

▌上海外語教育出版社에 출간한 〈춘향전과 한국문화〉(2010년 12월) 제1장(중국어 번역문)

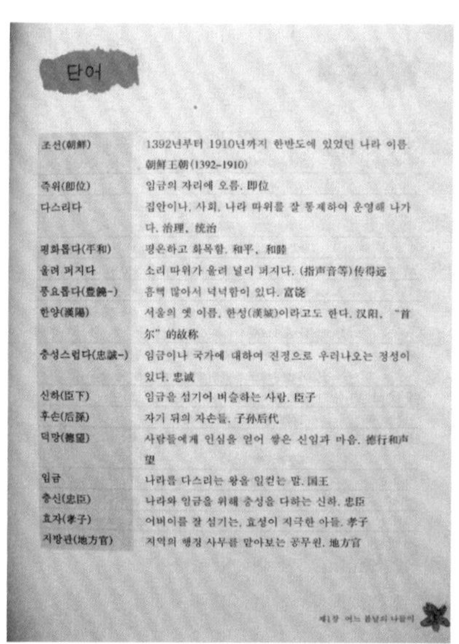

단어

조선(朝鮮)	1392년부터 1910년까지 한반도에 있었던 나라 이름. 朝鲜王朝(1392-1910)
즉위(卽位)	임금의 자리에 오름. 即位
다스리다	집안이나, 사회, 나라 따위를 잘 통제하여 운영해 나가다. 治理、统治
평화롭다(平和)	평온하고 화목함. 和平、和睦
울려 퍼지다	소리 따위가 울려 널리 퍼지다. (指声音等)传得远
풍요롭다(豊饒-)	흠뻑 많아서 넉넉함이 있다. 富饶
한양(漢陽)	서울의 옛 이름. 한성(漢城)이라고도 한다. 汉阳、"首尔"的故称
충성스럽다(忠誠-)	임금이나 국가에 대하여 진정으로 우러나오는 정성이 있다. 忠诚
신하(臣下)	임금을 섬기어 벼슬하는 사람. 臣子
후손(后孫)	자기 뒤의 자손들. 子孙后代
덕망(德望)	사람들에게 인심을 얻어 쌓은 신임과 마음. 德行和声望
임금	나라를 다스리는 왕을 일컫는 말. 国王
충신(忠臣)	나라와 임금을 위해 충성을 다하는 신하. 忠臣
효자(孝子)	어버이를 잘 섬기는, 효성이 지극한 아들. 孝子
지방관(地方官)	지역의 행정 사무를 맡아보는 공무원. 地方官

제1장 어느 봄날의 나들이

▌上海外語教育出版社에 출간한 〈춘향전과 한국문화〉(2010년 12월) 한글 단어 해설

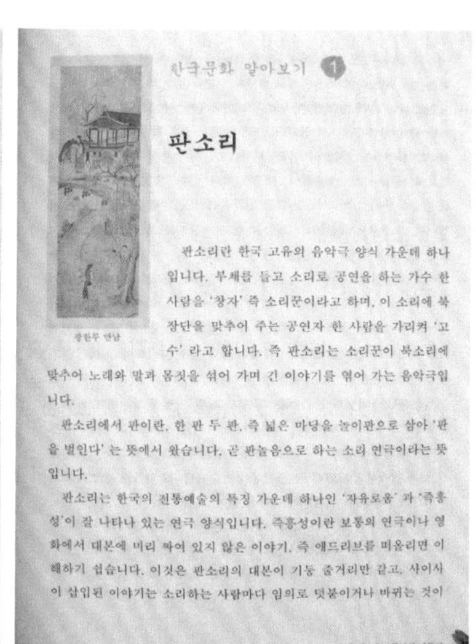

한국문화 알아보기 1

판소리

광한루 만남

판소리란 한국 고유의 음악극 양식 가운데 하나입니다. 부채를 들고 소리로 공연을 하는 가수 한 사람을 '창자' 즉 소리꾼이라고 하며, 이 소리에 북 장단을 맞추어 주는 공연자 한 사람을 가리켜 '고수' 라고 합니다. 즉 판소리는 소리꾼이 북소리에 맞추어 노래와 말과 몸짓을 섞어 가며 긴 이야기를 엮어 가는 음악극입니다.

판소리에서 판이란, 한 판 두 판, 즉 넓은 마당을 놀이판으로 삼아 '판을 벌인다' 는 뜻에서 왔습니다. 곧 판놀음으로 하는 소리 연극이라는 뜻입니다.

판소리는 한국의 전통예술의 특징 가운데 하나인 '자유로움' 과 '즉흥성'이 잘 나타나 있는 연극 양식입니다. 즉흥성이란 보통의 연극이나 영화에서 대본에 미리 짜여 있지 않은 이야기, 즉 애드리브를 떠올리면 이해하기 쉽습니다. 이것은 판소리의 대본이 기둥 줄거리만 같고, 사이사이 삽입된 이야기는 소리하는 사람마다 임의로 덧붙이거나 바뀌는 것이

제1장 어느 봄날의 나들이

▌上海外語教育出版社에 출간한 〈춘향전과 한국문화〉(2010년 12월) 한국문화 해설

▌上海外語教育出版社에 출간한 〈춘향전과 한국문화〉(2010년 12월) 삽화

▌上海外語教育出版社에 출간한 〈춘향전과 한국문화〉(2010년 12월) 뒷표지

요컨대 2000년대 번역문은 역자와 독자 계층 및 번역 이입 목적에 따라 나름대로 번역되어 각자 장단점을 보여주고 있지만 이는 모두 소설 <춘향전>의 중국 전파에 일조하고 있을 뿐만 아니라 새 시대 새 특징의 이채를 발산하고 있다.

중국에서 반세기라는 기나긴 세월의 세례 속에서 부동한 시대의 부동한 독자들을 상대로 4차례 번역 이입되었다는 것은 소설 <춘향전>이 명불허전의 명작임을 다시 한번 고증해주고 있다.

중국 대학 교재에서의 소설 〈춘향전〉의 문학적 위상

중국 대학에서 중국어언문학학과(中文系 或 漢語言文學系)는 랭킹 5위권에 속하는 중핵학과이다. <외국문학사>는 중국 대학 중국어언문학학과 교육과정의 필수 기초 학과목의 하나로 자못 중요하다. 해마다 수 만 명에 달하는 학부생과 대학원생들이 <외국문학사>를 통하여 고금의 외국문학을 접하게 된다. 한국(조선)문학도 주로 <외국문학사>를 통하여 중국 대학 중국어언문학학과 학부생과 대학원생들에게 수용 전파된다. 따라서 <외국문학사> 교재를 통하여 중국에서의 <춘향전>의 문학적 위상을 엿볼 수 있다고 하겠다.

중국 대학 <외국문학사> 교재는 크게 세 갈래로 나뉜다. 한 갈래는 동서양 문학을 통합적으로 다룬 <외국문학사> 혹은 <세계문학사>이고 다른 한 갈래는 동・서양을 분별하여 다룬 <구미문학사(歐美文學史)>와 <동방문학사>이며 또 다른 한 갈래는 국가를 분별하여 다룬 <미국문학사>, <한국문학사> 등 국별 문학사이다.

이런 교재는 편찬 시 반드시<외국문학사강의요강(外國文學史教學大綱)>을 기준으로 해야 한다. <외국문학사강의요강>은 국가 교육부 고등교육사(高敎司)에서 제정한 대학 <외국문학사> 학과목에 대한 기본 요구이자 수업

지침이다.

"인문계 수업요강은 인문계 교육의 기본 법규로 수업내용을 규범화하고 강의를 지도하며 강의 질을 보증하는 중요한 수단이다. 또한 수업관리를 심화하고 좋은 교재를 편찬하며 수업 평가를 진행할 때의 중요하는 의거로 된다."[1]

<외국문학사>학과목에서의 한국(조선)문학 강의도 이 요강을 따르게 되었다. 1995년에 출판된 <외국문학사강의요강>에 언급된 한국(조선)문학 상황을 살펴보면 제2장 "중고(中古)문학"의 "개술(概述)" 부분에 "조선에는 민간구두창작에 기초하여 정리한 우수한 작품 <춘향전>이 있다"고 서술되어 있다.[2] 즉 한국(조선)문학은 고전문학 부분에서 <춘향전>이 언급되어 있다.

이 요강은 1993년 초부터 집필되기 시작하여 1994년 3월 중순에 탈고되었는데 이때는 이미 중한 수교가 이루어진 상황이었지만 외국문학사에서 한국문학을 아우르는 시점까지는 이르지 못하였다. 하여 이 시기에 편찬 출판된 절대대부분 <외국문학사> 교재에는 한국(조선)문학을 조선문학으로 기술하고 있다.

전국 고등교육자학고시(全國高等教育自學考試)는 중국 대학교육체계의 다른 한 구성부분으로 그 응시생은 해마다 수 만 명에 달한다. 1999년 9월 전국고등교육자학시험지도위원회(全國高等教育自學考試指導委員會)는 전국 고등교육자학고시 중국어언문학전공 <<외국문학사> 자학고시요강(<外國文學史> 自學考試大綱)>을 제정 반포하고 이에 따른 교재들을 편찬 출판하였다.

이 요강 "동방문학" 부분의 제13장 중고문학(中古文學) 제1절 중고문학개술(中古文學概述)에 "4. 중고조선문학 <춘향전>", 제15장 현대문학 제1절 현

---

1 國家教委高教司 編, 『外國文學史教學大綱』, 高等教育出版社, 1995. 3, 「前言」, 1쪽에서 인용.
2 國家教委高教司 編, 『外國文學史教學大綱』, 高等教育出版社, 1995. 3, 「前言」, 1쪽에서 인용.

대문학개술 "과정내용"에 "3. 조선문학"이라 언급되었을 뿐 기타 구체적이고 실질적인 내용은 언급되지 않았다.[3]

이 요강은 2000년 3월에 반포되었으나 한국(조선)문학은 조선문학으로 기술되어있다.

무릇 교육부의 <외국문학사강의요강>이 반포된 후 편찬 출판된 대학 <외국문학사> 교재는 그 내용과 범위 등 여러 면에서 모두 이 <요강>을 기준으로 삼아야 하고 임의로 내용과 범위를 삭제하지 말아야 한다.

본 절에서는 교육부의 <외국문학사강의요강>을 기준으로 편찬한, 통합 <외국문학사> 교재와 동, 서양을 분별하여 다룬 <동방문학사> 교재 속의 <춘향전> 기술을 살펴봄으로써 중국 대학 교재에서의 소설 <춘향전>의 문학적 위상을 조명하기로 한다.

1. 〈외국문학사〉 교재 속의 소설 〈춘향전〉의 문학적 위상

중국 대학의 동서양 문학을 통합적으로 다룬 <외국문학사> 교재는 크게 정규대학 교재와 자학대학 교재로 나뉘며 저서명은 <외국문학사>, <세계문학사>, <외국문학교정(外國文學教程)> 등 여러 가지로 되어있다.

필자가 1950년부터 2000년대까지 출판된, 동서양 문학을 통합적으로 다룬 <외국문학사> 교재 56종(1950년대 1종, 1960~70년대 0종, 1980년대 16종, 1990년대 13종, 2000년대 26종)을 분석 정리한 결과 한 개 절로 분량을 할애하여 <춘향전>을 서술한 교재가 11종에 달하였다. 아래에 이 11종 교재 속의 <춘향전> 위상을 살펴보기로 한다.

---

3 全國高等教育自學考試指導委員會, 『<外國文學史> 自學考試大綱』, 2000. 3.

우선 "<외국문학사> 교재 속 <춘향전> 기술 내용" **표 4**을 살펴보기로 한다.

■ 표 4 _ 〈외국문학사〉 교재 속 〈춘향전〉 기술 내용

저서명	저자	출판사 출판년월일	인쇄수	〈춘향전〉 기술 내용
外國文學參考資料(東方部分)	北京師範大學中文系外國文學教研組編	高等教育出版社 1959.12	5000	제2편 3.<춘향전>에 대하여 (一.춘향전 출현의 역사적 배경과 그 판본들 二.<열녀 춘향 수절가>의 경개 三.춘향전의 주제와 사상(……춘향전은 이조 봉건 관료 통치를 폭로하고 그것을 반대하는 인민 대중의 지향을 가장 정확히 보여주는 거울로 되고 있다. ……四.춘향전의 문학사적 의의(……춘향전은 심청전, 홍부전 등과 함께 인민들의 구비적 전설에 연유한 작품으로서……리조 문학이 낳은 최대의 걸작일 뿐만 아니라 우리들이 자랑할 수 있는 최대의 민족 문학 유산의 하나로 된다. ……) (61~67쪽)
外國文學史(1-4)	二十四所高等院校	吉林人民出版社 1980.7	41510	第二編 第五章 第二節 《春香傳》 <춘향전>은 조선의 제일 우수한 고전명작 중의 하나이다. ……광범위한 인민대중들의 봉건통치계급에 저항하는 정서와 투쟁정신을 정확히 반영하고……(294~301쪽)
外國文學簡編(亞非部分)	朱維之 雷石榆 梁立基 主編	中國人民大學出版社 1983.2	50,000	第二編 第九章 第三節 《春香傳》 소설 <춘향전>은 조선인민들이 오랜 세월 구비로 전해오면서 창작된 고전문학 명작이다. ……이조 관료

				의 부패한 통치를 폭로 비판하고 이에 대한 인민들의 저항 투쟁을 노래하였다. ……조선인민들이 창작한 우수한 고전문학명작으로 조선인민의 소중한 문학유산이다. ……(253~259쪽)
簡明外國文學史	林亞光主編	重慶出版社 1983.4	32,300	第一編 第二章 第六節 朝鮮文學和≪春香傳≫ <춘향전>은 조선조 중엽의 제일 우수한 작품으로 16세기 전후 민간에서 전해졌다. ……봉건통치자들의 황음무도한 폭정과 봉건사회가 청년남녀들을 속박하는 것에 대하여 신랄하게 폭로 비판하였다. 아울러 춘향의 불요불굴의 형상을 통하여 인민들의 저항과 투쟁을 반영하였다. (97~100쪽)
外國文學史(上中下)	穆睿清 姚汝勤 主編	北京廣播學院出版社 1986.12		第二編 第六章 第二節 ≪春香傳≫ 장편소설 <춘향전>은 조선의 제일 우수한 고전명작의 하나이다.민간에서 구비로 전해오면서 창작되었다. ……봉건귀족계급의 비열함과 봉건제도의 암흑상을 폭로 비판하고 반동세력과 용감하게 싸우는 인민들의 투쟁 정신을 노래하였다.(205~209쪽)
外國文學史(亞非部分)	朱維之主編	南開大學出版社 1988.4	10,000	第二編 第五章 第六節 ≪春香傳≫ <춘향전>은 조선에서 오래 동안 제일 널리 알려진 고전명작이다. ……16-17세기에 민간에서 전해왔다. ……춘향을 대표로 하는 시민계층이 봉건신분제도를 반대하는 투쟁에서 거둔 승리와……봉건제도의 부패상과 몰락상을 반영하였다.(155~163쪽)

外國文學史話	西北大學外國文學教研室編著	未來出版社 1989.6	2,000	≪春香傳≫藝術談 <춘향전>은 조선고전소설로 민간에서 단체로 창작되었다. ……자유 혼인을 위해 봉건폭정에 저항하는 하층 여성 형상 부각하였다. ……(89~94쪽)
外國文學史綱	陶德臻 主編	北京出版社 1990.8	2000	第一編 第二章 第三節 二、≪春香傳≫ <춘향전>은 조선고전명작 가운데서 제일 우수한 작품이다. ……18세기 중엽 민간인들에 의해 완성되었다. ……인민대중들의 통치자에 대한 원한과 저항 정서를 반영하였다. ……(53~56쪽)
世界文學史 (上中下)	陶德臻 馬家駿 主編	高等教育 出版社 1991.4	2610	上編 第二章 第二節 ≪春香傳≫ <춘향전>은 고대 조선 문학의 대표작이며 제일 우수한 고전명작의 하나이다.이 작품은 구비 창작을 기초로 하였다. ……봉건신분제도를 비판하고 변치 않는 사랑을 노래하였다. ……(74~77쪽)
修訂本 外國文學史 (亞非卷)	朱維之 主編	南開大學 出版社 1998.10		第二編 第五章 第四節 ≪春香傳≫ <춘향전>은 조선에서 오래 동안 제일 널리 알려진 고전명작이다. ……16~17세기에 민간에서 전해왔다. ……춘향을 대표로 하는 시민계층이 봉건신분제도를 반대하는 투쟁에서 거둔 승리와……봉건제도의 부패상과 몰락상을 반영하였다.(126~133쪽)
外國文學基礎	徐葆耕 王中忱 主編	北京大學 出版社 2008.7		東方(亞非)文學部分 第二編 第五章 第五節≪洪吉童傳≫與≪春香傳≫ <춘향전>은 조선 고대 평민문학의 대표작으로 조선전통적인 판소리예술에서 기원하였다. ……소설의 사

				랑이야기가 감동적이고……봉건신분제도와 혼인제도에 대한 도전이다. ……관료계급의 황음무도한 폭행을 폭로하고 평민들의 저항을 긍정하였다. ……(452~454쪽)

표 3에 반영된 <춘향전> 기술 내용을 귀납 정리해 보면 아래와 같은 특징을 밝혀 볼 수 있다.

첫째, 어느 교재든 모두 "소설 <춘향전>은 조선인민들이 오랜 세월 구비로 전해오면서 창작된 고전문학 명작이며 이조 관료의 부패한 통치와 봉건신분제도를 폭로 비판하고 이에 대한 인민들의 저항 투쟁을 노래하였다."라고 기술하고 있다. 다시 말하면 소설 <춘향전>은 조선인민들이 창작한 반봉건(反封建)의 우수한 조선고전문학 명작이라는 문학적 평가를 받고 있다.

둘째, 1950년대에 출판된 교재에는 겨우 1종에 불과하지만 이 교재에는 한국(조선)문학 대표작으로 <춘향전>이 소개되었다. 이 문장은 중국어 번역본 <춘향전>(1956년 작가출판사)에 수록된 윤세평의 <춘향전> 단행본 서문을 그대로 번역한 것이다. 윤세평은 당시 북한에서 제일 유명한 문학평론가의 한 사람이었고 그가 <춘향전> 단행본 서언으로 쓴 <<춘향전>에 대하여>는 가장 대표적이고 권위적이고 평가이다. 중국에서는 이를 그대로 직수입하여 <춘향전>의 번역 수용에 활용하였다. 즉 중국은 <춘향전>의 서사구조와 주제의식, 문학사적 의의 등 여러 면에서 북한의 <춘향전> 평가를 그대로 인정하고 수용하고자 하였다. 이 평문과 수용자세는 1950년대부터 현재 21세기까지 거의 변함없이 그대로 적용되고 전승되고 있다.

셋째, 1960~70년대 공백기를 거쳐 개혁개방을 맞이한 1980년대에 출판된 <외국문학사> 교재는 16종에 달하는데 그중 6종 교재에 <춘향전>이 한 개 절 분량으로 기술되었고 그 내용은 1950년대와 완전 동일하다. 30% 이상의 교재에서 <춘향전>을 중요 작품으로 다루었다.

넷째, 전면적인 개혁개방시기에 들어선 1990년대에 출판된 『외국문학사』 교재는 13종에 달한다. 그중 3 종 교재에 <춘향전>이 기술되었다. 1990년대에 출판된 교재는 한국(조선)문학을 반영한 분량이 크게 줄어들었지만 <춘향전>이 한국(조선)문학의 대표작으로 한 개 절 분량으로 기술되었고 그 내용 또한 1980년대와 동일하다.

다섯째, 전면적인 시장경제체제에 들어선 2000년대에 출판된 새 교재는 26 종에 달하지만 <춘향전>이 한 개 절로 서술된 것은 1종뿐이다. 그 내용은 1990년대와 동일하다. 다시 말하면 2000년대 <춘향전>의 서사구조와 주제의식에 대한 이해와 평가는 1950년대 북한 윤세평의 평문을 기준하고 있다는 것이다. 50여 년 세월을 거쳐 출판된 11종 교재의 <춘향전> 평가가 동일한 기준의 동일한 내용을 기술되어있다고 하겠다.

여섯째, <춘향전>이 한 개 절로 기술된 교재가 11종으로 동기 <외국문학사> 교재의 20%를 차지하지만 이 11종 교재는 대부분 영향력이 큰 대표적인 교재들이다. 1950년대에 출판된 <外國文學參考資料(東方部分)>는 통합교재든 지역별 교재든 할 것 없이 유일무이하였다. 바로 이 교재에 수록된 윤세평의 <춘향전> 서문이 50여 년 <춘향전> 평가의 기준으로 되었다.

1980년대 첫 <외국문학사> 교재인 <외국문학사>(1-4, 吉林人民出版社)는 <춘향전>을 8쪽 분량으로 기술하고 있다. 이 교재는 1980년대 전반기와 중반에 가장 권위적이고 심원한 영향력을 과시한 중핵교재로 인정받았다.

1990년대에 "일반 고등교육" '95' 국가 중점교재(普通高等教育"九五"國家級重点教材)들이 속출하기 시작하였는데 그중 주유지(朱維之)가 주필을 맡은 <외

국문학사>(亞非部分, 南開大學出版社)가 가장 대표적인 교재의 하나로 되었다. 이 교재는 국가교육위원회의 위촉을 받고 편찬되었는데 1988년 초판부터 1998년 수정본을 거쳐 2000년대까지 무려 10여 만부 인쇄 발행된 교재이다. 1988년 초판에 <춘향전>이 8쪽 분량으로 구체적으로 전면적으로 기술되었다. 1998년 수정본(제2판)은 <춘향전>이 8쪽 분량으로 기술되었다.

이러한 교재를 통해 소설 <춘향전>의 문학적 위상이 중국문학전공학생들에게 광범위하게 소개 전파되었다고 하겠다.

高等教育出版社에서 출간한 〈外國文學參考資料(東方部分)〉(1959년 12월) 표지

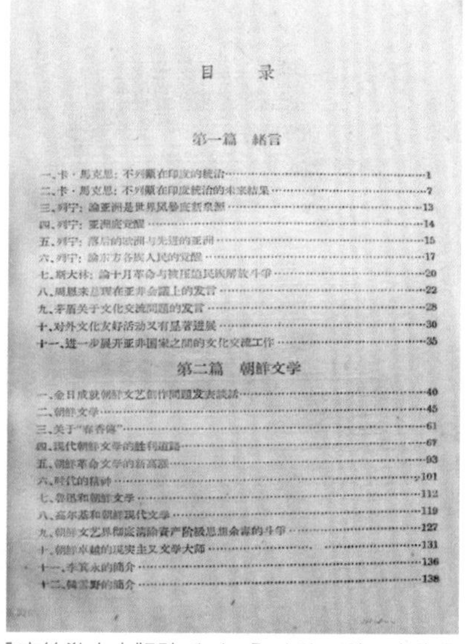

目　录

第一篇　緒言

第二篇　朝鮮文学

高等教育出版社에서 출간한 〈外國文學參考資料(東方部分)〉(1959년 12월) 목록

外国文学参考資料
(东方部分)
北京师范大学中文系外国文学教研組編
高等教育出版社出版
天津印刷一厂印 新华書店發行

▌高等敎育出版社에서 출간한 〈外國文學參考資料(東方部分)〉(1959년 12월) 저작권

▌吉林人民出版社에서 출간한 〈外國文學史(1-4)〉(1980년 7월) 표지

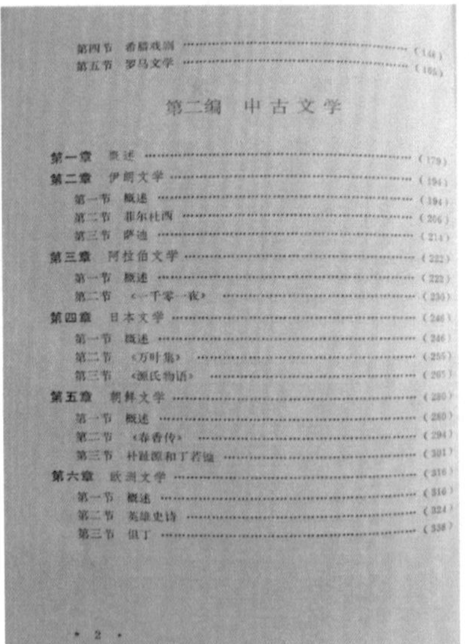

第二编 中古文学

· 2 ·

▌吉林人民出版社에서 출간한 〈外國文學史(1-4)〉(1980년 7월) 목록

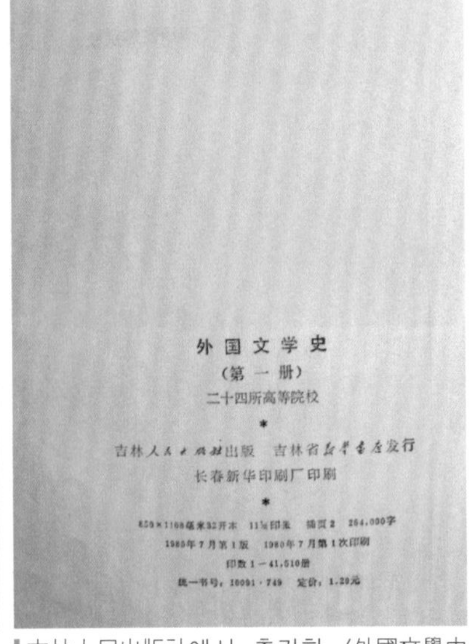
外国文学史
(第一册)
二十四所高等院校
*
吉林人民出版社出版 吉林省新华书店发行
长春新华印刷厂印刷
*
850×1168毫米32开本 11½印张 插页2 264,000字
1980年7月第1版 1980年7月第1次印刷
印数1－41,510册
统一书号：10091·749 定价：1.20元

▌吉林人民出版社에서 출간한 〈外國文學史(1-4)〉(1980년 7월) 저작권

▌中國人民大學出版社에서 출간한 〈外國文學簡編(亞非部分)〉(1983년 2월) 표지

2

▌中國人民大學出版社에서 출간한 〈外國文學簡編(亞非部分)〉(1983년 2월) 목록

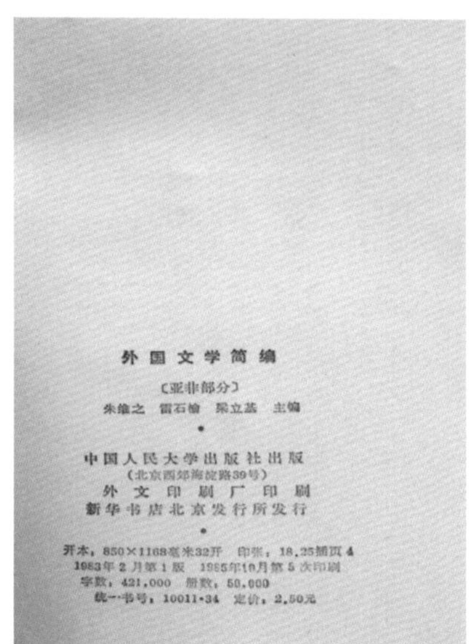
外 国 文 学 简 编
〔亚非部分〕
朱维之 雷石榆 梁立基 主编
•
中国人民大學出版社出版
(北京西郊海淀路39号)
外文印刷厂印刷
新华书店北京发行所发行
•
开本：850×1168毫米32开 印张：18.25插页4
1983年2月第1版 1985年10月第5次印刷
字数：421,000 册数：50,000
统一书号：10011·34 定价：2.50元

▌中國人民大學出版社에서 출간한 〈外國文學簡編(亞非部分)〉(1983년 2월) 저작권

▌重慶出版社에서 출간한 〈簡明外國文學史〉(1983년 4월) 표지

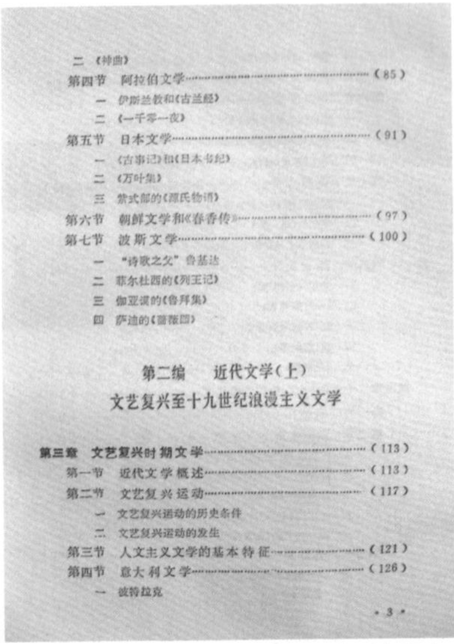

二 《神曲》
第四节 阿拉伯文学……………………（85）
一 伊斯兰教和《古兰经》
二 《一千零一夜》
第五节 日本文学……………………（91）
一 《古事记》和《日本书纪》
二 《万叶集》
三 紫式部的《源氏物语》
第六节 朝鲜文学和《春香传》……………………（97）
第七节 波斯文学……………………（100）
一 "诗歌之父"鲁基达
二 菲尔杜西的《列王记》
三 伽亚谟的《鲁拜集》
四 萨迪的《蔷薇园》

第二编 近代文学（上）
文艺复兴至十九世纪浪漫主义文学

第三章 文艺复兴时期文学……………………（113）
第一节 近代文学概述……………………（113）
第二节 文艺复兴运动……………………（117）
一 文艺复兴运动的历史条件
二 文艺复兴运动的发生
第三节 人文主义文学的基本特征……………………（121）
第四节 意大利文学……………………（126）
一 彼特拉克

· 3 ·

重慶出版社에서 출간한 〈簡明外國文學史〉(1983년 4월) 목록

封面设计：高济民

简明外国文学史 林亚光 主编
重庆出版社出版（重庆李子坝正街102号）
四川省新华书店重庆发行所发行
达县新华印刷厂印刷
•
开本850×1168 1/32 印张20.25 插页4 字数469千
1983年4月第一版 1983年4月第一次印刷
印数1—32,300
书号：10114-37 定价：2.07元

重慶出版社에서 출간한 〈簡明外國文學史〉(1983년 4월) 저작권

北京廣播學院出版社에서 출간한 〈外國文學史(上中下)〉(1986년 12월) 표지

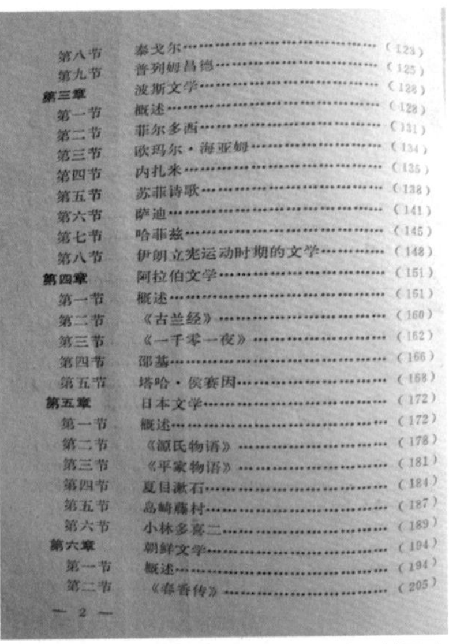

第八节 泰戈尔……………………（123）
第九节 普列姆昌德……………………（125）
第三章 波斯文学……………………（128）
第一节 概述……………………（128）
第二节 菲尔多西……………………（131）
第三节 欧玛尔·海亚姆……………………（134）
第四节 内扎米……………………（135）
第五节 苏菲诗歌……………………（138）
第六节 萨迪……………………（141）
第七节 哈菲兹……………………（145）
第八节 伊朗立宪运动时期的文学……………………（148）
第四章 阿拉伯文学……………………（151）
第一节 概述……………………（151）
第二节 《古兰经》……………………（160）
第三节 《一千零一夜》……………………（162）
第四节 邵基……………………（166）
第五节 塔哈·侯赛因……………………（168）
第五章 日本文学……………………（172）
第一节 概述……………………（172）
第二节 《源氏物语》……………………（178）
第三节 《平家物语》……………………（181）
第四节 夏目漱石……………………（184）
第五节 岛崎藤村……………………（187）
第六节 小林多喜二……………………（189）
第六章 朝鲜文学……………………（194）
第一节 概述……………………（194）
第二节 《春香传》……………………（205）

— 2 —

北京廣播學院出版社에서 출간한 〈外國文學史(上中下)〉(1986년 12월) 목록

封面设计：李法明

外国文学（下）
北京广播学院出版社出版
北京广播学院出版社发行

北京广播學院出版社에서 출간한 〈外國文學史(上中下)〉(1986년 12월) 저작권

南開大學出版社에서 출간한 〈外國文學史(亞非部分)〉(1988년 4월) 표지

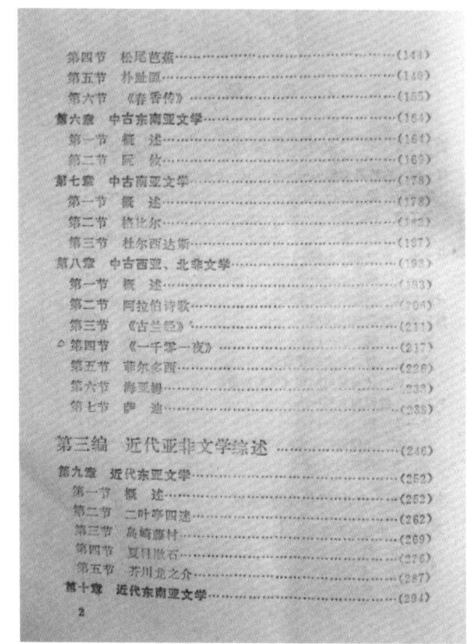

2

南開大學出版社에서 출간한 〈外國文學史(亞非部分)〉(1988년 4월) 목록

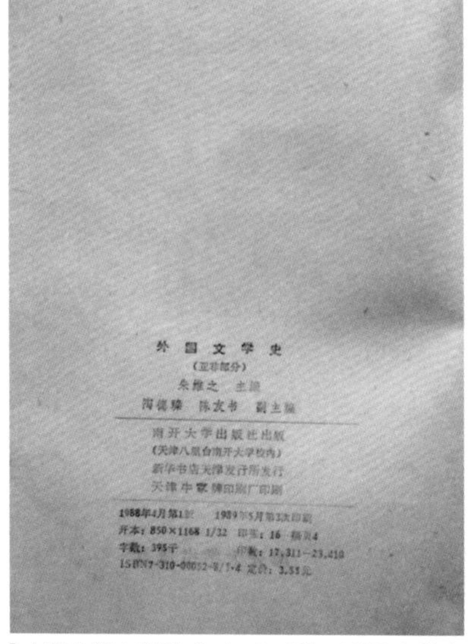
外国文学史
（亚非部分）
朱维之 主编
南开大学出版社出版
开本：850×1168 1/32 印张：16
字数：395千

南開大學出版社에서 출간한 〈外國文學史(亞非部分)〉(1988년 4월) 저작권

未來出版社에서 출간한 〈外國文學史話〉(1989년 6월) 표지

欧美文学

• 2 •

未來出版社에서 출간한 〈外國文學史話〉(1989년 6월) 목록

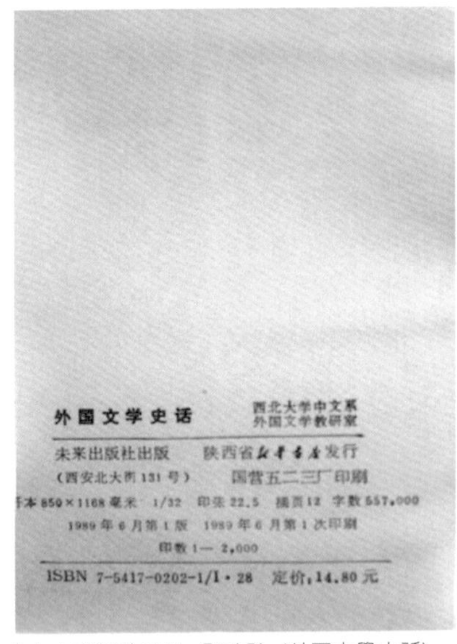
外国文学史话　　西北大学中文系
外国文学教研室
未来出版社出版　　陕西省新华书店发行
（西安北大街131号）　　国营五二三厂印刷
本 850×1168 毫米　1/32　印张 22.5　插页12　字数 557,000
1989年6月第1版　1989年6月第1次印刷
印数 1— 2,000
ISBN 7-5417-0202-1/I·28　定价：14.80元

未來出版社에서 출간한 〈外國文學史話〉(1989년 6월) 저작권

北京出版社에서 출간한 〈外國文學史綱〉(1990년 8월) 표지

2

▌北京出版社에서 출간한 〈外國文學史綱〉(1990년 8월) 목록

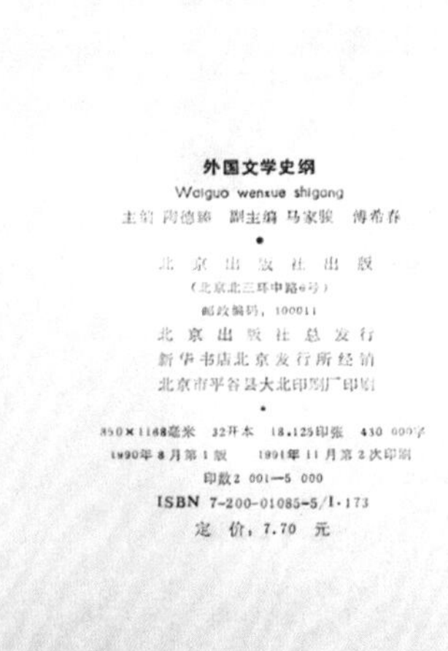
外国文学史纲
Waiguo wenxue shigang
主编 陶德臻　副主编 马家骏　傅希春
北京出版社出版
（北京北三环中路6号）
邮政编码：100011
北京出版社总发行
新华书店北京发行所经销
北京市平谷县大北印刷厂印刷
850×1168毫米　32开本　18.125印张　430 000字
1990年8月第1版　1991年11月第2次印刷
印数2 001—5 000
ISBN 7-200-01085-5/I·173
定价：7.70 元

▌北京出版社에서 출간한 〈外國文學史綱〉(1990년 8월) 저작권

▌高等教育出版社에서 출간한 〈世界文學史(上中下)〉(1991년 4월) 표지

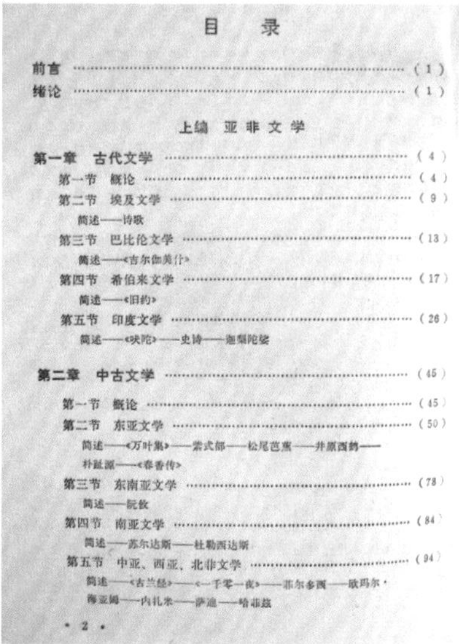
目　录

・2・

▌高等教育出版社에서 출간한 〈世界文學史(上中下)〉(1991년 4월) 목록

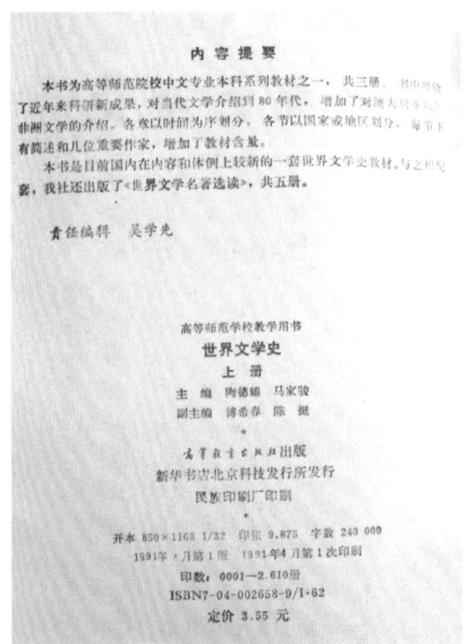

内 容 提 要

本书为高等师范院校中文专业本科系列教材之一，共三册。书中吸收了近年来科研新成果，对当代文学介绍到 80 年代，增加了对澳大利亚和非洲文学的介绍。各章以时间为序划分，各节以国家或地区划分，每节下有简述和几位重要作家，增加了教材含量。

本书是目前国内在内容和体例上较新的一套世界文学史教材。与之相配套，我社还出版了《世界文学名著选读》，共五册。

责任编辑　吴学先

高等师范学校教学用书
世界文学史
上 册
主　编　陶德臻　马家骏
副主编　傅希春　陈　挺

高等教育出版社出版
新华书店北京科技发行所发行
民族印刷厂印刷

开本 850×1168 1/32　印张 9.875　字数 240 000
1991年4月第1版　1991年4月第1次印刷
印数：0001—2.610册
ISBN7-04-002658-9/I·62
定价 3.55 元

▌高等教育出版社에서 출간한 〈世界文學史(上中下)〉(1991년 4월) 저작권

▌南開大學出版社에서 출간한 〈修訂本 外國文學史(亞非卷)〉(1998년 10월) 표지

2

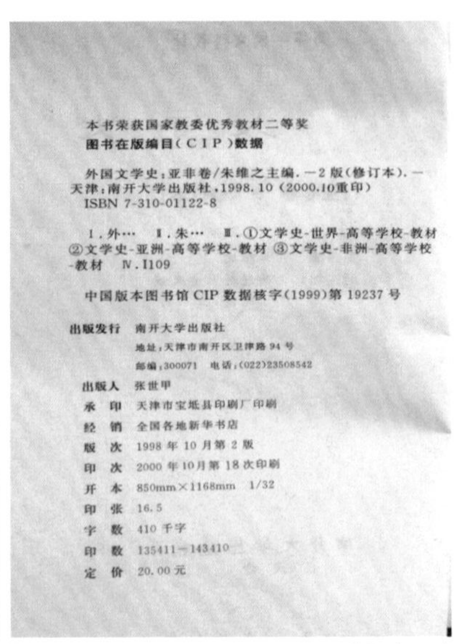

本书荣获国家教委优秀教材二等奖
图书在版编目(CIP)数据

外国文学史：亚非卷/朱维之主编. —2 版(修订本). —天津：南开大学出版社，1998.10 (2000.10重印)
ISBN 7-310-01122-8

Ⅰ.外…　Ⅱ.朱…　Ⅲ.①文学史-世界-高等学校-教材 ②文学史-亚洲-高等学校-教材 ③文学史-非洲-高等学校-教材　Ⅳ.I109

中国版本图书馆 CIP 数据核字(1999)第 19237 号

出版发行　南开大学出版社
地址：天津市南开区卫津路 94 号
邮编：300071　电话：(022)23508542
出版人　张世甲
承　印　天津市宝坻县印刷厂印刷
经　销　全国各地新华书店
版　次　1998 年 10 月第 2 版
印　次　2000 年 10月第 18 次印刷
开　本　850mm×1168mm　1/32
印　张　16.5
字　数　410 千字
印　数　135411—143410
定　价　20.00 元

▌南開大學出版社에서 출간한 〈修訂本 外國文學史(亞非卷)〉(1998년 10월) 목록

▌南開大學出版社에서 출간한 〈修訂本 外國文學史(亞非卷)〉(1998년 10월) 저작권

▌北京大學出版社에서 출간한 〈外國文學基礎〉(2008년 7월) 표지

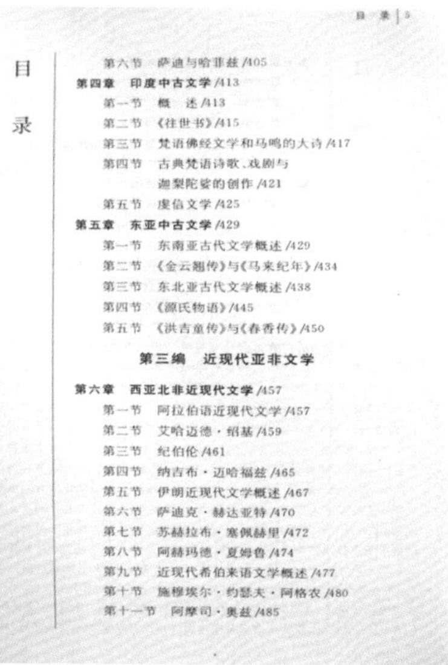

目录 5

目录

▌北京大學出版社에서 출간한 〈外國文學基礎〉(2008년 7월) 목록

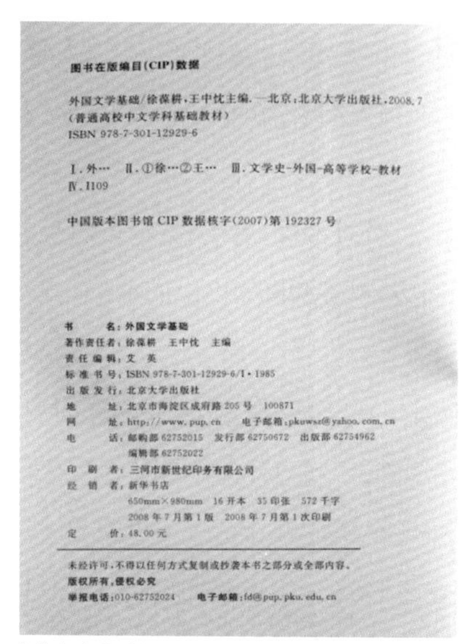

图书在版编目(CIP)数据

外国文学基础/徐葆耕,王中忱主编. —北京:北京大学出版社,2008.7
(普通高校中文学科基础教材)
ISBN 978-7-301-12929-6

Ⅰ.外… Ⅱ.①徐…②王… Ⅲ.文学史-外国-高等学校-教材
Ⅳ.I109

中国版本图书馆 CIP 数据核字(2007)第 192327 号

书　　名:外国文学基础
著作责任者:徐葆耕　王中忱　主编
责 任 编 辑:艾　英
标 准 书 号:ISBN 978-7-301-12929-6/I·1985
出 版 发 行:北京大学出版社
地　　址:北京市海淀区成府路 205 号　100871
网　　址:http://www.pup.cn　电子邮箱:pkuwsz@yahoo.com.cn
电　　话:邮购部 62752015　发行部 62750672　出版部 62754962
编辑部 62752022
印 刷 者:三河市新世纪印务有限公司
经 销 者:新华书店
650mm×980mm　16 开本　35 印张　572 千字
2008 年 7 月第 1 版　2008 年 7 月第 1 次印刷
定　　价:48.00 元

▌北京大學出版社에서 출간한 〈外國文學基礎〉(2008년 7월) 저작권

2. 〈동방문학사〉 교재 속 소설 〈춘향전〉의 문학적 위상

중국 대학 중국어언문학학과에서 동방문학이라는 개념은 대체로 1958년부터 나타나기 시작하여 1959년 <외국문학참고자료 · 동방부분>(고등교육출판사 출판)이 공식 출판되면서 본격화되었다. 이 시기 북경사범대, 동북사범대, 요녕대학 등 십여 개 대학들에서 처음으로 외국문학 학과목의 한 구성부분으로 동방문학 학과목을 독립적으로 개설하고 <동방문학사> 교재를 편찬 사용하기 시작하였다. 동방문학 학과목이 개설되기 전에는 서양문학사가 제반 외국문학사를 대체하였지만 동방문학 학과목이 개설되면서부터 외국문학사 학과목은 동방문학과 서양문학 두 부분으로 구성된 새 체계를 구축하게 되었다.[4]

개혁개방 후 동방문학 학과목은 점차 외국문학사 틀에서 벗어나 하나의 독립적인 학과목으로 발전하기 시작하였다. 특히 1998년 전후 교육부의 지시에 따라 외국문학 학과목과 비교문학 학과목이 합병하여 "비교문학과 세계문학"이라는 새로운 전공으로 출범되면서 동방문학 학과목은 보다 독립적인 학과목으로 발전하기 시작하였다. 학과목의 독립적인 발전은 그 교재 개발을 추진하여 개혁 개방 후 여러 가지 동방문학사 교재들이 출현하게 되었다.

<동방문학사>는 현재까지 독립적인 강의요강이 제정되지 못한 상황이기에 <외국문학사> 학과목의 한 구성 부분으로 <외국문학사강의요강>을 따라야 한다. <동방문학사> 강의에서 한국(조선)문학 부분도 이 요강을 따르게 되었다. <동방문학사> 교재 편찬도 대체로 이 요강범위를 벗어나지 말아야 한다. <외국문학사강의요강>에서 "동방문학" 부분 분량은 총 분

4 王邦維 主編, 『東方文學研究集刊(3)』, 北岳文藝出版社, 2007. 11, 4쪽 참조.

량의 20%로 정도로 되어 있다. 한국(조선)문학 분량은 특별히 지정되어 있지 않는 상황이다.

중국에서 동방문학을 독립적으로 다룬 대학 교재는 대체로 <동방문학사>, <외국문학사(아세아 아프리카부분)>, <세계문학사(아세아 아프리카부분)> 등 세 가지 형태로 되어있다.

필자가 1950년부터 2000년대까지 공식 출판 사용된, 동방문학을 독립적으로 다룬 <동방문학사> 교재 20 종(1950년대 1종, 1960~70년대 0종, 1980년대에 7종, 1990년대에 8종, 2000년대에 4종)을 분석 정리한 결과 한 개 절로 분량을 할애하여 <춘향전>을 서술한 교재가 8종에 달하였다. 아래에 이 8종 교재 속의 <춘향전>의 문학적 위상을 살펴보기로 한다.

그 외 동방문학 참고서(동방문학작품선집) 5종을 분석 정리하면서 그중 <춘향전> 수록 양상을 살펴보기로 한다.

우선 "<동방문학사> 교재 속 <춘향전> 기술 내용" **표 5**를 살펴보기로 한다.

■ 표 5 _ 〈동방문학사〉 교재 속 〈춘향전〉 기술 내용

저서명	저자	출판사 출판년월	인쇄수	〈춘향전〉 기술 내용
外國文學參考資料(東方部分)	北京師範大學中文系外國文學教研組編	高等教育出版社 1959.12	5000	제2편 3. <춘향전>에 대하여 (一. 춘향전 출현의 역사적 배경과 그 판본들 二. <열녀 춘향 수절가>의 경개 三.춘향전의 주제와 사상(……춘향전은 이조 봉건 관료 통치를 폭로하고 그것을 반대하는 인민 대중의 지향을 가장 정확히 보여주는 거울로 되고 있다. ……四. 춘향전의 문학사적 의의(……춘향전은 심청전, 흥부전 등과 함께 인민들의 구비적 전설에 연유한 작

				품으로서……리조 문학이 낳은 최대의 걸작일 뿐만 아니라 우리들이 자랑할 수 있는 최대의 민족 문학 유산의 하나로 된다. ……) (이 문장은 중국어 번역본 <춘향전>(1956년 작가출판사)에 수록된 윤세평의 <춘향전> 단행본 서문을 번역한 것이다)(61~67쪽)
東方文學簡史	主編 陶德臻 副主編 彭瑞智 張朝柯	北京出版社 1985.5	18700	第二編 第六章 第二節≪春香傳≫ <춘향전>은 조선의 제일 우수한 고전 명작의 하나이다. 구비 전설에 기초하여 인민대중들이 창작한 것이다. ……양반귀족계급과 봉건관료제도의 부패상과 암흑상을 폭로하고 이런 폭정에 맞서 용감하게 저항하는 인민들의 투쟁정신을 노래하였다. ……(107~112쪽)
東方文學簡編	張效之 主編	山東教育 出版社 1985.12	3500	第二章 第九節 朝鮮文學與≪春香傳≫ ……춘향이야기가 민간에서 3-4백 전해오다가 인민들이 단체로 창작되었다. ……양반관료 통치계급이 인민을 억압하는 잔인한 폭정을 폭로 비판하고 인민들이 탄압에 두려워하지 않고 용감하게 저항하는 투쟁정신을 노래 하였다.(141~147쪽)
簡明東方文學史	季羨林 主編	北京大學 出版社 1987.12	5200	第二編 第四章 第六節 ≪春香傳≫ <춘향전>은 조선의 제일 유명한 판소리계 소설이다. 민간전설에 기초하여……춘향의 변치 않는 사랑을 열정적으로 노래하고 봉건관료의 암흑통치와 인민을 억압한 폭정을 폭로하였다. 통시에 봉건등급제도의 불합리성을 폭로하였다. ……(332~340쪽)
東方 文學史 (上下)	主編 郁龍餘 副主編	陝西人民 出版社 1994.8	3000	第二卷 第十章 第二節 ≪春香傳≫ <춘향전>은 중세기 조선 문학의 최고 성과를 대표하는 작품이다. 민간전설에

	孟昭毅			기초하여……판소리계소설이다. ……봉건윤리도덕의 속박에서 벗어난 남녀평등의 진정한 사랑을 찬미하고 평민계층의 봉건 등급 제도에 대한 반대투쟁을 반영하고 봉건관료통치의 부패상과 죄악을 폭로하였다.(317~325쪽)
東方文學簡明教程	張文煥 牛水蓮 張春麗 主編	河南人民出版社 1996.5	2000	第二編 第二章 第二節 ≪春香傳≫ <춘향전>은 조선의 제일 우수한 판소리계소설이다. ……16세기 전후에 민간에서 전해졌다. ……봉건양반귀족계급과 봉건관료제도의 부패상과 암흑상을 폭로하고……탄압에 두려하지 않고 용감하게 저항하는 인민들의 투쟁정신을 반영하였다.(134~139쪽)
東方文學史	郁龍餘 孟昭毅 主編	北京大學出版社 2001.8		第二卷 第十章 第二節 ≪春香傳≫ <춘향전>은 중세기 조선 문학의 최고성과를 대표하는 작품이다. 민간전설에 기초하여……판소리계소설이다. 민간전설에 기초하여……판소리계소설이다. ……봉건윤리도덕의 속박에서 벗어난 남녀평등의 진정한 사랑을 찬미하고 평민계층의 봉건 등급 제도에 대한 반대투쟁을 반영하고 봉건관료통치의 부패상과 죄악을 폭로하였다.(280~286쪽)
東方文學史	邢化祥	中國檔案出版社 2001.12	2000	第二編 第三章 第二節 ≪春香傳≫ <춘향전>은 조선의 유명한 고전소설이다. ……춘향이야기는 16세기 전후에 널리 전해졌다. ……조선 봉건사회 양반귀족통치의 부패상과 봉건관료의 폭정을 폭로하고……봉건폭정을 반대하는 인민들의 염원을 반영하였다. (145~150쪽)
新編簡明東方文學	何乃英 編著	中國人民大學出版社 2007.6		第二章 中古文學(上) 第四節 ≪春香傳≫ <춘향전>은 조선의 유명한 판소리계

				중편소설이며 조선고전문학사에서 우수한 작품의 하나이다. ……청년남녀의 변치 않는 사랑을 노래하고 조선봉건사회말기 신분등급제도의 죄악을 폭로하고 탐관오리의 전횡과 폭정을 폭로하였다. ……(90~95쪽)

위 **표 4**에 반영된 <춘향전> 기술 내용을 귀납 정리해 보면 아래와 같은 특징을 밝혀 볼 수 있다.

첫째, 교재 출판 상황을 살펴보면 <춘향전>을 한 개 절로 기술한 교재는 1950년대 1종, 1960~70년대 0종, 1980년대에 3종, 1990년대에 2종, 2000년대에 3종으로 총 수의 25% 정도 차지한다. <동방문학사> 교재의 편찬 출판은 1950년대 초창기, 1960~70년대 공백기, 1980~90년대 전성기, 2000년대 침체기라고 할 수 있다. 특히 동방문학사가 점차 독립적인 학과목으로 발전하면서 동남아, 남부아시아, 서부아시아, 중앙아시아 그리고 북아프리카, 남아프리카 등 광범위한 지역 문학이 동방문학사 범주에 귀속되어 기존의 한국(조선)문학 비중이 희석된 상황으로 볼 때 2000년대 총 4종 <동방문학사> 교재 가운데 3종 교재에 <춘향전>이 기술되어 있다는 것은 50여 년 세월을 거쳐 2000년대에 이르러 중국문학 전공자와 학자들에게 <춘향전>은 한국문학 명작 내지 동방문학 명작으로 수용 각인되었음을 말해 준다.

둘째, 교재의 주요 기술 내용을 살펴보면 1950년대부터 2000년대까지 출판된 교재에서 소설 <춘향전>의 서사구조와 주제의식 등에 대한 서술과 이해 평가가 대동소이하다.

……춘향전은 이조 봉건 관료 통치를 폭로하고 그것을 반대하는 인민 대중의 지향을 가장 정확히 보여주는 거울로 되고 있다. ……춘향전

은 심청전, 홍부전 등과 함께 인민들의 구비적 전설에 연유한 작품으로서……리조 문학이 낳은 최대의 걸작일 뿐만 아니라 우리들이 자랑할 수 있는 최대의 민족 문학 유산의 하나로 된다. ……[5]

<춘향전>은 조선의 제일 유명한 판소리계 소설이다. 민간전설에 기초하여……춘향의 변치 않는 사랑을 열정적으로 노래하고 봉건관료의 암흑통치와 인민을 억압한 폭정을 폭로하였다. 통시에 봉건등급제도의 불합리성을 폭로하였다.[6]

<춘향전>은 중세기 조선 문학의 최고 성과를 대표하는 작품이다. 민간전설에 기초하여……판소리계소설이다. ……봉건윤리도덕의 속박에서 벗어난 남녀평등의 진정한 사랑을 찬미하고 평민계층의 봉건 등급제도에 대한 반대 투쟁을 반영하고 봉건관료통치의 부패상과 죄악을 폭로하였다.[7]

<춘향전>은 조선의 유명한 판소리계 중편소설이며 조선고전문학사에서 우수한 작품의 하나이다. ……청년남녀의 변치 않는 사랑을 노래하고 조선봉건사회말기 신분등급제도의 죄악을 폭로하고 탐관오리의 전횡과 폭정을 폭로하였다.[8]

보다시피 1950년대, 1980년대, 1990년대, 2000년대를 대표하는 교재들은 모두 <춘향전>은 민간전설에 기초한 고전문학명작이며, 봉건 관료의 부

---

5 北京師範大學中文系外國文學教研組 編, 『外國文學參考資料(東方部分)』, 高等教育出版社, 1959. 12, 61~67쪽 참조.

6 季羨林 主編, 『簡明東方文學史』, 北京大學出版社, 1987. 12, 332~340쪽 참조.

7 主編 郁龍餘・副主編 孟昭毅, 『東方文學史(上下)』, 陝西人民出版社, 1994. 8, 317~325쪽 참조.

8 何乃英 編著, 『新編簡明東方文學』, 中國人民大學出版社, 2007. 6, 90~95쪽 참조.

패 통치와 봉건등급제도의 죄악을 폭로하고 그에 저항하는 인민 대중의 투쟁을 반영하고 있다는 공통적인 주제요소를 일관되게 고집하고 있다. 시대의 변화와 문화 수용계층의 변화에 따른 현대적 재해석이 없을 뿐만 아니라 원작의 의미가 축소 또는 확대되지 않았다. 이는 <춘향전>에 대한 긍정적 계승이라고 할 수 있다.

셋째, <춘향전>이 한 개 절로 기술된 교재는 많지 않지만 모두 영향력이 자못 큰 교재들로 많은 중국문학전공자들에게 소설 <춘향전>의 문학적 위상이 소개 전파되었다고 하겠다.

1950년대에 출판된 교재는 <외국문학참고자료(동방부분)>가 유일무이하며 중국 대학의 첫 "동방문학사" 교재로 평가받고 있다. 이 교재에 수록된 윤세평의 <춘향전> 서문이 <외국문학사> 교재뿐만 아니라 <동방문학사> 교재에서도 50여 년 <춘향전> 평가의 기준으로 되었다.

1987년 12월에 출판된 <간명동방문학사>(季羨林 主編)는 주필 계선린 교수가 동방문학의 태두이고 이 교재의 <춘향전> 부분 집필을 맡은 위욱승 교수는 북경대학의 한국고전문학연구 전문가로 그 기술 내용이 전면적이고 권위적이어서 그 영향력이 아주 컸다.

2007년 6월에 출판된 <신편 간명동방문학>(何乃英 編著)은 21세기 중국언어문학통용교재로 2000년대 중국 동방문학 "동방문학사" 교재에서 제일 권위적인 교재의 하나이다. 이 교재에서는 <춘향전>의 형성과정, 이야기 줄거리, 인물형상, 사상의의 및 예술특징, <춘향전>과 중국의 관계 등에 대해 전면적으로 깊이 있게 서술하여 한국고전문학이 낯선 21세기 중국문학전공자들이 쉽게 <춘향전>을 이해 수용할 수 있도록 하였다.

다음 "<동방문학사> 참고서(동방문학작품선집)에 수록된 <춘향전>" **표 6**을 살펴보기로 한다.

■ 표 6_〈춘향전〉이 수록된 〈동방문학사〉 참고서(동방문학작품선집)

저서명	저자명	출판사 출판연월일	인쇄수	〈춘향전〉 수록 내용
亞非文學參考 資料	穆睿淸 編	時代文藝出版社 1986.8	1800	第二編 五 (四)≪春香傳≫ <춘향전>은 조선인민들의 구비 창작에 기초하여 형성된 우수한 고전문학명작이다. …… 이조 봉건사회 양반관료계급의 부패한 통치를 폭로 비판하고 춘향을 대표로 하는 인민대중들의 자유를 추구하고 탄압에 두려하고 않고 용감히 저항하는 정신을 노래하였다. …… (247~257쪽)
東方 文學作品選 (上下)	季羨林 主編	湖南文藝出版社 1986.9	2000	≪春香傳≫片斷 <춘향전>은 조선인민들에게 널리 알려진 고전명작의 하나이다. 구비전설에 기초하여 인민들이 단체로 창작한 것이다. ……봉건귀족계급과 이조 봉건관료제도의 암흑상과 부패상을 폭로하고……이런 저항과 투쟁은 당시 인민대중들의 봉건세력을 반대하는 염원에 부합되었다. ……(53~65쪽)
東方 文學作品選 (上下)	兪灝東 何乃英 編選	北京出版社 1987.6	6000	第二部分 ≪春香傳≫(下卷節選) <춘향전>은 조선 이조 말기의 장편소설이다. 춘향이야기는 오래 동안 민간에서 전해졌다. ……춘향과 몽룡의 변치 않는 사랑을 노래하고……봉건사회 말기 관료귀족의 황음무도한 부패상을 폭로하였다. ……조선고전문학유산 가운데서 제일 소중한 작품의 하나이다. ……

				(376~401쪽)
世界文學名著選讀1 亞非文學	陶德臻 馬家駿 主編	高等教育出版社 1991.10	12100	≪春香傳≫ <춘향전>은 조선고전소설의 대표작의 하나이다. 민간전설에 기초하여 형성되었다. ……자유와 변치 않는 사랑을 노래하고 봉건등급제도의 죄악을 폭로하였으며 양반귀족의 황음무도한 추태를 비판하고 봉건질곡에서 벗어나 개성해방을 추구하는 인민들의 염원을 반영하였다. ……(193~205쪽)
外國文學作品選(東方卷)	王向遠 劉洪濤 主編	北京師範大學出版社 2010.3		≪春香傳≫(節選) <춘향전>은 조선고전문학명작 가운데서 제일 대표적인 작품이다. ……조선 고전 민간 예술의 최고작이다. ……주인공의 진지한 사랑을 노래하고 이 신분등급제를 타파한 애정은 봉건을 반대하는 적극적 의의가 있다.(165~190쪽)

표 5에서 보다시피 필자가 정리한 데 의하면 근 반세기 동안 편찬 출판된 중국 대학 <동방문학사> 참고서(동방문학작품선집)는 7~8종에 불과하다. 그중 5종의 작품집에 판소리계소설 <춘향전>(발췌)이 수록되어 있다. <춘향전>은 한국 고전문학뿐만 아니라 동방문학사에서도 비중 있는 대표작으로 평가받고 있음을 알 수 있다. <춘향전> 기술 내용을 보면 <동방문학사> 교재와 거의 동일하다.

1980년대에 출판된 <東方文學作品選(上下)>에서는 "<춘향전>은 조선인민들에게 널리 알려진 고전명작의 하나이다. 구비전설에 기초하여 인민들이 단체로 창작한 것이다. ……봉건귀족계급과 이조 봉건관료제도의 암흑상과 부패상을 폭로하고……이런 저항과 투쟁은 당시 인민대중들의 봉건세력을 반대하는 염원에 부합되었다."[9] 고 기술하고 있다. 1990년대에 출판된 <世界文學名著選讀1>에서는 "<춘향전>은 조선고전소설의 대표작의 하나이다. 민간전설에 기초하여 형성되었다. ……자유와 변치 않는 사랑을 노래하고 봉건등급제도의 죄악을 폭로하였으며 양반귀족의 황음무도한 추태를 비판하고 봉건질곡에서 벗어나 개성해방을 추구하는 인민들의 염원을 반영하였다."[10] 고 기술하고 있다. 두 참고서는 모두 <춘향전>은 민간전설을 기반으로 하여 창작된 고전명작이며 봉건귀족계급과 이조 봉건관료제도의 암흑상과 부패상을 폭로하고 인민대중들의 봉건세력을 반대하는 염원을 반영하고 있다는 공통된 주제의식과 평가를 보여주고 있다. 교재와 참고서 편찬자들의 이해와 평가기준이 거의 동일하다고 할 수 있다.

요컨대 중국 대학 <외국문학사> 교재와 그 참고서는 1950년대부터 2000년대에 이르기까지 <춘향전> 서사구조와 주제의식, 주인공 형상 등 제 면에서 1950년대 북한 학자 윤세평이 쓴 "<춘향전>에 대하여"(<춘향전> 단행본 서문)라는 평문을 그대로 수용하고 이를 전통으로 계승 보전하고 있다고 하겠다.

---

9 季羡林 主編, 『東方文學作品選(上下)』, 湖南文藝出版社, 1986. 9, 53~65쪽 인용.

10 陶德臻・馬家駿 主編, 『世界文學名著選讀1亞非文學』, 高等教育出版社, 1991. 10, 193~ 205쪽 인용.

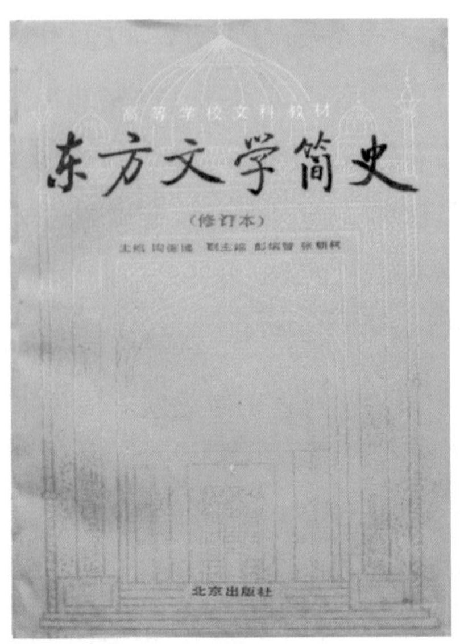

▍北京出版社에서 출간한 〈簡明東方文學史〉(1985년 5월) 표지

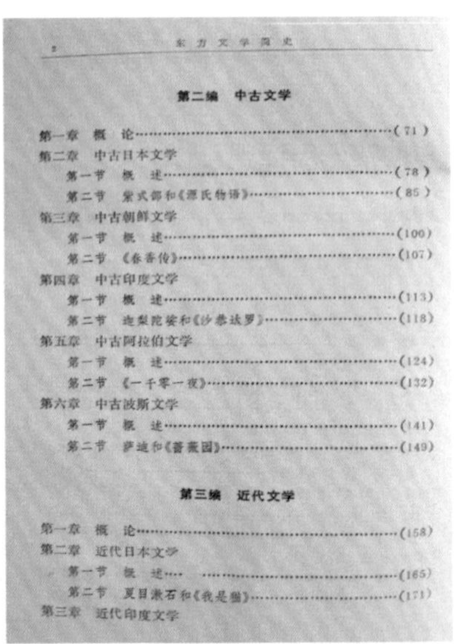
2　东方文学简史

第二编　中古文学

第三编　近代文学

▍北京出版社에서 출간한 〈簡明東方文學史〉(1985년 5월) 목록

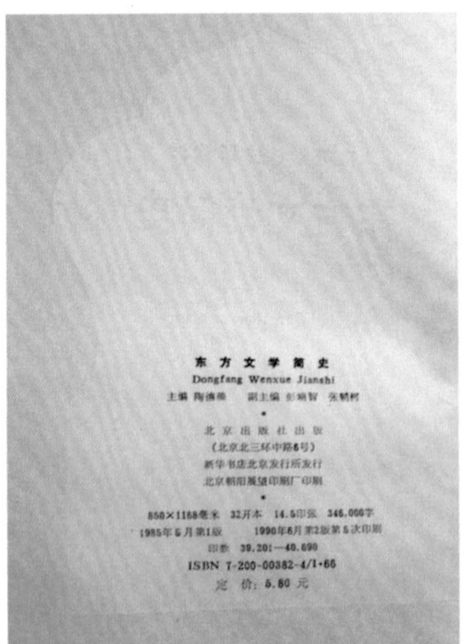
东方文学简史
Dongfang Wenxue Jianshi
主编 陶德臻　副主编 彭端智　张朝柯
•
北京出版社出版
（北京北三环中路6号）
新华书店北京发行所发行
北京朝阳展望印刷厂印刷
•
850×1168毫米　32开本　14.5印张　346,000字
1985年5月第1版　1990年6月第2版第5次印刷
印数 39,201—40,690
ISBN 7-200-00382-4/I·66
定价：5.80 元

▍北京出版社에서 출간한 〈簡明東方文學史〉(1985년 5월) 저작권

▍山東教育出版社에서 출간한 〈東方文學簡編〉(1985년 12월) 표지

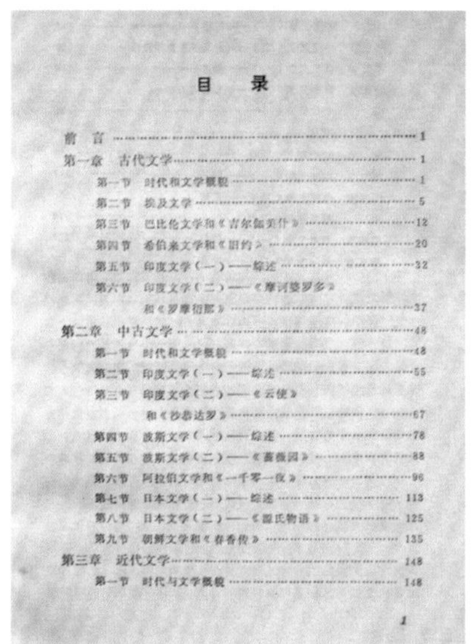

目　录

1

山東教育出版社에서 출간한 〈東方文學簡編〉(1985년 12월) 목록

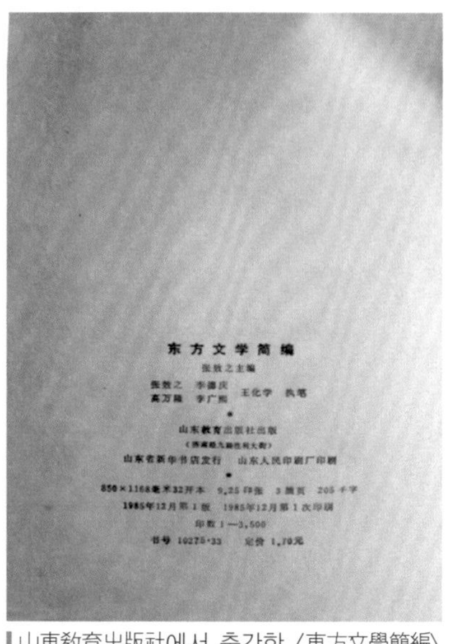

东方文学简编

张效之主编
张效之　李德庆
高万隆　李广熙　王化学　执笔

山东教育出版社出版
（济南经九路胜利大街）
山东省新华书店发行　山东人民印刷厂印刷

850×1168毫米32开本　9.25印张　3插页　205千字
1985年12月第1版　1985年12月第1次印刷
印数 1—3,500
书号 10275·33　定价 1.70元

山東教育出版社에서 출간한 〈東方文學簡編〉(1985년 12월) 저작권

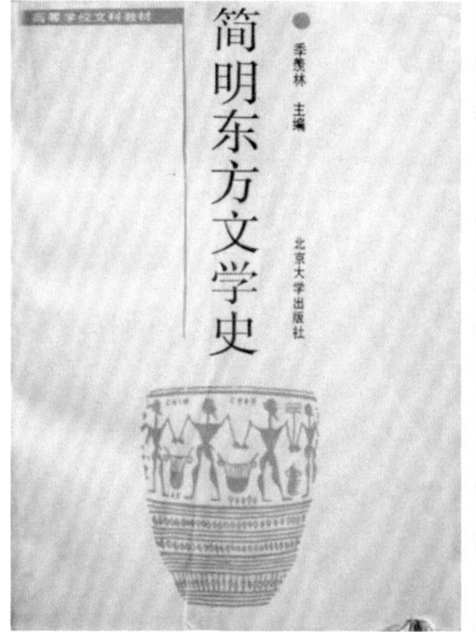

北京大學出版社에서 출간한 〈簡明東方文學史〉(1987년 12월) 표지

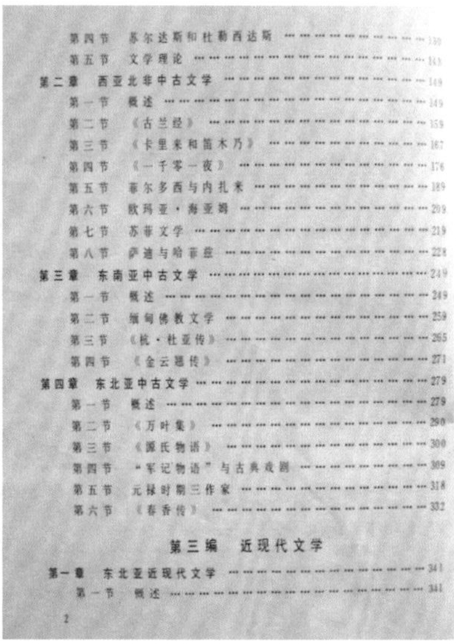

2

北京大學出版社에서 출간한 〈簡明東方文學史〉(1987년 12월) 목록

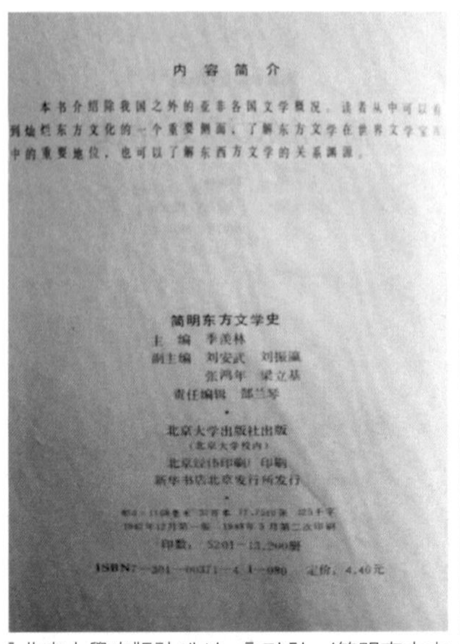

内 容 简 介

本书介绍除我国之外的亚非各国文学概况。读者从中可以看到灿烂东方文化的一个重要侧面，了解东方文学在世界文学宝库中的重要地位，也可以了解东西方文学的关系渊源。

简明东方文学史
主　编　季羡林
副主编　刘安武　刘振瀛
　　　　张鸿年　梁立基
责任编辑　[illegible]

北京大学出版社出版
（北京大学校内）
[illegible] 印刷
新华书店北京发行所发行

印数：5201—13,200册
ISBN7—301—00371—4 I—090　定价：4.40元

▌北京大學出版社에서 출간한 〈簡明東方文學史〉(1987년 12월) 저작권

▌陝西人民出版社에서 출간한 〈東方文學史(上下)〉(1994년 8월) 표지

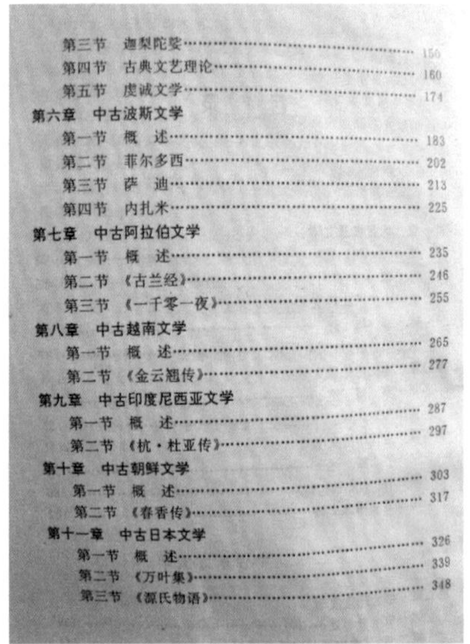

▌陝西人民出版社에서 출간한 〈東方文學史(上下)〉(1994년 8월) 목록

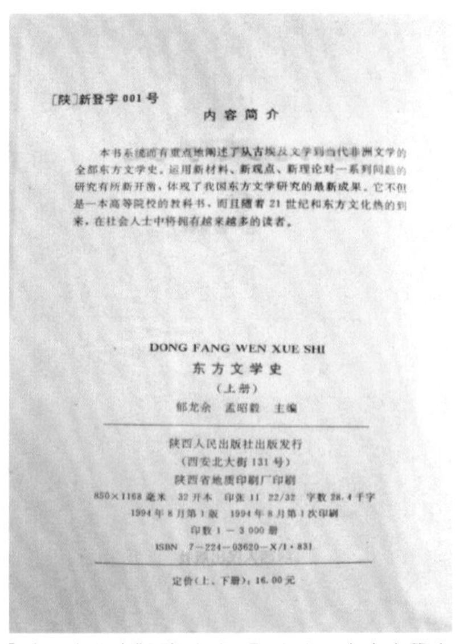

［陕］新登字 001 号

内 容 简 介

本书系统而有重点地阐述了从古埃及文学到当代非洲文学的全部东方文学史。运用新材料、新观点、新理论对一系列问题的研究有所新开凿，体现了我国东方文学研究的最新成果。它不但是一本高等院校的教科书，而且随着 21 世纪和东方文化热的到来，在社会人士中将拥有越来越多的读者。

DONG FANG WEN XUE SHI
东 方 文 学 史
（上册）
郁龙余　孟昭毅　主编

陕西人民出版社出版发行
（西安北大街 131 号）
陕西省地质印刷厂印刷
850×1168 毫米　32 开本　印张 11 22/32　字数 28.4 千字
1994 年 8 月第 1 版　1994 年 8 月第 1 次印刷
印数 1 — 3 000 册
ISBN　7—224—03620—X/I·831

定价（上、下册）：16.00 元

▌陝西人民出版社에서 출간한 〈東方文學史(上下)〉(1994년 8월) 저작권

▌河南人民出版社에서 출간한 〈東方文學簡明教程〉(1996년 5월) 표지

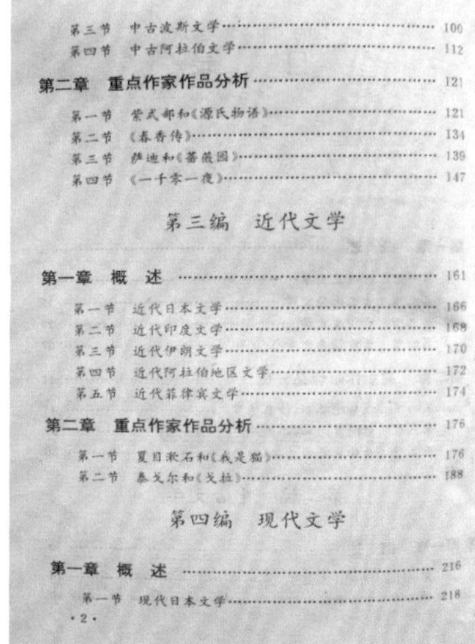

·2·

▌河南人民出版社에서 출간한 〈東方文學簡明教程〉(1996년 5월) 목록

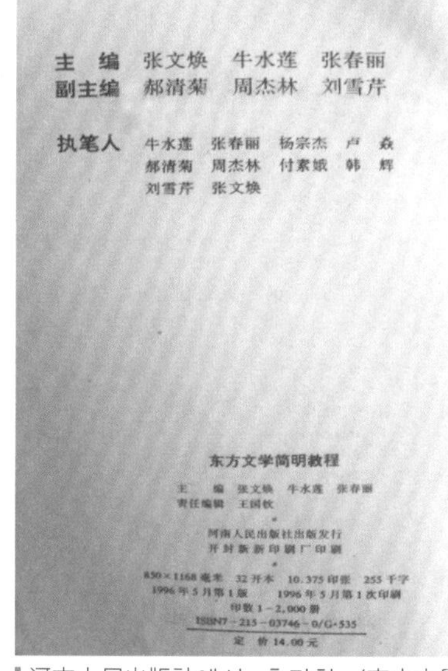
主 编 张文焕 牛水莲 张春丽
副主编 郝清菊 周杰林 刘雪芹
执笔人 牛水莲 张春丽 杨宗杰 卢 焱
郝清菊 周杰林 付素娥 韩 辉
刘雪芹 张文焕

东方文学简明教程
主 编 张文焕 牛水莲 张春丽
责任编辑 王国钦
河南人民出版社出版发行
开封新新印刷厂印刷
850×1168毫米 32开本 10.375印张 255千字
1996年5月第1版 1996年5月第1次印刷
印数 1－2,000册
ISBN7－215－03746－0/G·535
定 价 14.00元

▌河南人民出版社에서 출간한 〈東方文學簡明教程〉(1996년 5월) 저작권

▌北京大學出版社에서 출간한 〈東方文學史〉(2001년 8월) 표지

2 东方文学史

第二卷 中古东方文学

北京大學出版社에서 출간한 〈東方文學史〉(2001년 8월) 목록

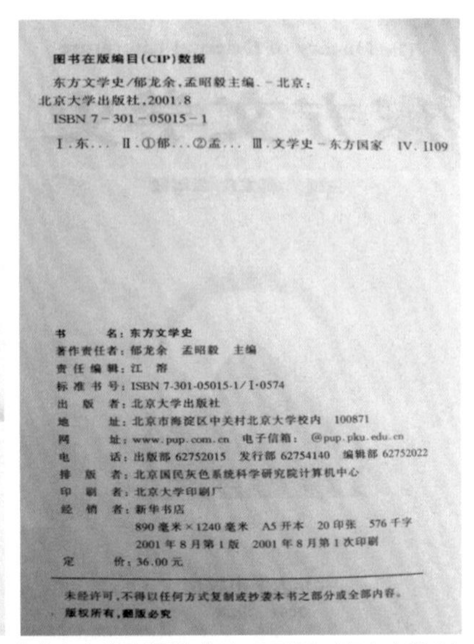
图书在版编目(CIP)数据
东方文学史/郁龙余,孟昭毅主编. - 北京:
北京大学出版社,2001.8
ISBN 7-301-05015-1
Ⅰ.东... Ⅱ.①郁...②孟... Ⅲ.文学史-东方国家 Ⅳ.I109

书 名:东方文学史
著作责任者:郁龙余 孟昭毅 主编
责 任 编 辑:江 溶
标 准 书 号:ISBN 7-301-05015-1/I·0574
出 版 者:北京大学出版社
地 址:北京市海淀区中关村北京大学校内 100871
网 址:www.pup.com.cn 电子信箱: @pup.pku.edu.cn
电 话:出版部 62752015 发行部 62754140 编辑部 62752022
排 版 者:北京国民灰色系统科学研究院计算机中心
印 刷 者:北京大学印刷厂
经 销 者:新华书店
890毫米×1240毫米 A5开本 20印张 576千字
2001年8月第1版 2001年8月第1次印刷
定 价:36.00元

北京大學出版社에서 출간한 〈東方文學史〉(2001년 8월) 저작권

中國檔案出版社에서 출간한 〈東方文學史〉(2001년 12월) 표지

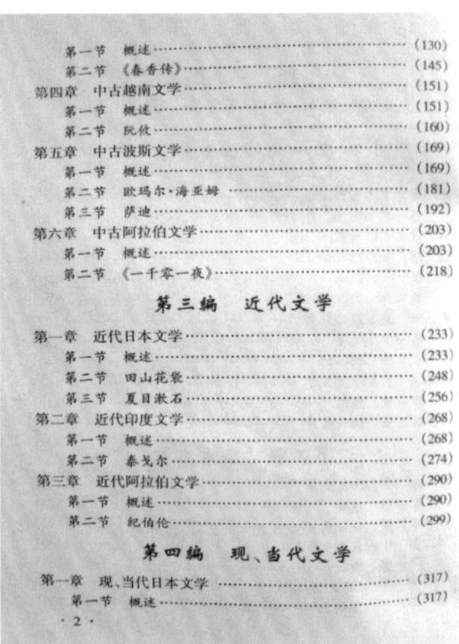

第三编 近代文学

第四编 现、当代文学

·2·

中國檔案出版社에서 출간한 〈東方文學史〉(2001년 12월) 목록

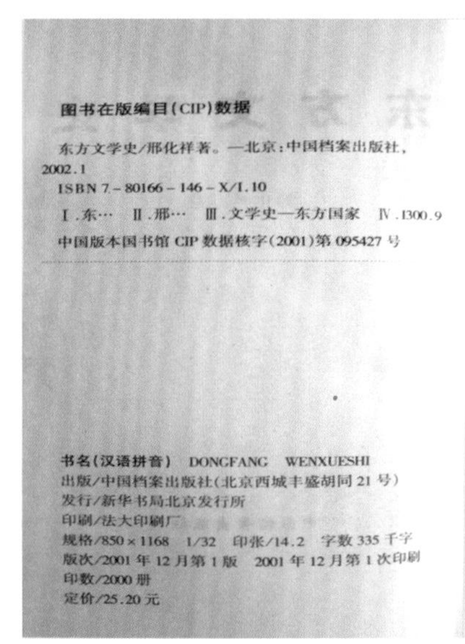

图书在版编目(CIP)数据

东方文学史/邢化祥著。—北京:中国档案出版社,2002.1
ISBN 7-80166-146-X/I.10
Ⅰ.东… Ⅱ.邢… Ⅲ.文学史—东方国家 Ⅳ.I300.9
中国版本图书馆 CIP 数据核字(2001)第 095427 号

书名(汉语拼音) DONGFANG WENXUESHI
出版/中国档案出版社(北京西城丰盛胡同 21 号)
发行/新华书局北京发行所
印刷/法大印刷厂
规格/850×1168 1/32 印张/14.2 字数 335 千字
版次/2001 年 12 月第 1 版 2001 年 12 月第 1 次印刷
印数/2000 册
定价/25.20 元

▌中國檔案出版社에서 출간한 〈東方文學史〉(2001년 12월) 저작권

▌中國人民大學出版社에서 출간한 〈新編簡明東方文學〉(2007년 6월) 표지

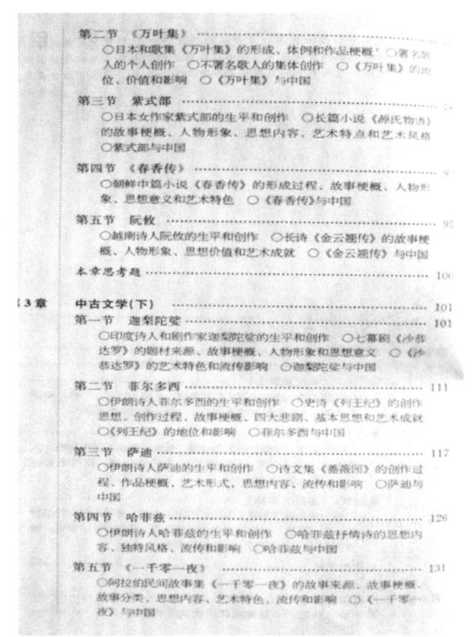

第二节 《万叶集》
○日本和歌集《万叶集》的形成、体例和作品梗概 ○署名歌人的个人创作 ○不署名歌人的集体创作 ○《万叶集》的地位、价值和影响 ○《万叶集》与中国
第三节 紫式部
○日本女作家紫式部的生平和创作 ○长篇小说《源氏物语》的故事梗概、人物形象、思想内容、艺术特点和艺术风格 ○紫式部与中国
第四节 《春香传》
○朝鲜中篇小说《春香传》的形成过程、故事梗概、人物形象、思想意义和艺术特色 ○《春香传》与中国
第五节 阮攸 …… 95
○越南诗人阮攸的生平和创作 ○长诗《金云翘传》的故事梗概、人物形象、思想价值和艺术成就 ○《金云翘传》与中国
本章思考题 …… 100

3 章 中古文学(下) …… 101
第一节 迦梨陀娑 …… 101
○印度诗人和剧作家迦梨陀娑的生平和创作 ○七幕剧《沙恭达罗》的题材来源、故事梗概、人物形象和思想意义 ○《沙恭达罗》的艺术特色和流传影响 ○迦梨陀娑与中国
第二节 菲尔多西 …… 111
○伊朗诗人菲尔多西的生平和创作 ○史诗《列王纪》的创作思想、创作过程、故事梗概、四大悲剧、基本思想和艺术成就 ○《列王纪》的地位和影响 ○菲尔多西与中国
第三节 萨迪 …… 117
○伊朗诗人萨迪的生平和创作 ○诗文集《蔷薇园》的创作过程、作品梗概、艺术形式、思想内容、流传和影响 ○萨迪与中国
第四节 哈菲兹 …… 126
○伊朗诗人哈菲兹的生平和创作 ○哈菲兹抒情诗的思想内容、独特风格、流传和影响 ○哈菲兹与中国
第五节 《一千零一夜》 …… 131
○阿拉伯民间故事集《一千零一夜》的故事来源、故事梗概、故事分类、思想内容、艺术特色、流传和影响 ○《一千零一夜》与中国

▌中國人民大學出版社에서 출간한 〈新編簡明東方文學〉(2007년 6월) 목록

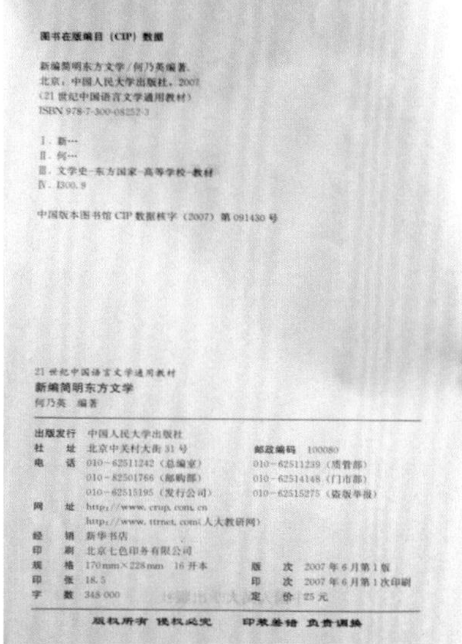

图书在版编目 (CIP) 数据

新编简明东方文学/何乃英编著.
北京:中国人民大学出版社,2007
(21 世纪中国语言文学通用教材)
ISBN 978-7-300-08252-3

Ⅰ.新…
Ⅱ.何…
Ⅲ.文学史-东方国家-高等学校-教材
Ⅳ.I300.9

中国版本图书馆 CIP 数据核字 (2007) 第 091430 号

21 世纪中国语言文学通用教材
新编简明东方文学
何乃英 编著

出版发行 中国人民大学出版社
社 址 北京中关村大街 31 号 邮政编码 100080
电 话 010-62511242 (总编室) 010-62511239 (质管部)
010-82501766 (邮购部) 010-62514148 (门市部)
010-62515195 (发行公司) 010-62515275 (盗版举报)
网 址 http://www.crup.com.cn
http://www.ttrnet.com(人大教研网)
经 销 新华书店
印 刷 北京七色印务有限公司
规 格 170mm×228mm 16 开本 版 次 2007 年 6 月第 1 版
印 张 18.5 印 次 2007 年 6 月第 1 次印刷
字 数 348 000 定 价 25 元

版权所有 侵权必究 印装差错 负责调换

▌中國人民大學出版社에서 출간한 〈新編簡明東方文學〉(2007년 6월) 저작권

▌時代文藝出版社에서 출간한 〈亞非文學參考資料〉(1986년 8월) 표지

· 3 ·

▌時代文藝出版社에서 출간한 〈亞非文學參考資料〉(1986년 8월) 목록

亚非文学参考资料 YAFEIWENXUECANKAOZILIAO 穆睿清编
责任编辑：李西西 封面设计：
时代文艺出版社出版 787×1092毫米32开本 15.375印张 2插页 320,000字
（长春市斯大林大街102号） 1986年6月第1版 1986年6月第1次印刷
长春市印刷厂印刷 印数：1—1,800册
吉林省新华书店发行 统一书号：10389·68 定价：2.80元

▌時代文藝出版社에서 출간한 〈亞非文學參考資料〉(1986년 8월) 저작권

▌湖南文藝出版社에서 출간한 〈東方文學作品選(上下)〉(1986년 9월) 표지

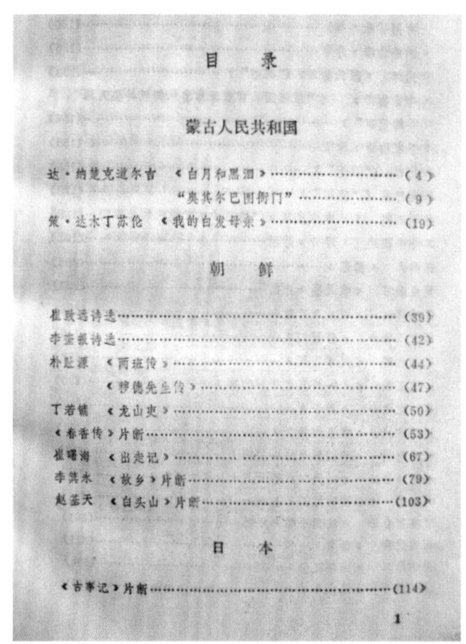

目　录

蒙古人民共和国

达·纳楚克道尔吉　《白月和黑泪》……………………（4）
“奥共尔巴图衙门”……………………（9）
策·达木丁苏伦　《我的白发母亲》……………………（19）

朝　鲜

崔致远诗选……………………（39）
李奎报诗选……………………（42）
朴趾源　《两班传》……………………（44）
《秽德先生传》……………………（47）
丁若镛　《龙山吏》……………………（50）
《春香传》片断……………………（53）
崔曙海　《出走记》……………………（67）
李箕永　《故乡》片断……………………（79）
赵基天　《白头山》片断……………………（103）

日　本

《古事记》片断……………………（114）

1

湖南文藝出版社에서 출간한 〈東方文學作品選(上下)〉(1986년 9월) 목록

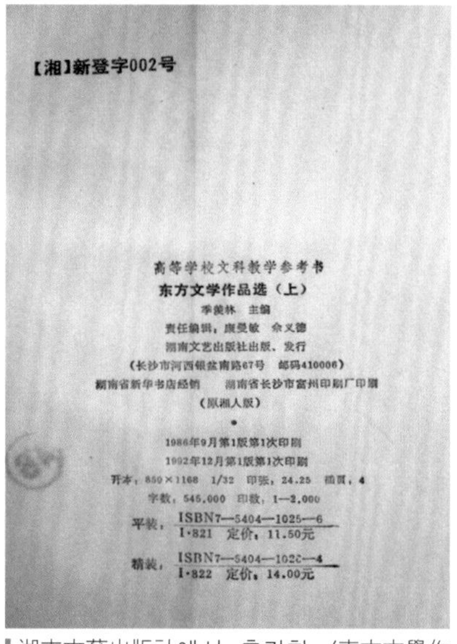

【湘】新登字002号

高等学校文科教学参考书
东方文学作品选（上）
季羡林　主编
责任编辑：康晏敏　余文德
湖南文艺出版社出版、发行
（长沙市河西银盆南路67号　邮码410006）
湖南省新华书店经销　湖南省长沙市富州印刷厂印刷
（原湘人版）
•
1986年9月第1版第1次印刷
1992年12月第1版第1次印刷
开本：850×1168　1/32　印张：24.25　插页：4
字数：545,000　印数：1—2,000
平装：ISBN7—5404—1025—6 / I·821　定价：11.50元
精装：ISBN7—5404—1026—4 / I·822　定价：14.00元

湖南文藝出版社에서 출간한 〈東方文學作品選(上下)〉(1986년 9월) 저작권

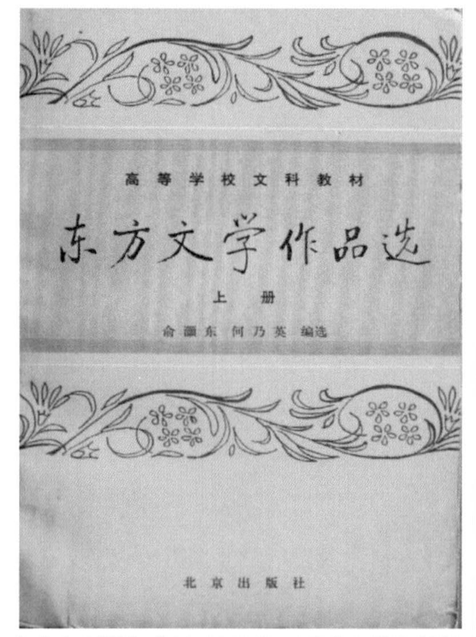

北京出版社에서 출간한 〈東方文學作品選(上下)〉(1987년 6월) 표지

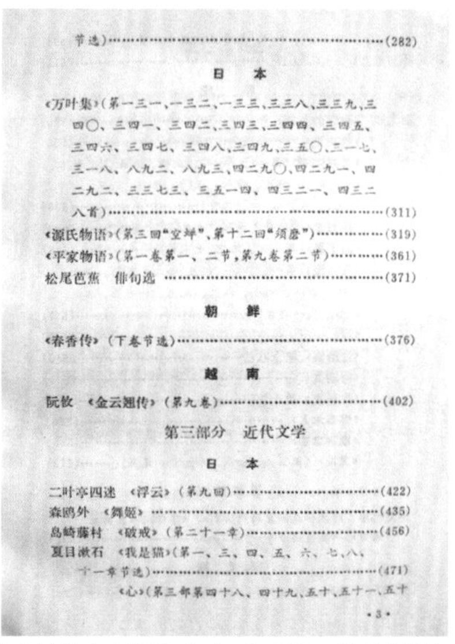

节选）……………………（282）

日　本

《万叶集》（第一三一、一三二、一三三、三三八、三三九、三四〇、三四一、三四二、三四三、三四四、三四五、三四六、三四七、三四八、三四九、三五〇、三一七、三一八、八九二、八九三、四二九〇、四二九一、四二九二、三三七三、三五一四、四三二一、四三二八首）……………………（311）
《源氏物语》（第三回“空蝉”、第十二回“须磨”）……………………（319）
《平家物语》（第一卷第一、二节，第九卷第二节）……………………（361）
松尾芭蕉　俳句选……………………（371）

朝　鲜

《春香传》（下卷节选）……………………（376）

越　南

阮攸　《金云翘传》（第九卷）……………………（402）

第三部分　近代文学

日　本

二叶亭四迷　《浮云》（第九回）……………………（422）
森鸥外　《舞姬》……………………（435）
岛崎藤村　《破戒》（第二十一章）……………………（456）
夏目漱石　《我是猫》（第一、三、四、五、六、七、八、十一章节选）……………………（471）
《心》（第三部第四十八、四十九、五十、五十一、五十

•3•

高等教育出版社에서 출간한 〈世界文學名著選讀1亞非文學〉(1991년 10월) 저작권

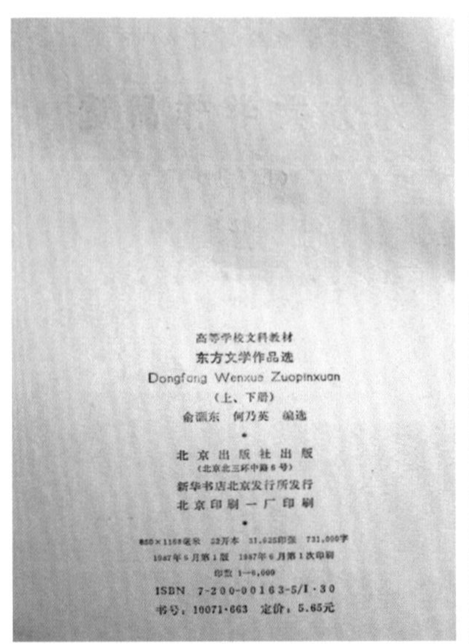

高等学校文科教材
东方文学作品选
Dongfang Wenxue Zuopinxuan
（上、下册）
俞灏东　何乃英　编选
•
北京出版社出版
（北京北三环中路6号）
新华书店北京发行所发行
北京印刷一厂印刷
•
850×1168毫米　32开本　31.625印张　731,000字
1987年5月第1版　1987年6月第1次印刷
印数 1—6,000
ISBN 7-200-00163-5/I·30
书号：10071·663　定价：5.65元

▍北京出版社에서 출간한 〈東方文學作品選(上下)〉(1987년 6월) 저작권

▍高等教育出版社에서 출간한 〈世界文學名著選讀1亞非文學〉(1991년 10월) 표지

目　录

·1·

▍高等教育出版社에서 출간한 〈世界文學名著選讀1亞非文學〉(1991년 10월) 목록

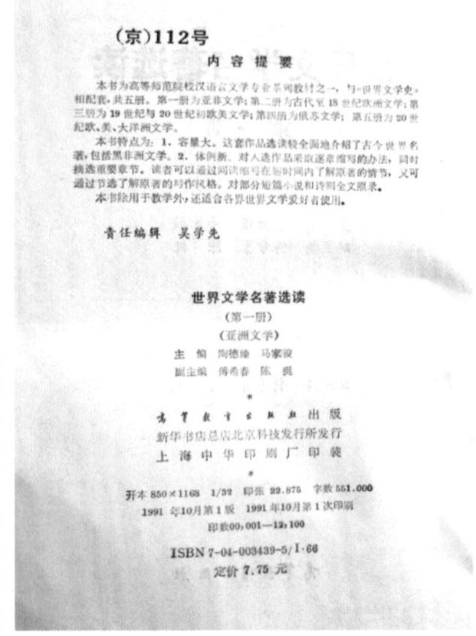

（京）112号

内容提要

本书为高等师范院校汉语言文学专业系列教材之一，与《世界文学史》相配套，共五册。第一册为亚非文学；第二册为古代至18世纪欧洲文学；第三册为19世纪与20世纪初欧美文学；第四册为俄苏文学；第五册为20世纪欧、美、大洋洲文学。

本书特点为：1. 容量大。这套作品选读较全面地介绍了古今世界名著，包括黑非洲文学。2. 体例新。对入选作品采取逐章缩写的办法，同时摘选重要章节。读者可以通过阅读缩写在短时间内了解原著的情节，又可通过节选了解原著的写作风格。对部分短篇小说和诗则全文照录。

本书除用于教学外，还适合各界世界文学爱好者使用。

责任编辑　吴学先

世界文学名著选读
（第一册）
（亚洲文学）
主　编　陶德臻　马家骏
副主编　傅希春　陈　挺
•
高等教育出版社出版
新华书店总店北京科技发行所发行
上海中华印刷厂印装
•
开本 850×1168　1/32　印张 22.875　字数 551.000
1991年10月第1版　1991年10月第1次印刷
印数00,001—12,100
ISBN 7-04-003439-5/I·66
定价 7.75 元

▍北京出版社에서 출간한 〈東方文學作品選(上下)〉(1987년 6월) 목록

▎北京師範大學出版社에서 출간한 〈外國文學作品選(東方卷)〉(2010년 3월) 표지

目 录

▎北京師範大學出版社에서 출간한 〈外國文學作品選(東方卷)〉(2010년 3월) 목록

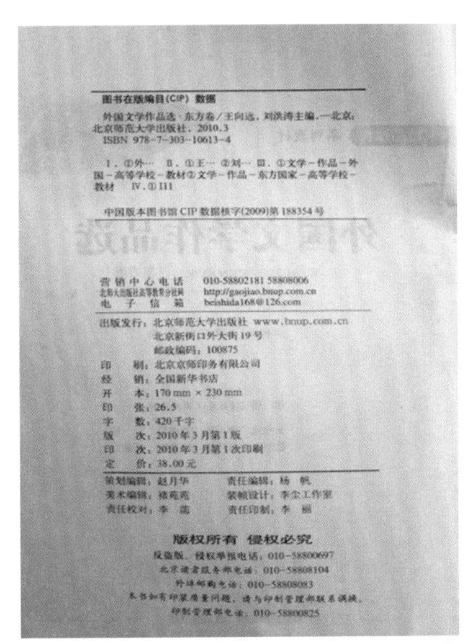
图书在版编目(CIP)数据

外国文学作品选·东方卷/王向远，刘洪涛主编. —北京：北京师范大学出版社，2010.3
ISBN 978-7-303-10613-4

Ⅰ. ①外… Ⅱ. ①王… ②刘… Ⅲ. ①文学－作品－外国－高等学校－教材②文学－作品－东方国家－高等学校－教材 Ⅳ. ①I11

中国版本图书馆CIP数据核字(2009)第188354号

营销中心电话 010-58802181 58808006
北师大出版社高等教育分社网 http://gaojiao.bnup.com.cn
电子信箱 beishida168@126.com

出版发行：北京师范大学出版社 www.bnup.com.cn
北京新街口外大街19号
邮政编码：100875
印　　刷：北京京师印务有限公司
经　　销：全国新华书店
开　　本：170 mm × 230 mm
印　　张：26.5
字　　数：420千字
版　　次：2010年3月第1版
印　　次：2010年3月第1次印刷
定　　价：38.00元

策划编辑：赵月华　　责任编辑：杨　帆
美术编辑：[illegible]　　装帧设计：李尘工作室
责任校对：李　菡　　责任印制：李　丽

▎北京師範大學出版社에서 출간한 〈外國文學作品選(東方卷)〉(2010년 3월) 저작권

제5장

영화 <춘향전> 수입 번역 양상

중국에서는 1960년대와 1980년대에 걸쳐 두 차례 영화 <춘향전>을 수입 번역 하였다. 당시 사회 정치 역사 문화 등 여러 여건의 특수성으로 인하여 이 영화들은 모두 북한 영화였다. 1992년, 중한 수교 후 한국 영화들이 중국에 이입되기 시작하였지만 한국 영화 <춘향전>은 2000년대에도 공식적으로 수입되지 않은 상황이다.

주지하는 바와 같이 외국영화 수입은 여느 장르의 문학예술작품과 달리 그 수입 기준이 까다롭고 번역은 흔히 자막번역과 더빙번역으로 구분된다. 1980년대까지만 하여도 중국에서는 수입영화에 대한 내용 주제 심사 기준이 엄하고 까다롭기에 개봉되더라도 삭제되는 장면이 적지 않았다. 또한 공개 개봉된 수입영화는 모두 더빙번역이어야 했다. 더빙번역은 예술적으로 기술적으로 번역 편집 때 일부 장면이나 내용들이 삭제되는 경우도 적지 않다. 때문에 최종 개봉된 영화를 통하여서만 그 수입영화의 수용 자세나 번역특징을 알 수 있게 된다.

본 장에서는 최종으로 공개 개봉된 두 편의 북한 영화 <춘향전> 수입 번역 양상을 살펴보기로 한다.

01

1960년대 영화 〈춘향전〉 수입 번역 양상

1959년에 북한에서 칼라영화 <춘향전>을 제작 개봉하고 중국에서는 1962년 초에 수입 번역하여 공식 개봉하였다. 중국 영화계의 가장 권위적인 문예지인 <대중영화(大衆電影)>는 번역영화 <춘향전> 개봉을 앞두고 홍보 포스터와 두 편의 문장을 게재하여 관중들에게 <춘향전>을 전면적으로 구체적으로 소개하였다.

그중 <춘향－고대조선여성의 빛나는 형상>이라는 글에서는 영화 <춘향전>을 아래와 같이 소개하고 있다.

> "조선 칼라 영화 <춘향전>은 진실하고 소박하며 아름답고 감동적이다. 영화는 관기의 딸 춘향과 사또 아들 이몽룡의 사랑이야기를 통하여 당시 봉건제도의 허위 및 통치자의 폭정과 죄악을 신랄하게 폭로하였다. 또한 모든 사악한 세력과 용감하게 싸우고 사랑에 충성하는 춘향과 이몽룡의 고귀한 품성을 노래하였다.
>
> 조선고전명작 <춘향전>은 우리나라 <양산백과 축영대>처럼 원래는 민간전설이었다. <춘향전>을 영화로 옮길 때 작가와 연출은 이야기의 서부묘사와 춘향이라는 이 빛나는 형상 부각 등 면에서 모두 예술적으로 아주 잘 해결하였다.

……춘향은 정조가 고상하였다. ……인민들의 이상(理想)을 대표하는 화신으로 민족투쟁성격을 구현하고 있지만 또 온유하고 우아하며 단정한 성격의 소유자였다. ……

……<춘향전>은 사랑이야기를 통하여 봉건 예교(禮教)를 반대하고 폭정을 몰아내고 백성을 편히 살게 하기를 바라는 노동인민들의 아름다운 염원을 표현하였다.

선후로 두 사또가 등장하는데 이들은 봉건통치계급의 두 가지 유형의 인물들이다. 하나는 "정인군자(正人君子)"이고 다른 하나는 제멋대로 횡포를 부리는 인물이다. 이는 봉건제도의 허위와 폭정을 교모하고도 깊이 있게 폭로하고 있다."[1]

여기서 <춘향전>은 우선 봉건제도의 허위 및 통치자의 폭정과 죄악을 폭로하였다는 주제에 방점을 두고 있음을 알 수 있다. 이는 당시의 중국 사회 정치 문화 환경 및 시책에 잘 부합되는 주제였던 만큼 영화 <춘향전>이 수입 번역 개봉될 수 있은 가장 중요한 요인이었다고 하겠다.

그러면서 또한 춘향과 이몽룡의 사랑에 충성하는 고귀한 품성을 노래하고 있다고 평가하면서 특히 중국의 <양산백과 축영대>와 같은 민간전설이라고 밝히고 있다. 주지하는바와 같이 중국에서 <양산백과 축영대>은 사랑의 자유와 충성을 상징하는 전설로 대중들의 사랑을 받고 있다. <춘향전> 역시 <양산백과 축영대> 못지않게 대중들의 사랑을 받게 될 영화임을 제시하였다고 하겠다. 이와 같은 평가는 영화 홍보이기도 하거니와 관중들의 기대시야의 반영이라고도 할 수 있다.

이 문장과 함께 게재된 다른 한편의 <내가 알고 있는 "춘향전">이라는 문장에서는 <춘향전>을 이렇게 소개하고 있다.

---

1 陶陽, 「春香－古代朝鮮婦女的光輝形象」, 『大衆電影』, 1962. 3期, 8~9쪽 인용.

"<춘향전>에 대한 조선인민들의 사랑과 인지도는 바로 <양산백과 축영대>에 대한 중국대중들의 사랑과 인지도와 같다.

……영화 <춘향전>에서 우리는 아래와 같은 것을 알 수 있다. <춘향전>에는 비록 관기의 딸 춘향과 사또의 아들 이몽룡의 사랑관계가 시종일관 제반 이야기에 엮어져 있지만 결코 일반적인 사랑이야기가 아니다. 두 사람의 관계를 통하여 18세기 이조 봉건사회의 가장 기본적인 모순을 뚜렷하게 보여주었다. 봉건사회가 청년 남녀를 구속하는 것을 통하여 당시 각 계층 간의 상황을 반영하고 있다. 특히 붕괴에 직면한 귀족통치계급의 추악한 모습과 이런 노예통치에서 벗어나려는 인민 대중들의 상황을 잘 보여주었다. 춘향 형상은 조선여성들의 굳센 의지와 불굴의 고귀한 전통을 구현하고 귀족통치에 저항하는 억압받는 대중들의 용감한 모습을 보여주었다."[2]

이 문장 역시 <춘향전>은 봉건사회 모순에 대한 폭로 즉 귀족통치계급의 추악한 모습과 이런 노예통치에서 벗어나려는 인민 대중들의 상황을 반영하였다는 주제에 방점을 두고 있다. 그러면서 또란 중국의 <양산백과 축영대>와 같은 작품임을 밝히고 있다.

이 두 편의 문장을 통해 영화 <춘향전>의 수입과 번역 개봉은 정부 시책에 부합되는 동시에 관중들의 기대시야에도 알맞았기 때문임을 쉽게 알 수 있다.

이 영화 <춘향전>(조선예술영화제작소 제작)은 장춘영화제작소(長春電影制片廠)에서 더빙 복제하고 중국영화발행상영공사(中國電影發行上映公司)에서 발행하였는데 당시 영화관 홍보용 포스터를 전국에 배포하여 관중들에게 널리 홍보하였다. 이 포스터는 너비 0.48m, 길이 0.74m 규모로 작성되었다. 이 포스터는 <춘향전>을 아래와 같이 소개하였다.

2 李澤奎, 「我所知道的"春香傳"」, 『大衆電影』, 1962. 3期, 8~9쪽 인용.

"<춘향전>은 조선민족문학유산가운데서 가장 소중한 고전작품의 하나이다.

관기의 딸 춘향은 아름다기로 소문난 미인이다. 귀공자 이몽룡과 결혼하였지만 집안출신이 비천하다는 이유로 남편과 생이별하게 된다. 두 사람이 이별하여 있는 동안 춘향은 야만적인 반동통치자의 박해를 받아 자칫 생명을 잃게 된다. 그러나 춘향은 반동세력에 굴하지 않고 극히 어려운 투쟁을 하여 마침내 남편 이몽룡과 재회한다.

이 영화는 이와 같은 아름다운 이야기를 보여주고 있다."[3]

여기서 번역영화 <춘향전>은 봉건혼인제도에 대한 비판과 사랑에 대한 충성을 노래한 작품으로 관중들에게 소개되고 있음을 알 수 있다.

이 포스터에는 다섯 장의 영화 장면이 있는데 매 장면을 소개한 내용을 보면 아래와 같다.

① 퇴기 월매의 외동딸 춘향은 시녀 향단과 함께 광한루에 봄놀이 나왔다가 남원사또의 아들 이몽룡을 만나게 된다.

② 춘향과 몽룡은 살아서 비익조(比翼鳥)가 되고 죽어서도 원앙새가 되자고 약속한다.

③ 사또는 일관적으로 못된 짓만 하다가 암행어사가 왔다는 말을 듣고 놀라 도주하다가 공교롭게 방자와 마주친다.

④ 춘향이 암행어사가 바로 남편 이몽룡임을 알게 된다.

⑤ 춘향과 이몽룡은 다시 만나 함께하게 된다.

3 長春電影制片廠 配音復制 中國電影發行上映公司發行 <春香傳> 포스터 인용.

번역 영화 〈춘향전〉을 소개한 문예지 〈大衆電影〉(1962년 3기) 표지

〈大衆電影〉(1962년 3기)에 실린 번역 영화 〈춘향전〉 포스터

春香——古代朝鲜妇女的光辉形象

朝鲜彩色故事片《春香传》，是一部 [illegible]

[illegible]

我所知道的《春香傳》

《春香传》是朝鲜 [illegible]

[illegible]

〈大衆電影〉(1962년 3기)에 실린 〈춘향전〉 평론 문장

大众电影

1962年第3期
(3月26日出版)

[illegible]

影片《刘三姐》讨论

[illegible]

画 页

朝鲜彩色故事片《春香传》……(4)

[illegible]

번역 영화 〈춘향전〉을 소개한 문예지 〈大衆電影〉(1962년3기) 목록

이 내용을 보면 영화 <춘향전>은 춘향과 이몽룡의 사랑이야기가 주선임을 알 수 있다. 다시 말하면 번역영화 <춘향전>은 영화관에서 실제로 관중들에게 홍보할 때는 사랑이야기를 다룬 영화로 소개하고 있어 문예지 <대중영화(大衆電影)>에서 소개한 것과 그 치중점이 조금 다르다고 할 수 있다. 관방(官方)에서는 반봉건(反封建) 주제를 강조하고 민간에서는 사랑주제를 강조하고 있다. 영화 <춘향전>은 교묘하게도 관방의 시책과 민간의 기대시야에 모두 부합되어 있다. 바로 이 점이 영화 <춘향전>으로 하여금 중국에 수입되어 공개 개봉될 수 있게 하였다고 볼 수 있다.

長春電影制片廠에서 더빙 제작하고 中國電影發行上映公司에서 發行한 영화 〈春香傳〉(1962년) 포스터

02

1980년대 영화 〈춘향전〉 수입 번역 양상

1980년 9월 중국 문화부는 조선민주주의인민공화국 창립 32주년을 경축하여 북한 영화제(9월 8일~15일)를 개최한다. 이 영화제에는 북한 영화 <격전전야>, <춘향전>, <피파다>, <우리 아들> 등 4 편이 북경, 상해, 천진, 광주, 남경, 심양, 장춘, 하르빈 등 8개 도시에서 비공식으로 개봉되었다. 영화제에서 <춘향전>은 역사제재의 애정영화라고 소개되었다.[1]

이 영화제를 계기로 <춘향전>(조선예술영화제작소 제작, 시나리오 : 김승구, 연출 : 윤룡구) 이 수입영화 선정되어 장춘영화제작소에서 더빙 복제하였다.

장춘영화제작소에서는 더빙 제작을 위해 우선 원문 시나리오를 번역하였는데 이 번역문에는 <춘향전>이 아래와 같이 소개되어 있다.

> "자막 해설 : <춘향전>은 조선민족문학유산가운데서 가장 소중한 고전작품의 하나로 인민들의 각별한 사랑을 받고 있다. 18세기 말에 민간에서 널리 전해오다가 19세기 초에 하나의 완정한 예술작품으로 되었다.
>
> 작품은 관기의 딸 춘향과 명문가족의 아들 이몽룡의 사랑이야기를 엮고 있다.

---

1 之,「文化部擧辦朝鮮電影周」,『大衆電影』, 1980. 10期, 7쪽 참조.

생동하고 굴곡적이고 복잡한 이야기를 통하여 봉건사회의 청년들이 낡은 예교(禮敎)를 타파하고 개성해방과 사랑에 충성하는 숭고한 도덕 품성을 보여주었다. 동시에 부패한 봉건 폭정 통치를 진실하게 폭로하고 억압당하는 인민들의 새 생활을 갈망하는 염원을 생동하게 반영하였다."[2]

1980년대에 수입 개봉한 영화 <춘향전>은 1960년대와는 달리 개성해방과 사랑에 충성하는 도덕품성을 우선적인 주제로 강조하고 있다. 이는 1980년대 중국에서 형성된 사상해방의 사회 정치 문화 분위기와 알맞은 주제가 아닐 수 없다.

실제로 영화관 홍보로 작성된 영화 <춘향전> 소개에서도 이 점을 쉬이 보아낼 수 있다. 이 홍보물은 모두 10개의 영화 장면으로 구성되었는데 그 내용 설명을 보기로 한다.

❶ 5월 단오명절, 남원 사또의 아들 이몽룡이 광한루에 와서 명절 풍경을 구경하고 있다.
❷ 남원의 유명한 퇴기 월매의 딸 춘향은 예쁘게 단장하면서 봄놀이 갈 준비를 하고 있다.
❸ 이몽룡은 방자더러 춘향을 광한루에 불러와 시를 짓자고 건의한다.
❹ 이몽룡은 춘향이 그리워 깊은 밤에 춘향 집에 와서 청혼한다.
❺ 이몽룡과 춘향은 백년가약을 맺는다.
❻ 이몽룡이 부친을 따라 한양에 가기 직전 춘향이 술상을 마련하여 작별인사를 나눈다. 두 사람은 사랑한 마음 변치 않기를 맹세한다.
❼ 춘향은 멀리 사라져가는 몽룡의 뒷모습을 보며 눈물을 흘린다.

2 何鳴雁 飜譯, 朝鮮彩色故事片, <春香傳>(編輯 金承九 導演 尹龍奎) 시나리오 중국어 번역문 1쪽 인용.

⑧ 잔인한 신임사또 변학도가 기생 난수에게 춘향의 행방을 묻는다.

⑨ 신임사또는 춘향이 수청을 강력히 거절하자 옥에 가둔다.

⑩ 춘향과 모친은 고난 끝에 마침내 장원급제하여 돌아온 이몽룡과 재회한다.

보다시피 1980년의 번역영화 홍보에서는 변학도의 폭정과 횡포에 대해서는 20%, 춘향과 몽룡이 자유로운 사랑을 추구하고 사랑에 충성하는 내용에 대해서는 80% 할애하였다. 북한영화제에서 <춘향전>을 역사제재의 애정영화라고 소개한 것과 맞물린다고 할 수 있다.

또 다른 영화소개 소책자에서는 <춘향전>에 대해 주제, 이야기 줄거리, 주요 인물 등 여러 모로 상세하게 소개하였다. 주제와 주인공 춘향에 대해서는 이렇게 소개하였다. "<춘향전>은 조선민족문학유산가운데서 가장 소중한 고전작품의 하나이다. 봉건사회의 청년들이 낡은 예교(禮教)를 타파하고 개성해방과 사랑에 충성하는 숭고한 도덕 품성을 보여주었다. 동시에 봉건사회의 폭정 통치를 진실하게 폭로하였다."

"관기의 딸 춘향은 아름다기로 소문난 미인이다. 귀공자 이몽룡과 결혼하였지만 집안출신이 비천하다는 이유로 남편과 생이별하게 된다. 두 사람이 이별하여 있는 동안 춘향은 야만적인 반동통치자의 박해를 받아 자칫 생명을 잃게 된다. 그러나 춘향은 반동세력에 굴하지 않고 극히 어려운 투쟁을 하여 마침내 남편 이몽룡과 재회한다."

주제는 시나리오 번역문의 기술과 같고 춘향 인물 형상 소개는 1960년대 포스터에서 기술된 내용과 일치하다.

▌북한영화제 보도문이 실린 〈大衆電影〉(1980년 10기) 표지

《樱》观后感

朝鲜电影周

▌〈大衆電影〉(1980년 10기)에 실린 북한영화제 보도문

▌북한영화제 포스터가 실린 문예지 〈大衆電影〉(1980년11기) 표지

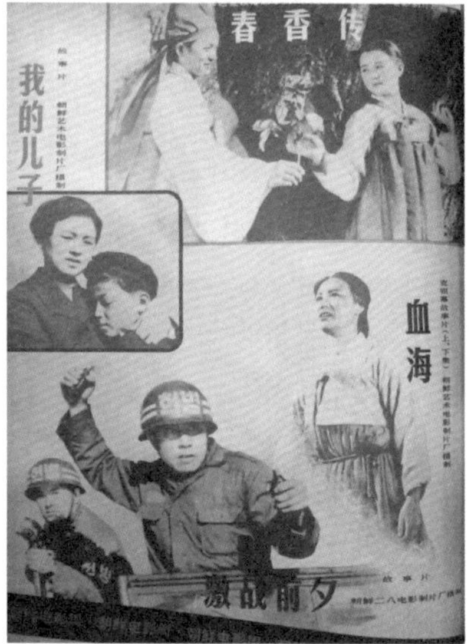

▌〈大衆電影〉(1980년 11기)에 실린 북한영화제 포스터

영화 <춘향전>은 완전 춘향과 이몽룡의 사랑이야기를 보여주고 있음을 뚜렷하게 함과 동시에 반봉건(反封建) 주제도 있음을 관중들에게 알려주고 있다. 당시 관중들의 기대시야에 따르면서도 관방 시책에도 부합됨을 알 수 있다.

요컨대 중국에서의 영화 <춘향전> 수입 번역 개봉은 1960년대든 1980년대든 <춘향전>의 주제 내용 등 면에서 관방 시책과 관중들의 기대시야에 모두 잘 부합되었다는 점을 쉬이 알 수 있다.

영화 <춘향전>의 수입 개봉은 영화 자체뿐만 아니라 문학명작으로서의 <춘향전>의 매력과 가치를 다시 한번 과시해주고 있다.

朝鲜彩色宽银幕故事片《春香传》

一、五月端午节，南原府使的儿子李梦龙到广寒楼去观赏节日风光。

二、南原著名退妓月梅的女儿春香正在梳洗打扮，准备去游春。

三、李梦龙派房子来请春香去广寒楼对诗。

四、李梦龙思慕春香，深夜来春香家求婚。

五、李梦龙和春香订下百年佳约。

六、李梦龙随父去汉阳前夕，春香备酒为他饯行，两人海誓山盟。

七、春香遥望着梦龙远去的身影逐渐消失，心中万分悲痛。

八、凶狠残暴的新任使道向妓女兰珠打听春香的下落。

九、新任使道威逼春香不成，便将她关进监牢。

十、春香和母亲经历了苦难，终于与状元及第归来的李梦龙重新团圆了。

长春电影制片厂译制　中国电影发行放映公司发行

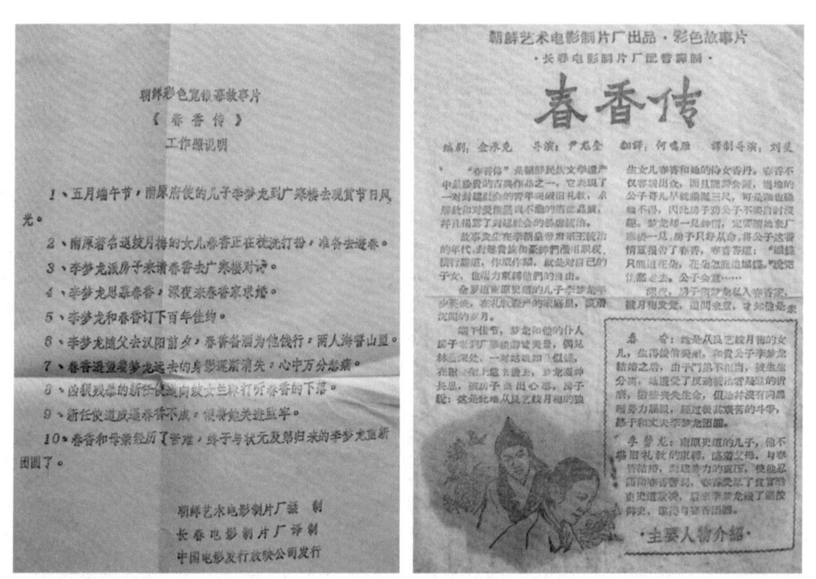

朝鲜彩色宽银幕故事片

《春香传》

工作照说明

1、五月端午节，南原府使的儿子李梦龙到广寒楼去观赏节日风光。

2、南原著名退妓月梅的女儿春香正在梳洗打扮，准备去游春。

3、李梦龙派房子来请春香去广寒楼对诗。

4、李梦龙思慕春香，深夜来春香家求婚。

5、李梦龙和春香订下百年佳约。

6、李梦龙随父去汉阳前夕，春香备酒为他饯行，两人海誓山盟。

7、春香遥望着梦龙远去的身影渐渐消失，心中万分悲痛。

8、凶狠残暴的新任使道向妓女兰珠打听春香的下落。

9、新任使道威逼春香不成，便将她关进监牢。

10、春香和母亲经历了苦难，终于与状元及第归来的李梦龙重新团圆了。

朝鲜艺术电影制片厂摄制
长春电影制片厂译制
中国电影发行放映公司发行

1980년 번역영화 〈춘향전〉 영화관 홍보 사진 설명문

朝鲜艺术电影制片厂出品·彩色故事片

·长春电影制片厂配音译制·

春香传

编剧：金承九 导演：尹龙奎 翻译：何鸣雁 译制导演：刘

1980년 번역영화 〈춘향전〉 홍보 내용소개

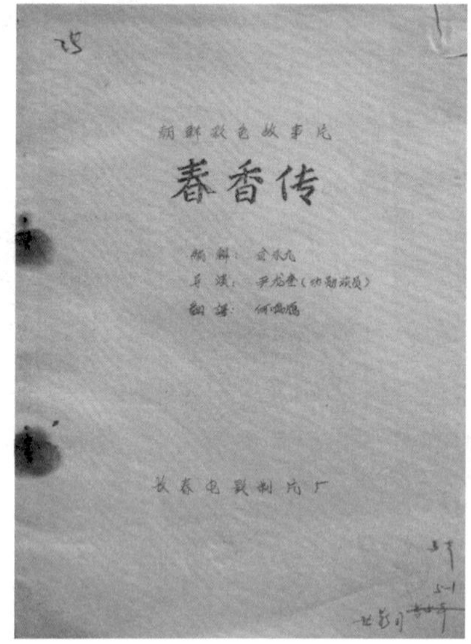

朝鲜彩色故事片

春香传

编剧：金承九
导演：尹龙奎（功勋演员）
翻译：何鸣雁

长春电影制片厂

1980년 더빙번역을 위한 〈춘향전〉 시나리오 중국어 번역문 표지

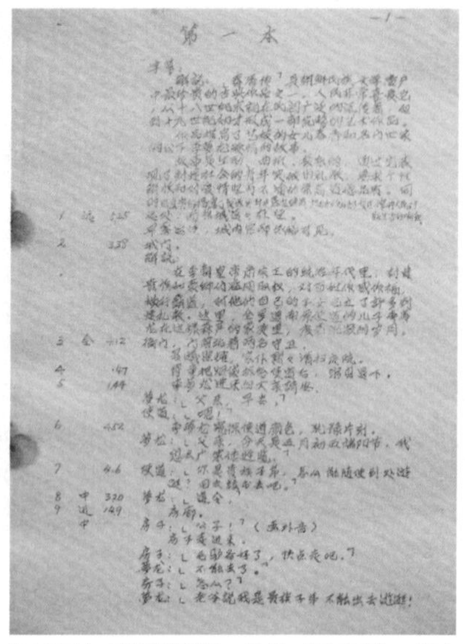

第一本

1980년 더빙번역을 위한 〈춘향전〉 시나리오 중국어 번역문 1쪽

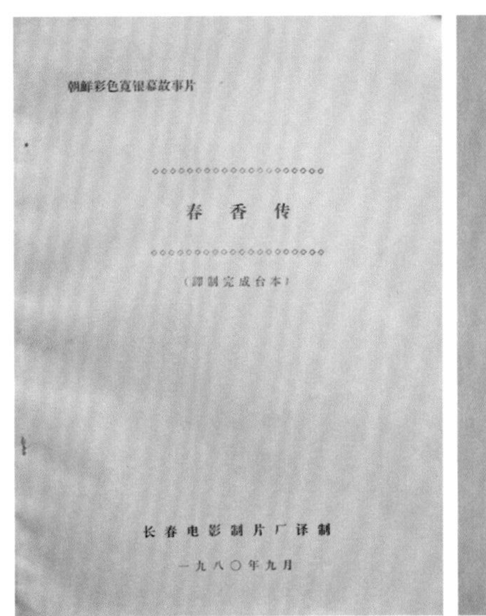

朝鲜彩色宽银幕故事片

春香传

（译制完成台本）

长春电影制片厂译制

一九八〇年九月

▌1980년 더빙번역을 위한 〈춘향전〉 대본 중국어 번역문 표지

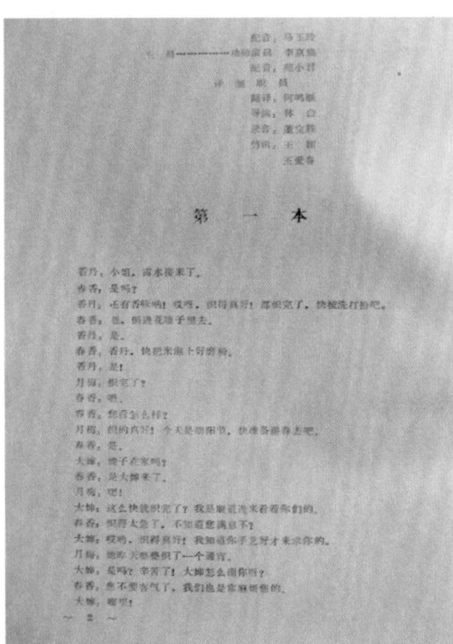

配音：马玉玲

[illegible]……[illegible]

配音：[illegible]

译制职员

翻译：何鸣雁

导演：林白

录音：[illegible]

剪辑：王[illegible]

王爱春

第一本

香丹：小姐，[illegible]来了。

春香：是吗？

香丹：还有香[illegible]呢！哎呀，织得真好！都织完了，快梳洗打扮吧。

春香：嗯，倒进花盆子里去。

香丹：是。

春香：香丹，快把[illegible]。

香丹：是！

月梅：织完了？

春香：嗯。

春香：您看怎么样？

月梅：织的真好！今天是端阳节，快准备游春去吧。

春香：是。

大婶：嫂子在家吗？

春香：是大婶来了。

月梅：嘿！

大婶：这么快就织完了？我是顺道过来看看你们的。

春香：织得太急了，不知道您满意不？

大婶：哎哟，织得真好！我知道你手艺好才来求你的。

月梅：她昨天整整织了一个通宵。

大婶：是吗？辛苦了！大婶怎么谢你呀？

春香：您不要客气了，我们也是常麻烦您的。

大婶：哪里！

～ 2 ～

▌1980년 더빙번역을 위한 〈춘향전〉 대본 중국어 번역문 1쪽

제6장

〈춘향전〉의 문화콘텐츠 양상

春香傳

중국에서의 <춘향전>의 번역 수용은 단순히 어느 한 시대의 한국고전 문학 작품 번역 수용만이 아니라 지속적으로 시대를 초월하여 현대에도 주목받는 한국 명작으로, 나아가 현지화 된 중국 경전(經典)으로 수용된 양상을 보이고 있다. 1950년대의 창극 이입과 소설 번역에 그치지 않고 지속적으로 시대적 변화에 부응하면서 그림책, 여러 극종 <춘향전> 음반, 카세트테이프, VCD, DVD, 민화, 엽서, 전화카드 등 다양한 형태의 문화콘텐츠로 개발되었다. 그중 절강 월극 <춘향전>과 광동 조극 <춘향전>은 근 70여 년 오랜 세파 속에 대중성이 검증되면서 현재 중국 희곡 경전(經典)으로 되었고 <사랑가>와 <옥중가>는 중국 희곡 경전 100곡에 선정되었다.

<춘향전>은 문화콘텐츠로 개발되는 과정에 캐릭터, 서사구조, 주제의식 등 제 면에서 사회 시대의 변화에 따른 시대적 재해석이 없이, 다시 말하면 원문의 의미를 축소하거나 확대하지 않은 긍정적인 양상을 보여주었고 가치지향적인 사용가치와 산업적인 교환가치를 동시에 추구하여 <춘향전>의 제반 부가가치를 보다 많이 창출하였다.

<춘향전>은 중국에서의 한반도문학의 문화콘텐츠 원조라 할 수 있고 현지화에 완전 성공을 이루어낸 원조라고 할 수 있다.

01 그림책으로서의 〈춘향전〉 양상

그림책은 중국어로 "連環畵"(俗稱 小人書)라고 하는데 그림과 문자가 결합된 통속예술도서로서 20세기 중국에서 출현한 일종의 새롭고 독특한 예술형식이다.[1] 그림책은 대체로 통속소설, 희곡, 영화 등 대중문화에서 그 소재를 찾으며 서사성이 짙어 흔히 문학적 스토리에 많이 의존한다. 하여 저명한 현대작가 모순(矛盾)은 그림책을 "연속그림 소설(連環圖畵小說)"이라고 하면서 그림책 연속그림의 문자설명은 독립적인 가치를 가지는 소설이라고 하였다.[2]

중국에서 그림책은 1950~60년대에 크게 흥행한 후 "문화대혁명"시기 잠시 침체되었다가 1980년대 초 제2차 흥행을 맞았지만 1985년부터 쇠락되어 1995년에 도서시장에서 퇴출하였다. 2000년대에 팬들의 추억과 소장을 위한 명작이 다시 출판되는 양상을 보여주었다.

그림책 독자는 청소년 학생, 농민, 노동자, 군인, 지어 지식인계층까지 포함되어 제일 광범위하고 방대한 사회적 대중적 기초를 갖고 있다. 따라서 사회 대중문화에도 큰 영향을 끼친다고 할 수 있다. 중국 그림책은 독

1 宛少軍 著, 『20世紀中國連環畵研究』, 廣西美術出版社, 1912. 12, 9쪽 참조.
2 宛少軍 著, 『20世紀中國連環畵研究』, 廣西美術出版社, 1912. 12, 55쪽 참조.

자가 무려 수천만 명에 달하는 가장 광범위하고 보급형적인 도서이다. 1950년대에 일부 그림책은 1쇄에 10만 부씩 찍었고 1956년 한 해에만 발행한 그림책 총수는 1억여 권에 달하였다고 한다. 경제효과가 엄청난 문화상품이었다.

창극 <춘향전>의 번역 이입과 더불어 중국에서도 그림책 <춘향전>이 출간되기 시작하였다. 1950년대부터 1980년대에 거쳐 4개의 서로 부동한 판본으로 출간되었고 그중 어떤 판본은 2000년대에 중국 그림책 명작으로 선정되어 다시 출판되는 양상을 보여주었다.

1957년 7월, 월극 <춘향전> 공연 장면을 사진 찍어 그림책으로 만든 책자가 출판되었는데 이는 중국의 첫 그림책 <춘향전>으로 된다. 이 책은 시간, 공간 등 여러 여건의 한계로 월극 공연을 직접 관람하지 못하는 사람들에게 아쉽게나마 지면으로라도 예술적 감수를 공유할 수 있는 기반을 마련하여 주었다. 그림책은 작품의 이해에 도움을 제공하고자 <춘향전> 개요가 안표지에 첨부되어있다.

> <춘향전>은 조선의 우수한 민간전설이고 조선고전문학의 우수한 대표작의 하나이다. <춘향전>은 조선고대 민중들의 봉건제도에 저항하는 강렬한 투쟁정신을 반영하고 민중들의 의지는 그 어떤 폭력도 굴복시킬 수 없다는 것을 충분히 말해주고 있다. 상해월극원(上海越劇院)에설 무대에 올린 월극 <춘향전>은 조선민주주의인민공화국 고전예술극원의 극본을 개공편한 것인데 화동곡예관람공연대회에서 극본 1등상과 우수공연상을 수상하였다.[3]

작품 개요는 대체로 작품의 서사구조를 간략하게 구성하여 독자들이 쉽

3 劇本改編莊志, 上海市越劇院演出, 連環畵改編 吳大業, 『春香傳』, 上海人民美術出版社, 1957. 7, 내용소개 1쪽 인용.

게 읽을 수 있도록 하지만 여기서는 <춘향전> 서사구조 구성은 없고 주제의식만 초점을 맞추었다. 그 주제 또한 월극 <춘향전>의 시놉시스에 기재된 주제와 완전 일치하다. 한 편 원본인 월극 <춘향전>의 수상 연역에 대해 소개하고 있는 것이 특징적이다. 이 책의 출간은 월극 <춘향전>을 광범위하게 전파하고 나아가 그 팬을 육성하는데 크게 한 몫 하였다고 하겠다. 이 책은 1쇄에 4만 8천부, 같은 해에 3쇄로 누계 6만 6000부를 기록하였다.

이 그림책은 1958년 7월 광동성 극예화보사(劇藝畵報社)에 의해 원본 그대로 다시 출판되기도 하면서 인기를 누리게 되었다.

上海人民美術出版社에서 출간한 월극 사진본 그림책 〈춘향전〉(1957年 7月) 표지

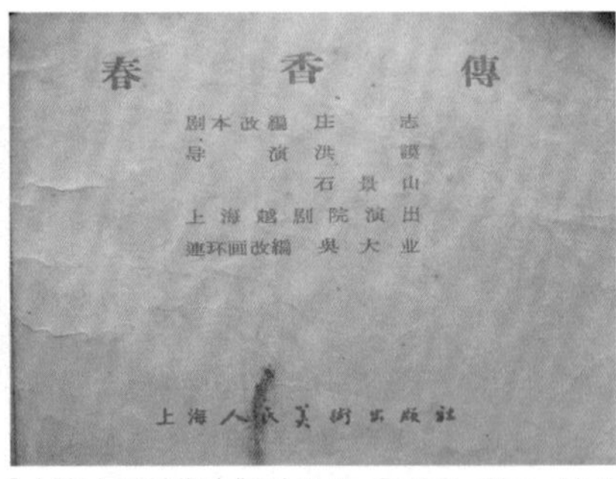

上海人民美術出版社에서 출간한 월극 사진본 그림책 〈춘향전〉(1957年 7月) 안표지

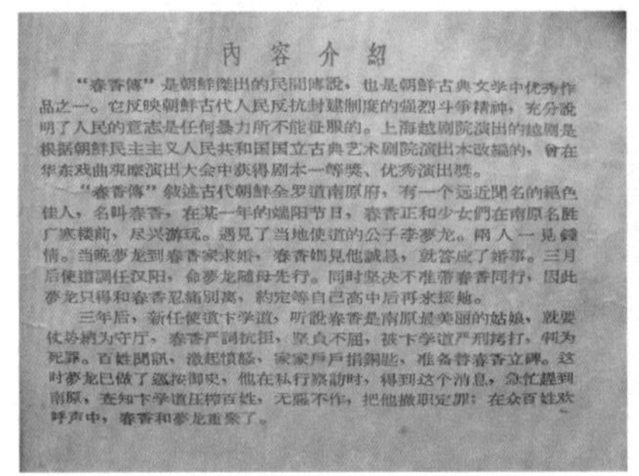
内容介紹

"春香傳"是朝鮮傑出的民間傳說，也是朝鮮古典文學中优秀作品之一。它反映朝鮮古代人民反抗封建制度的强烈斗爭精神，充分說明了人民的意志是任何暴力所不能征服的。上海越劇院演出的越劇是根据朝鮮民主主义人民共和国国立古典艺术剧院演出本改編的，曾在华东戏曲观摩演出大会中获得剧本一等奖、优秀演出奖。

"春香傳"叙述古代朝鮮全罗道南原府，有一个远近聞名的絕色佳人，名叫春香，在某一年的端阳节日，春香正和少女們在南原名胜广寒樓前，尽兴游玩。遇見了当地使道的公子李夢龙。兩人一見鍾情。当晚夢龙到春香家求婚，春香媽見他誠懇，就答应了婚事。三月后使道調任汉阳，命夢龙隨母先行。同时坚决不准帶春香同行，因此夢龙只得和春香忍痛別离，約定等自己高中后再來接她。

三年后，新任使道卞学道，听說春香是南原最美丽的姑娘，就要仗势納为守厅，春香严詞抗拒，坚貞不屈，被卞学道严刑拷打，判为死罪。百姓聞訊，激起憤怒，家家戶戶捐銅匙，准备替春香立碑。这时夢龙已做了巡按御史，他在私行察訪时，得到这个消息，急忙趕到南原，查知卞学道压榨百姓，无惡不作，把他撤职定罪；在众百姓欢呼声中，春香和夢龙重聚了。

上海人民美術出版社에서 출간한 월극 사진본 그림책 〈춘향전〉(1957年 7月) 내용 소개

上海人民美術出版社에서 출간한 월극 사진본 그림책 〈춘향전〉(1957年 7月) 첫 쪽

上海人民美術出版社에서 출간한 월극 사진본 그림책 〈춘향전〉(1957年 7月) 마지막 쪽

上海人民美術出版社에서 출간한 월극 사진본 그림책 〈춘향전〉(1957年 7月) 저작권

劇藝畵報社에서 출간한 월극 사진본 그림책 〈춘향전〉(1958년 7월) 표지

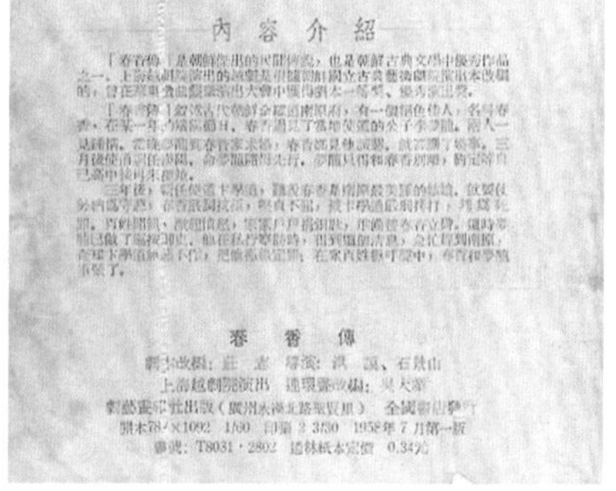

內容介紹

春香傳

劇藝畵報社에서 출간한 월극 사진본 그림책 〈춘향전〉(1958년 7월) 저작권

1958년 9월 화백 이성훈(李成勛), 진광종(陳光宗)의 회화(繪畵)본 그림책 <춘향전>이 요녕미술출판사(遼寧美術出版社)에 의해 출간되었다. 이 회화(繪畵) 각본은 창극 <춘향전>을 텍스트로 하였는데 진정한 의미로서의 그림책 <춘향전>이라고 할 수 있다. 처음으로 저자가 <춘향전>에 대한 종합적 이해와 미술적 재능에 기초하여 예술적 상상력과 문학 미학적 감수를 융합시켜 창작한 연환화(連環畵)이기 때문이다. 저자의 <춘향전> 이해는 작품 개요에서 엿볼 수 있다.

이 책은 조선고전명극 <춘향전>을 개편한 것이다.

옛날 조선에 춘향이라는 미인과 사또 아들 이몽룡이 서로 사랑하여 백년가약을 약속한다. 이 일을 알게 된 이몽룡의 부친은 양반관료 자제가 춘향과 결혼하는 것은 가문의 기풍을 더럽히는 일이라고 하면서 강제로 두 부부를 이별시킨다. 그때부터 춘향은 아주 큰 불행을 당하게 되며 몽룡도 춘향 생각에 종일 침식을 잊는다. 나중에 그들은 구세력의 갖은 압박을 물리치고 다시 만나게 된다.[4]

저자는 대체로 춘향과 몽룡의 자유 평등의 연애와 사랑을 주선으로 서사구조와 주제의식을 구성하였다. 월극 텍스트에서 소개된 “조선 고대 인민들의 봉건제도에 대한 강렬한 반항과 행복한 생활에 대한 추구와 갈망을 반영하고 있으며 또한 인민들의 의지는 그 어떤 폭력으로도 정복할 수 없다는 진리를 제시해주고 있다.”[5]라는 주제의식에 얽매이지 않은 조금 자유로워진 모습이다. 그림책은 자유창작인 만큼 시간 공간적인 면에서 희곡보다 훨씬 자유롭고 여유로운 표현을 할 수 있다. 사실 이 그림책은 희곡에서 다 보여주지 못하였던 또는 보여줄 수 없었던 <춘향전> 작품세계의 한국 전통적인 민속, 풍습 그리고 백성들의 생활상 등을 보여주어 단순한 사랑 스토리가 아닌 한국 전통문화의 전달자로도 되었다고 하겠다.

이 그림책은 출판되자마자 많은 독자들의 사랑을 받아 1960년 3월 3쇄로 누계 10만 4000부를, 1963년 2월 9쇄로 누계 22만 4000부를 기록하였다. 뿐만 아니라 1980년에 원본 그대로 다시 출판되었는데 발행 수 50만부를 기록하였고 근 50년이 지난 2006년 3월에는 중국 그림책 경전 선정되

---

4 徐少伯改編, 李成勛・陳光宗 繪畫,『春香傳』, 遼寧美術出版社, 1963. 2, 9쇄, 내용소개 1쪽 인용.

5 華東戱曲硏究院編審室 改編 莊志 執筆 (越劇)『春香傳』, 華東地方戱曲叢刊(第四集), 新文藝出版社, 1955. 8, 내용소개 2쪽 인용.

어 상해서점출판사(上海書店出版社)에서 소장본으로 재출판 하였다.

이 그림책은 소설 <춘향전>보다 훨씬 더 각광 받았고 그 영향력은 더없이 광범위하고 심원하였다.

▍遼寧美術出版社에서 출간한 회화본 그림책 〈춘향전〉(1960년 3월) 표지

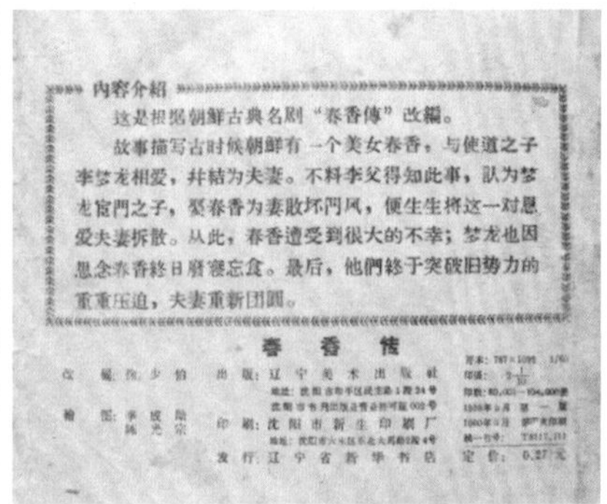

内容介紹

这是根据朝鲜古典名剧“春香傳”改編。

故事描写古时候朝鲜有一个美女春香，与使道之子李梦龙相爱，并結为夫妻。不料李父得知此事，认为梦龙官門之子，娶春香为妻敗坏門风，便生生将这一对恩爱夫妻拆散。从此，春香遭受到很大的不幸；梦龙也因思念春香終日廢寢忘食。最后，他們終于突破旧势力的重重压迫，夫妻重新团圓。

春香传

改编：徐少伯　出版：辽宁美术出版社

绘画：李成勋 陈光宗　印刷：沈阳市新生印刷厂

发行：辽宁省新华书店　定价：0.27元

▍遼寧美術出版社에서 출간한 회화본 그림책 〈춘향전〉(1960년 3월) 저작권

▍遼寧美術出版社에서 출간한 회화본 그림책 〈춘향전〉(1963년 2월) 표지

春香传

徐少伯 改编

李成勋
陈光宗 绘画

辽宁美术出版社

▍遼寧美術出版社에서 출간한 회화본 그림책 〈춘향전〉(1963년 2월) 안표지

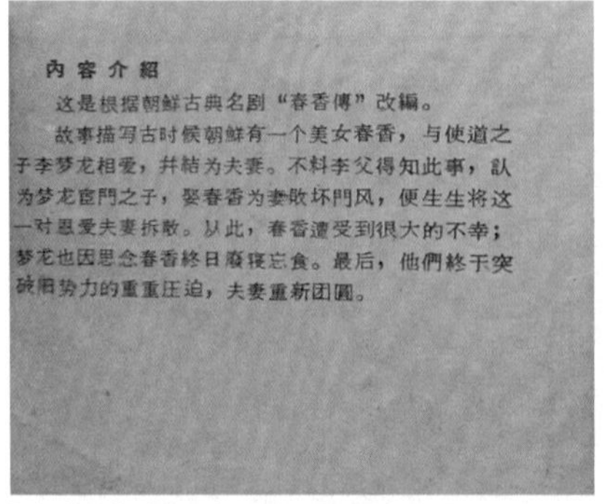

內容介紹

这是根据朝鲜古典名剧"春香傳"改編。

故事描写古时候朝鲜有一个美女春香，与使道之子李梦龙相爱，并結为夫妻。不料李父得知此事，訧为梦龙官門之子，娶春香为妻敗坏門风，便生生将这一对恩爱夫妻拆散。从此，春香遭受到很大的不幸；梦龙也因思念春香終日廢寝忘食。最后，他們終于突破旧势力的重重压迫，夫妻重新团圓。

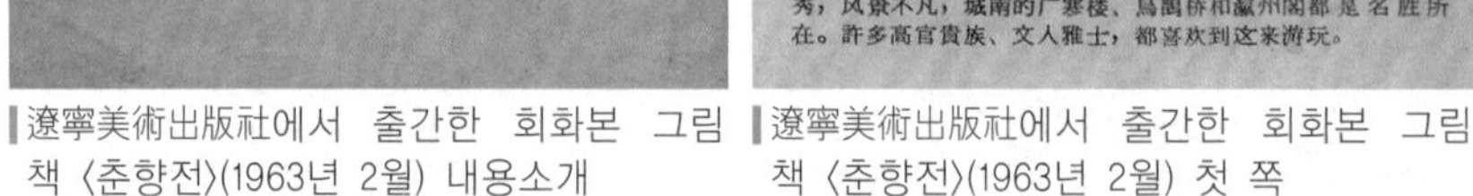

遼寧美術出版社에서 출간한 회화본 그림책 〈춘향전〉(1963년 2월) 내용소개

遼寧美術出版社에서 출간한 회화본 그림책 〈춘향전〉(1963년 2월) 첫 쪽

遼寧美術出版社에서 출간한 회화본 그림책 〈춘향전〉(1963년 2월) 마지막 쪽

遼寧美術出版社에서 출간한 회화본 그림책 〈춘향전〉(1963년 2월) 저작권

遼寧美術出版社에서 출간한 회화본 그림책 〈춘향전〉(1980년 2월) 표지

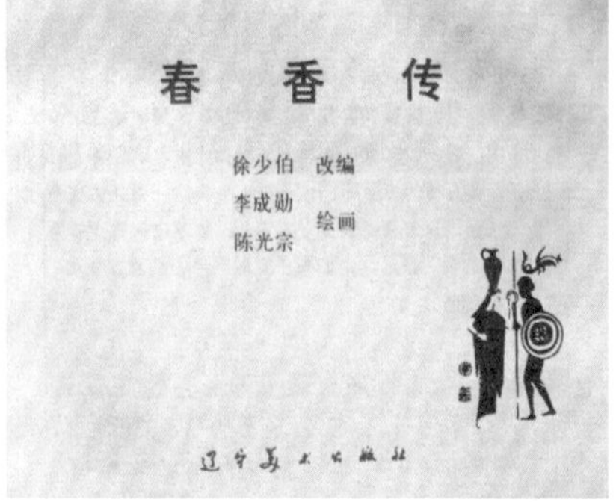

遼寧美術出版社에서 출간한 회화본 그림책 〈춘향전〉(1980년 2월) 안표지

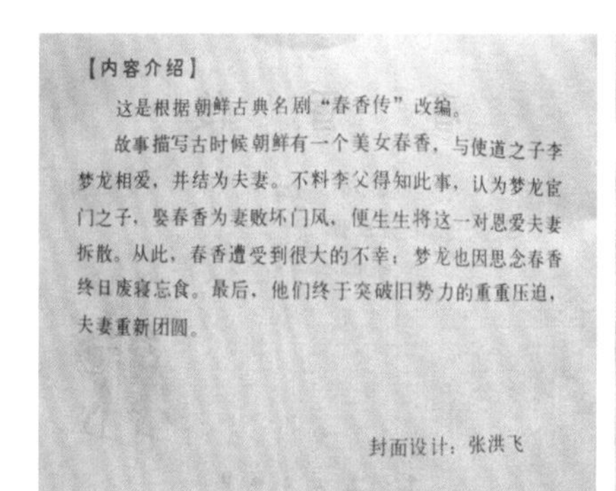
【内容介绍】

这是根据朝鲜古典名剧“春香传”改编。

故事描写古时候朝鲜有一个美女春香，与使道之子李梦龙相爱，并结为夫妻。不料李父得知此事，认为梦龙宦门之子，娶春香为妻败坏门风，便生生将这一对恩爱夫妻拆散。从此，春香遭受到很大的不幸；梦龙也因思念春香终日废寝忘食。最后，他们终于突破旧势力的重重压迫，夫妻重新团圆。

封面设计：张洪飞

遼寧美術出版社에서 출간한 회화본 그림책 〈춘향전〉(1980년 2월) 내용소개

1　古时候，在朝鲜全罗道境内，有个南原府。此地山明水秀，风景不凡。城南的广寒楼、乌鹊桥和瀛州阁都是名胜所在。许多高官贵族、文人雅士，都喜欢到这来游玩。

遼寧美術出版社에서 출간한 회화본 그림책 〈춘향전〉(1980년 2월) 첫 쪽

遼寧美術出版社에서 출간한 회화본 그림책 〈춘향전〉(1980년 2월) 마지막 쪽

遼寧美術出版社에서 출간한 회화본 그림책 〈춘향전〉(1980년 2월) 저작권

上海書店出版社에서 출간한 회화본 그림책 〈춘향전〉(2006년 3월) 표지

上海書店出版社에서 출간한 회화본 그림책 〈춘향전〉(2006년 3월) 안표지

【內容提要】
古時候有一個美女春香，與使道之子李夢龍相愛，并結爲夫妻。不料李父得知此事，認爲夢龍宦門之子，娶春香爲妻敗壞門風，生生將這一對恩愛夫妻拆散。從此，春香遭受很大不幸；夢龍也因思念春香吃不下睡不着。最後，他們終于衝破舊勢力的重重壓迫，夫妻重新團圓。

▌上海書店出版社에서 출간한 회화본 그림책 〈춘향전〉(2006년 3월) 내용소개

▌上海書店出版社에서 출간한 회화본 그림책 〈춘향전〉(2006년 3월) 첫 쪽

▌上海書店出版社에서 출간한 회화본 그림책 〈춘향전〉(2006년 3월) 마지막 쪽

▌上海書店出版社에서 출간한 회화본 그림책 〈춘향전〉(2006년 3월) 저작권

이어 1981년 9월, 북한 영화 <춘향전>을 개편한 영화본 그림책 <춘향전>이 중국영화출판사(中國電影出版社)에 의해 출간되었다. 이 그림책은 영화를 개편한 것이지만 화면뿐만 아니라 서사구조 및 주제의식 등도 모두 영화 원작 그대로 수용하였다.

> 남원 사또의 아들 이몽룡은 관기 월매의 딸 춘향을 사랑하게 된다. 이몽룡은 부모 몰래 춘향 집에 찾아 가 청혼하고 백년가약을 맺는다. 사

> 또가 승진하여 온 가족이 한양으로 이사 가게 되자 몽룡은 춘향과 함께 가려고 한다. 하지만 부모에게 거절당한다. 신임 남원사또 변학도는 취임하자마자 춘향에게 반하여 첩으로 만들려 한다. 춘향은 죽을지언정 굴복하지 않으려 하며 잔혹한 고문을 당하고 옥에 갇힌다. 이몽룡은 한향에 간 후 순안어사가 되며 남원에 암행하여 탐관 변학도를 처벌하고 춘향을 구하여 결혼한다.[6]

주지하다시피 영화는 시공간의 영향을 크게 받으며 흥행 시간이 아주 짧다. 영화본 <춘향전>은 영화의 한계점 초월하여 이 영화를 관람할 수 없거나 관람 못한 대중들의 수요를 만족시키고 회화본보다 생생하고 진실감 있게 한반도의 전통적인 민속 문화 등과 관련된 지식과 정보를 제공하여 주었다는 자못 중요한 의미가 있다. 또한 영화를 책자로 변용하여 <춘향전> 독자들의 부동한 기대시야에 부응하고 새로운 문화상품으로 개발되어 일석이조의 효과를 거두었다.

中國電影出版社에서 출간한 영화본 그림책 〈춘향전〉(1981년 9월) 표지

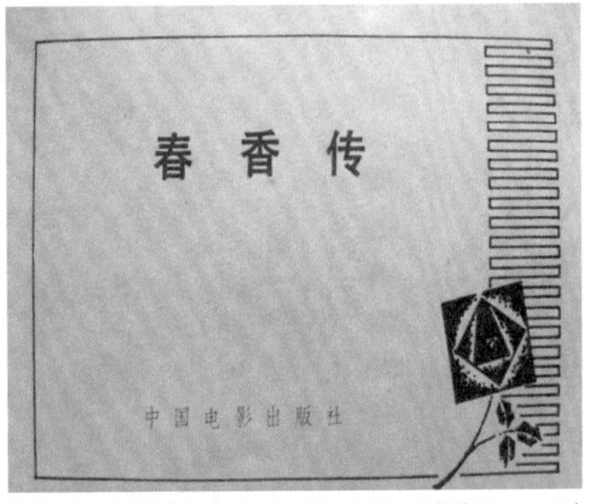

中國電影出版社에서 출간한 영화본 그림책 〈춘향전〉(1981년 9월) 안표지

6 韋明 改編 電影連環畵冊, 『春香傳』, 中國電影出版社, 1981. 9, 내용 설명 1쪽 인용.

内容说明

南原使道的儿子李梦龙，爱上了艺妓月梅的女儿春香。李梦龙背着父母到春香家求婚，私订终身。使道高升进朝，全家迁往京都汉阳，梦龙想带春香前往，遭到父母拒绝。新任南原使道卞学道，一上任就看中了春香，要纳她为妾。春香宁死不从，惨遭毒刑，负枷投入牢狱。李梦龙进京后，当了巡按御使，微服来南原私访，为民除掉贪官卞学道，救出春香，两人缔结良缘。

这本连环画册是根据朝鲜彩色宽银幕故事片《春香传》改编的。

中國電影出版社에서 출간한 영화본 그림책 〈춘향전〉(1981년 9월) 내용소개

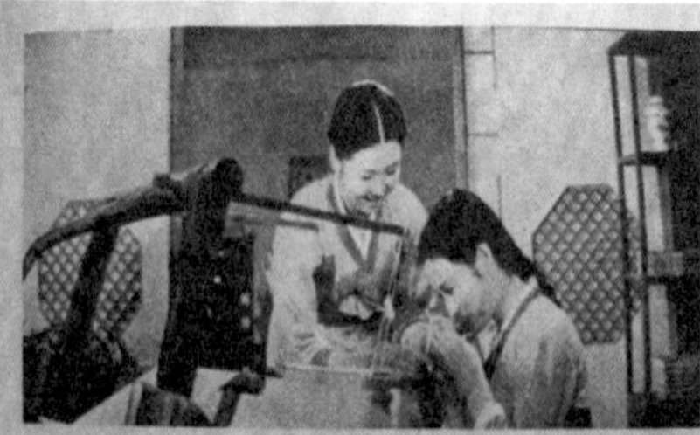

中國電影出版社에서 출간한 영화본 그림책 〈춘향전〉(1981년 9월) 첫 쪽

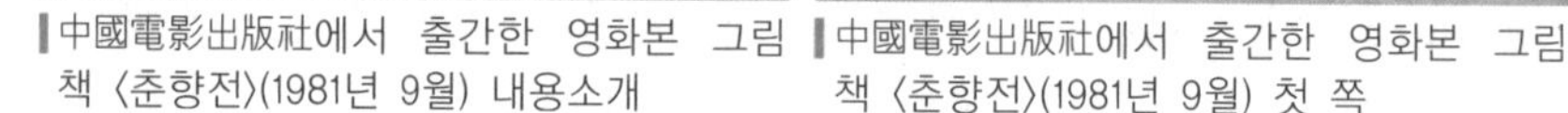

中國電影出版社에서 출간한 영화본 그림책 〈춘향전〉(1981년 9월) 마지막 쪽

电影连环画册
春香传
改编：韦明
中国电影出版社出版
北京新华印刷厂印刷 新华书店发行
1981年9月第1版
1981年9月第1次印刷
开本787×1092毫米 1/72 印张2 1/2
统一书号：8061·1631 定价：0.28元

中國電影出版社에서 출간한 영화본 그림책 〈춘향전〉(1981년 9월) 저작권

1988년 9월, 화백 성원룡(盛元龍)의 회화(繪畵)본 그림책 <춘향전>이 절강인민미술출판사(浙江人民美術出版社)에 의해 출간되었다. 1950년대 이성훈의 회화본과 달리 이 그림책 각본은 소설 <춘향전>을 텍스트로 하였다. 이는 개요에서도 찾아볼 수 있다.

조선 전라도 남원의 "퇴기" 월매의 딸 춘향과 유명한 가문 남원사또 이한림의 아들 이몽룡이 서로 사랑하게 되고 남몰래 백년가약을 맺는다.

그들이 사랑에 빠질 때 이몽룡의 부친이 승진하여 한양으로 가게 되어 두 연인은 눈물 흘리며 작별한다. 작별할 때 두 연인은 후일 재회를 약속한다. 신임사또 변학도는 취임 후 춘향을 첩으로 맞으려고 하나 춘향에게 거절당한다. 변학도는 춘향을 혹형에 처하고 옥에 넣는다. 춘향은 옥중에서도 굴복하지 않고 종일 이몽룡을 그리워한다. 이때 한양에 간 이몽룡은 장원급제하여 전라도 어사로 임명되며 지방 순찰을 나선다. 이 어사는 남원에 와서 거지로 꾸미고 암행순찰을 하여 실상을 파악한 후 변학도 생일연회에 참석하여 서민을 탄압하는 시 한 수를 짓고 어사 신분을 밝힌다. 변학도는 파면당하고 처벌을 받으며 억울하게 옥에 갇혔던 사람들이 석방된다. 춘향은 끝끝내 오매불망 그리던 이몽룡과 재회한다.[7]

창극 텍스트 및 영화 텍스트를 비교해 볼 때 주제의식은 변함없이 동일하지만 서사내용이 더 풍부하고 구체적이다. 원본 소설의 특징과 장점을 충분히 살렸기 때문이 아닌가 싶다. 그림책 시장이 급격히 하락하는 위기에 처한 시기에, 이미 3가지 부동한 판본이 출간된 상황에서도 이 그림책이 출간되었다는 것은 나름대로의 특징과 매력이 있음을 말해주며 이는 어쩌면 기적이라고도 할 수 있다. 이 그림책은 2008년 10월 하북미술출판사(河北美術出版社)에 의해 제2판이 출간되기까지 하였다.

이처럼 <춘향전>은 1950년부터 1980년대에 이르기까지 30 년여 긴 세월동안 간헐적이나마 4 가지 부동한 판본의 그림책으로 개편 출간되면서 <춘향전>의 문학 예술적 매력을 지속적으로 과시하였을 뿐만 아니라 당시 가장 홍행했던 문화상품으로 수용 변용되어 문화가치와 상업가치를 동시에 창출하게 되었다. 중국에서의 한반도문학작품의 문화콘텐츠 원조라고 할 수 있다.

---

7 韓幼文改編, 盛元龍 繪畵, 『春香傳』, 浙江人民美術出版社, 1988. 9, 내용개요 1쪽 인용.

▎河北美術出版社에서 회화본 그림책 〈춘향전〉 (2008년 10월) 표지

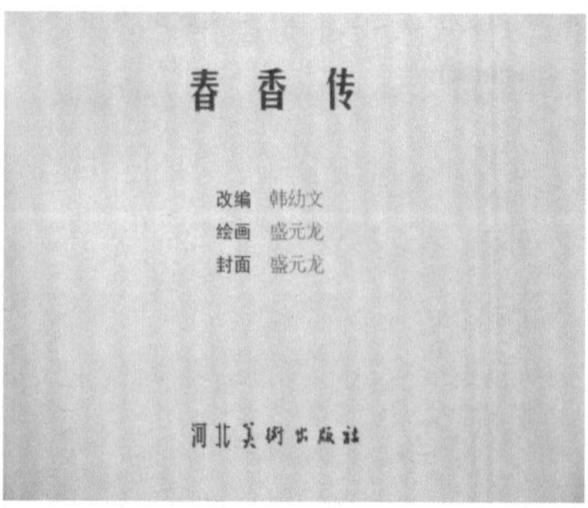

▎河北美術出版社에서 회화본 그림책 〈춘향전〉 (2008년 10월) 안표지

【内容提要】

朝鲜全罗道南原府"退妓"月梅之女春香和名门世家南原府使李翰林之子李梦龙相爱，并私下定了百年佳约。正当他们爱情深笃之际，李梦龙的父亲奉调京都，一对恋人只得洒泪而别。临别时，他们约定日后重逢。新任府使卞学道到任后，一心想春香给他作妾，遭到春香的言辞拒绝。卞学道以咆哮公堂罪将春香加以刑杖，并把她打入死牢。春香在狱中并没有屈服，终日只是思念李梦龙。这时，进京的李梦龙，中了状元，并被钦点为全罗道御史，到下面巡视。李御史来到南原，化装成乞丐，暗行私访，探明真情，并在卞学道的寿宴上，作了一首揭露卞学道欺压百姓的诗，亮出御史的身份。卞学道被封库罢职，受到应有的惩罚。含冤受屈的人们从狱中被释放，春香终于和日夜盼望的李梦龙团聚。

《春香传》　浙江人民美术出版社1988年9月初版

▎河北美術出版社에서 회화본 그림책 〈춘향전〉 (2008년 10월) 내용소개

▎河北美術出版社에서 회화본 그림책 〈춘향전〉 (2008년 10월) 첫 쪽

▎河北美術出版社에서 회화본 그림책 〈춘향전〉 (2008년 10월) 마지막 쪽

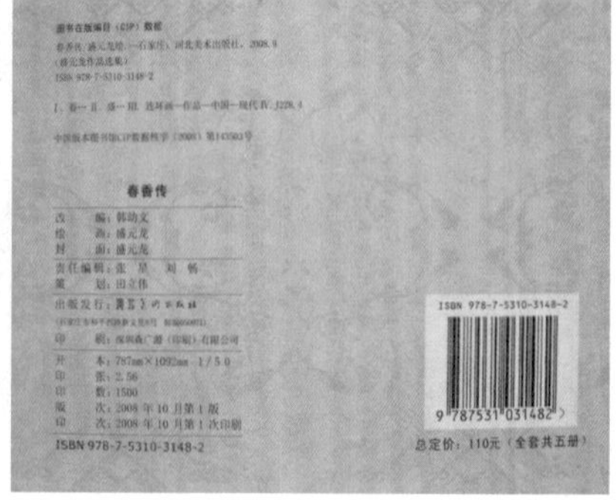
春香传

改　编：韩幼文
绘　画：盛元龙
封　面：盛元龙

印　张：2.56
印　数：1500
版　次：2008年10月第1版
印　次：2008年10月第1次印刷

ISBN 978-7-5310-3148-2

ISBN 978-7-5310-3148-2

总定价：110元（全套共五册）

▎河北美術出版社에서 회화본 그림책 〈춘향전〉 (2008년 10월) 저작권

■ 표 7_그림책 〈춘향전〉 개편 출판 양상

저서명	개편/繪畫	출판사 출판년월	인쇄수	〈춘향전〉 소개 내용
春香傳	劇本改編 莊志／上海市越劇院演出／連環畵改編 吳大業	上海人民美術出版社 1957年 7月	48000	……<춘향전>은 조선고대 민중들의 봉건제도에 저항하는 강렬한 투쟁정신을 반영하고 민중들의 의지는 그 어떤 폭력도 굴복시킬 수 없다는 것을 충분히 말해주고 있다. ……화동곡예관람공연대회에서 극본 1등상과 우수공연상을 수상하였다.(내용소개 1쪽)
春香傳	徐少伯 改編／李成勛 陳光宗 繪畵	遼寧美術出版社 1963年 9月 (1980年2月再版)	6627 (1980年 2月再版 500000)	이 책은 조선고전명극 <춘향전>을 개편한 것이다. 옛날 조선에 춘향이라는 미인과 사또 아들 이몽룡이 서로 사랑하여 백년가약을 약속한다. …… 나중에 그들은 구세력의 갖은 압박을 물리치고 다시 만나게 된다.(내용 소개 1쪽)
春香傳	徐少伯 改編／李成勛 陳光宗 繪畵	上海書店出版社 2006年 3月 (遼寧美術出版社 1963年 9月版 再版)	2000	이 책은 조선고전명극 <춘향전>을 개편한 것이다. 옛날 조선에 춘향이라는 미인과 사또 아들 이몽룡이 서로 사랑하여 백년가약을 약속한다. ……나중에 그들은 구세력의 갖은 압박을 물리치고 다시 만나게 된다.(내용 소개 1쪽)
春香傳	韋明 改編 電影連環畵冊	中國電影出版社 1981年 9月		남원 사또의 아들 이몽룡은 관기 월매의 딸 춘향을 사랑하게 된다. 이몽룡은 부모 몰래 춘향 집에 찾아 가 청혼하고 백년가약을 맺는다. ……이몽룡은……탐관 변학도를 처벌하고 춘향을 구하여 결혼한다.

				이 그림책은 조선영화 <춘향전>을 개편한 것이다.(내용 설명 1쪽)
春香傳	韓幼文 改編／ 盛元龍 繪畵	浙江人民美術出版社 1988年 9月 (河北美術出版社 2008년 10월 재출판)		조선 전라도 남원의 "퇴기" 월매의 딸 춘향과 유명한 가문 남원 사또 이한림의 아들 이몽룡이 서로 사랑하게 되고 남몰래 백년가약을 맺는다. ……이어사는……시 한 수를 짓고 어사 신분을 밝힌다. 변학도는 파면당하고 처벌을 받으며 억울하게 옥에 갇혔던 사람들이 석방된다. 춘향은 끝끝내 오매불망 그리던 이몽룡과 재회한다. (내용개요 1쪽)

02

음반 및 VCD로서의 〈춘향전〉 양상

주지하다시피 극은 일종의 종합예술로 시간적, 공간적 제한을 많이 받으며 여러 부문의 협동이 없으면 무대에 올릴 수 없다. 또한 무대에서 공연되지 못하면 그 극은 생명력을 잃게 된다.

1950년대에 <춘향전>이 중국에서 여러 극종으로 공연되면서 전국적인 붐을 일으켰을 뿐만 아니라 시간, 공간전 제한을 받는 한계를 극복하기 위한 일환으로 유성기음반으로 발매되었다. 1950~1960년대 중국에서 극작품이 유성기음반으로 제작 발매된다는 것은 너무나 중요한 일이 아닐 수 없다. 대표작 혹은 대중적 작품이 아니고서는 거의 불가능한 일이다. 필경 당시 유성기음반은 최고의 사치품의 하나라고 할 수 있었다. 필자의 미흡한 합계로 보아도 월극(粵劇), 경극, 평극, 황매극, 조극, 월극(越劇), 진극 등 여러 극종의 <춘향전>이 유성기음반으로 제작 발매되었다. 이 음반들은 당시 대중들의 감상 수요에 부응하고 보다 많은 팬들을 확보하는 데 일조하였을 뿐만 아니라 오늘날까지 70여 년 그 실황을 보전할 수 있게 하였다.

당시 발매된 유성기음반 내용을 구체적으로 살펴보면 대체적으로 아래와 같은 특징을 띠고 있다.

우선 음반 표지에 <춘향전> 전반 작품 내용이 요약적으로 소개되어 있다.

경극 <춘향전> 음반표지에는 이렇게 소개되었다.

> 300년 전, 조선 전라남도 남원부에 관기의 딸 춘향이 있었는데 아름답고 선량하기로 원근에 소문이 자자하였다. 단오 날, 춘향은 소녀들과 함께 광한루에서 명절놀이 하다가 남원 사또의 아들 이몽룡을 만나게 된다. 두 사람은 첫 눈에 반하고 그날 밤 이몽룡이 춘향네 집에 찾아가 청혼하며 춘향 어머니 월매는 몽룡이 진심이고 보통 관료 자제와 다름을 판단하고 춘향과의 결혼을 허락한다. 3개월이 되기 전, 사또가 한양으로 승진하면서 몽룡도 따라 가야 함을 명하고 춘향의 동행은 거절한다. 몽룡은 춘향과 눈물로 작별하며 장원급제하여 승진한 후 다시 와서 춘향을 데려 가겠노라 다짐한다. 3년 후 신임사또 변학도는 춘향의 미모에 반하여 권세로 수청을 강요한다. 춘향은 유혹에 빠져들지 않고 위협에 두려워하지 않으며 절대 굴복하지 않는다. 하여 혹형을 당하고 사형선고를 받는다. 백성들은 이 소식을 듣고 크게 격노하며 가가호호 동을 헌납하여 비를 세워 춘향을 기념하고자 한다. 이때 이몽룡은 이미 순찰어사가 되어 비밀리에 순찰하다가 이 소식을 접하고 급급히 남원에 온다. 변학도의 갖은 죄장을 조사하고 파면 처벌한다. 백성들의 환호성 속에서 춘향과 몽룡 부부는 재회한다.[1]

황매극 <춘향전> 음반표지,[2] 조극 <춘향전> 음반표지[3] 등 기타 극종 음반표지의 <춘향전> 개요도 위 내용과 똑같게 소개되어 있다.

<춘향전> 공연을 보지 못한 청중에게 <춘향전>은 어느 정도 낯 설 수

---

1 京劇, 『春香傳(趙燕俠演 春香)』, 中國唱片廠, 1958, 표지.

2 黃梅戱, 『春香傳(嚴鳳英, 王少舫演唱)』, 中國唱片廠, 1956－녹음, 1963－발매.

3 潮劇, 『春香傳(范潭華, 陳玉 演唱)』, 中國唱片廠, 1962, 표지.

있는 상황이다. <춘향전> 개요는 청중에게 필요한 지식과 정보를 제공함으로써 음반 감상에 일조할 뿐만 아니라 감동까지 얻을 수 있게 한다.

<춘향전> 유성기음반은 1980년대에도 여러 극종으로 발매 되었고 대륙뿐만 아니라 홍콩에서도 제작 발매되었다. 출연자는 모두 1950~60년대 배우들이거나 음반 원본은 1950~60년대 발매된 것이다.

하지만 내용소개는 조금씩 다른 점을 보여주었다.

평극 <춘향전> 음반표지에는 아래와 같이 소개되었다.

> 3백 년 전, 남원군 관기 월매의 딸 춘향과 사또 아들 이몽룡은 서로 사랑하여 백년가약을 맺는다. 얼마 후 몽룡은 부친을 따라 한양으로 가게 되고 춘향은 눈물 흘리며 작별한다. 3년 후 남원군 신임사또 변학도가 춘향의 미모에 반하여 권세로 수청을 강요한다. 춘향이 굳세게 항거하자 변학도는 격노하여 춘향을 사형에 처한다. 이때 몽룡은 암해어사가 되어 남원군을 순찰하고 춘향을 구하며 마침내 부부가 재회하게 된다.[4]

황매극 <춘향전> 음반표지에는 개요가 이렇게 쓰였다.

> 단오절, 규중 소녀 춘향이 야외에서 그네를 뛰고 서생 이몽룡은 야외에서 시를 짓다가 서로 마주 친 후 첫눈에 반하고 백년가약을 맺는다. 얼마 후 몽룡의 부친이 승진하여 한양으로 가면서 몽룡을 데리고 가지만 춘향은 함께 가지 못하게 한다. 춘향은 몽룡의 고충을 헤아리고 작별하며 서로 약속 지킬 것을 다짐한다. 몽룡은 3년이 되도록 감감무소식이다. 신임사또 변학도는 춘향한테 수청 들라고 강요하며 춘향이 완강하게 거부하자 사형에 처한다. 백성들이 놀라 어찌 할 바 모를 때 몽룡이 어사에 되어 지방을 순찰하다가 이 소식을 듣고 급급히 찾아와 변학도를

4 評劇, 『春香傳(新鳳霞, 張德福, 張玉蘭 趙麗蓉演唱)』, 中國唱片社, 1956－녹음, 1981－발매.

처벌하고 춘향을 구한다. 두 사람은 마침내 재회한다.[5]

월극 <춘향전>의 개요는 또 이러하다.

> 3백 년 전 조선조 중엽, 남원부에 관기의 딸 춘향이 있었는데 미모와 재능을 겸비하였다. 단오절에 사또 아들 이몽룡과 결혼을 약속한다. 얼마 후, 몽룡의 부친이 승진하여 한양에 가게 되자 몽룡은 데리고 가지만 춘향은 함께 가지 못하게 한다. 두 사람은 가슴 아픈 작별을 하며 서로 약속 지킬 것을 다짐한다. 3년 후 신임사또 변학도는 춘향한테 수청 들라고 강요하며 춘향이 완강하게 거부하자 사형에 처한다. 이때 몽룡은 과거 급제하여 어사가 된다. 몽룡은 암행하다가 이 소식을 듣고 급급히 남원에 와서 변학도를 처벌하고 춘향을 구한다. 춘향과 몽룡은 마침내 재회한다.[6]

보다시피 1980년대 발매된 유성기음반 <춘향전> 내용 소개는 1950~60년대에 비해 서사적으로 조금씩 축소화되었지만 서사구조, 주제의식의 보편성은 변하지 않았다. 다시 말하면 <춘향전> 유성기음반은 시대성을 초월하여 전통적이고 보편적인 특징을 1980년대에도 공유할 수 있는 생명력과 매력을 발산하면서 계승되었다고 하겠다.

다음 음반에 수록된 내용은 대체로 <사랑가>, <이별가>, <옥중가> 등 세 곡으로 되었다. 다르다면 그 용량에 따라 한 곡, 두 곡 또는 세 곡으로 수록되었을 뿐이다. 주지하다시피 당시 음반 용량이 크게 한정된 상황에서 작품의 진수만 수록해야 한다. 그 진수는 출연자를 포함한 제작진들의 이해와 수용자세에 달려 있다고 하겠다. 그 어느 극종이든 모두 <사랑

5 黃梅戱, 『春香傳(陳少芳 兪士偉 王依紅 演唱)』, 中華唱片廠, 1984, 표지.
6 越劇, 『春香傳(徐玉蘭, 王文娟 陳蘭 芳 等 演唱)』, 中國唱片公司, 1984, 표지.

가>, <이별가>, <옥중가> 등 세 곡 또 그 가운데서 선정한 것은 원작 <춘향전>에 대한 정확한 이해와 수용자세에서 비롯된 것이라 할 수 있다.

사실 <사랑가>와 <이별가> 그리고 <옥중가>는 <춘향전>의 주제와 춘향형상을 복합적으로 보여주는 핵심부분으로 작품의 주제인 남녀 간의 자유롭고 순결한 사랑, 사랑의 사회적 장애, 장애를 극복하는 인간해방 등을 가장 잘 표현하고 나아가 지고지순한 사랑을 지향하는 춘향형상과 민중들의 기대지평이 서로 잘 어울리는 부분이다. 각 극종에서 각자 일부 내용이 축소되었지만 이 부분만은 예술적으로 두드러지게 부각되어있다. 모두가 지방적 색채가 짙은 극종이지만 원문의 주제의식과 예술적 진수는 그대로 이입 수용한 사례라고 하겠다.

한 가지 부언할 것은 1984년, 중국음반공사(中國唱片公司)에서 발매한 越劇 <춘향전>(徐玉蘭, 王文娟 陳蘭 芳 等 演唱)은 <광한루>, <백년가>, <사랑가>, <이별가>, <일심가>, <농부가>, <옥중가>, <단원가> 등 총 12면에 달라는 작품 전체를 망라하는 대형 음반을 제작 발매하였다는 것이다. 이는 제반 <춘향전> 음반 가운데서 수록 내용이 제일 많은 것으로 음반으로서의 <춘향전> 집대성자라고 할 수 있다. 越劇 <춘향전>의 위상과 영향력을 잘 방증하고 있다.

그 외 마카오 보정음반공사(澳門寶鼎唱片公司) 1980년대에 발매한 것으로 추정되는 조극 <춘향전>이 총 6매 12면으로 작품 전체를 망라하는 대형 음반으로 또 하나의 음반 <춘향전> 집대성자라고 할 수 있다.

아래 **표** 8은 필자가 수집 정리한 유성기음반 발매 양상인데 불완전한 합계인 만큼 참조로 제공한다.

■ 표 8 _ 유성기음반 발매 양상

제목 및 출연자	극종	출판사 출판년월	〈춘향전〉소개 및 수록 내용
춘향전(康翠玲 演唱)	晉劇	中國唱片廠 1956년	
춘향전(郎筑玉 演唱)	粤劇	中國唱片廠 1957년 1981년	수록내용: 慰母慰春(이별가), 옥중가
춘향전 (趙燕俠演 春香)	京劇	中國唱片廠 1958년	300년 전, 조선 전라남도 남원부에 관기의 딸 춘향이 있었는데……변학도의 갖은 죄장을 조사하고 파면 처벌한다. 백성들의 환호성 속에서 춘향과 몽룡 부부는 재회한다. (생략된 부분은 필자가 약한 것임) 수록 내용: <이별가>, <옥중가>
춘향전 (嚴鳳英, 王少舫演唱)	黃梅戲	中國唱片廠 1963년 1982년 (1956년녹음)	300년 전, 조선 전라남도 남원부에 관기의 딸 춘향이 있었는데……변학도의 갖은 죄장을 조사하고 파면 처벌한다. ……춘향과 몽룡 부부는 재회한다. (생략된 부분은 필자가 약한 것임) 수록 내용: <옥중가>
춘향전(范潭華, 陳玉 演唱)	潮劇	中國唱片廠 1962년	300년 전, 조선 전라남도 남원부에 관기의 딸 춘향이 있었는데……변학도의 갖은 죄장을 조사하고 파면 처벌한다. 백성들의 환호성 속에서 춘향과 몽룡 부부는 재회한다. (생략된 부분은 필자가 약한 것임) 수록 내용: <사랑가>, <이별가>, <옥중가>
춘향전(范潭華, 陳玉 陳 鸞英 演唱)	潮劇	香港藝聲唱片公司 미상	300년 전, 조선 전라남도 남원부에 관기의 딸 춘향이 있었는데……변학도의 갖은 죄장을 조사하고 파면 처벌한다. 백성들의 환호성 속에서 춘향과 몽룡 부부는 재회한다. (생략된 부분은 필자가 약한 것임) 수록 내용: <사랑가>, <이별가>, <옥중가>
춘향전(徐玉蘭,	越劇	香港藝聲唱片	수록 내용: <옥중가>

王文娟 陳蘭芳 等演唱)		公司 미상	
춘향전(新鳳霞, 張德福, 張玉蘭 趙麗蓉演)	評劇	中國唱片社 1981년(1956년 녹음)	3백 년 전, 남원군 관기 월매의 딸 춘향과 사또 아들 이몽룡은 서로 사랑하여 백년가약을 맺는다. ……변학도는 대노하여 춘향을 사형에 처한다. 이때 몽룡은 암해어사가 되어 남원군을 순찰하고 춘향을 구하며 마침내 부부가 재회하게 된다. (생략된 부분은 필자가 약한 것임) 수록 내용: <이별가>, <옥중가>
춘향전(陳少芳 兪士偉 王依紅 演唱	黃梅戲	中華唱片廠 1984년	단오절, 규중 소녀 춘향이 야외에서 그네를 뛰고 서생 이몽룡은 야외에서 시를 짓다가 서로 마주 친 후 첫눈에 반하고 백년가약을 맺는다. ……변학도는……춘향이 완강하게 거부하자 사형에 처한다. 몽룡이 어사에 되어……변학도를 처벌하고 춘향을 구한다. 두 사람은 마침내 재회한다.(생략된 부분은 필자가 약한 것임) 수록 내용: <옥중가>
춘향전(徐玉蘭, 王文娟 陳蘭 芳 等 演唱)	越劇	中國唱片公司 1984년	3백 년 전 조선조 중엽, 남원부에 관기의 딸 춘향이 있었는데……변학도는……춘향이 완강하게 거부하자 사형에 처한다. 몽룡은……변학도를 처벌하고 춘향을 구한다. 춘향과 몽룡은 마침내 재회한다. (생략된 부분은 필자가 약한 것임) 수록내용: 총 12면. <광한루>, <백년가>, <사랑가>, <이별가>, <일심가>, <농부가>, <옥중가>, <단원가>
춘향전(陳楚惠 、張應炎 等演唱	潮劇	마카오寶鼎唱片公司 1980년대	수록 내용: 총 6매 12면. 전반 작품.

中國唱片廠에서 발매한 晉劇 〈춘향전〉(1956년) 음반

中國唱片廠에서 발매한 粵劇 〈춘향전〉(1957년) 음반

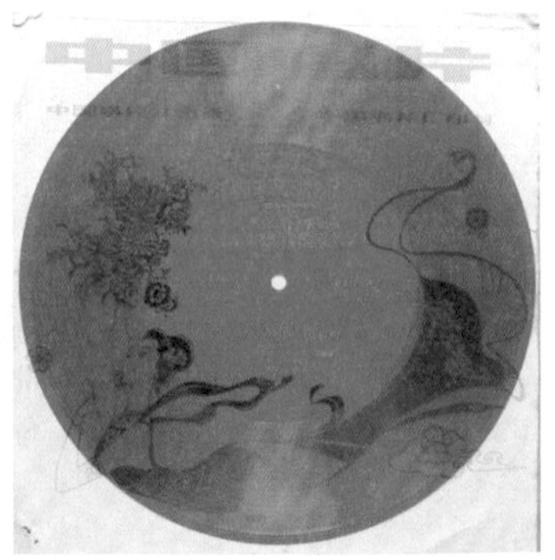

中國唱片廠에서 발매한 粵劇 〈춘향전〉(1981년) 음반

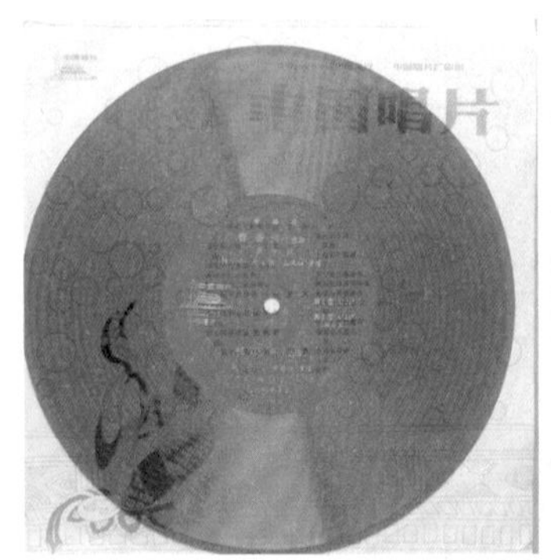

中國唱片廠에서 발매한 黃梅戲 〈춘향전〉(1982년) 음반

中國唱片廠에서 발매한 京劇〈춘향전〉(1958년) 음반

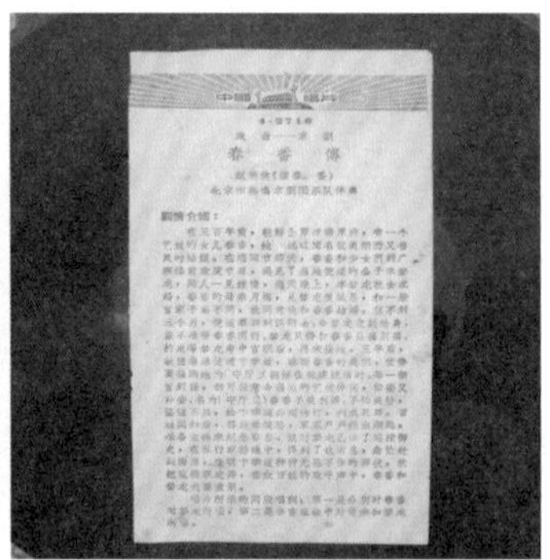

中國唱片廠에서 발매한 京劇 〈춘향전〉(1958년) 음반 내용 소개

中國唱片廠에서 발매한 黃梅戲 〈춘향전〉(1963년) 음반 표지

中國唱片廠에서 발매한 黃梅戲 〈춘향전〉(1963년) 음반

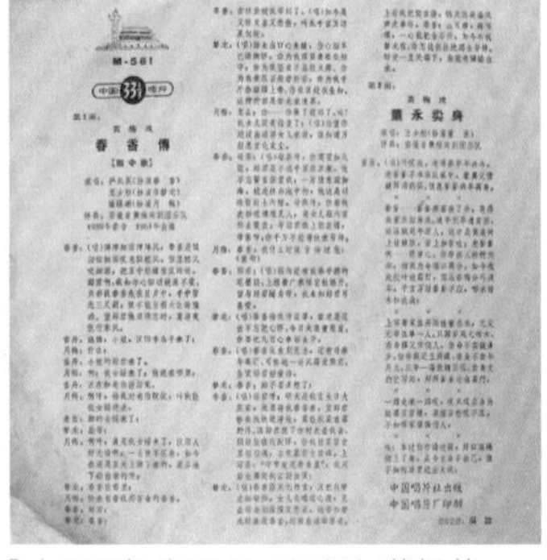

中國唱片廠에서 발매한 黃梅戲 〈춘향전〉(1963년) 음반 내용 소개

▎中國唱片廠에서 발매한 潮劇 〈춘향전〉(1962년) 음반 표지

▎中國唱片廠에서 발매한 潮劇 〈춘향전〉(1962년) 음반

▎中國唱片廠에서 발매한 潮劇 〈춘향전〉(1962년) 음반 내용 소개

▎香港藝聲唱片公司에서 발해한 潮劇 〈춘향전〉(년월일 미상) 음반 표지

▎香港藝聲唱片公司에서 발해한 潮劇 〈춘향전〉(년월일 미상) 음반

▎香港藝聲唱片公司에서 발매한 潮劇 〈춘향전〉(년월일 미상)음반 내용 소개

▎香港藝聲唱片公司에서 발매한 越劇 〈춘향전〉(년월일 미상)음반 표지

▎香港藝聲唱片公司에서 발매한 越劇 〈춘향전〉(년월일 미상)음반

▎香港藝聲唱片公司에서 발매한 越劇 〈춘향전〉(년월일 미상)음반 내용 소개

▌中國唱片社에서 발매한 評劇 〈춘향전〉(1981년) 음반 표지

▌中國唱片社에서 발매한 評劇 〈춘향전〉(1981년) 음반

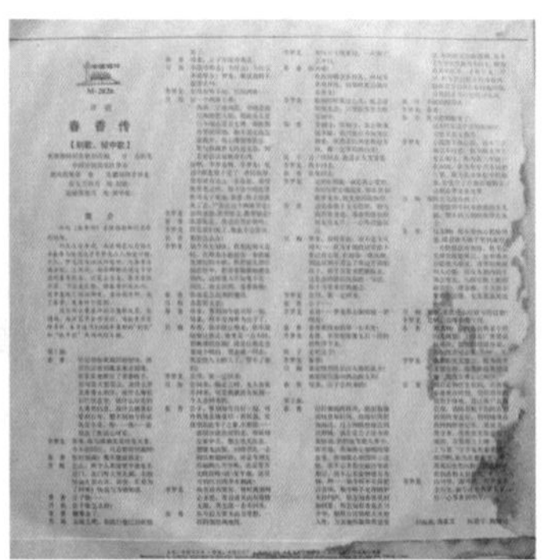

▌中國唱片社에서 발매한 評劇 〈춘향전〉(1981년) 음반 내용 소개

▌中華唱片廠에서 발매한 黃梅戲 〈춘향전〉(1984년) 음반 표지

▌中華唱片廠에서 발매한 黃梅戲 〈춘향전〉(1984년) 음반

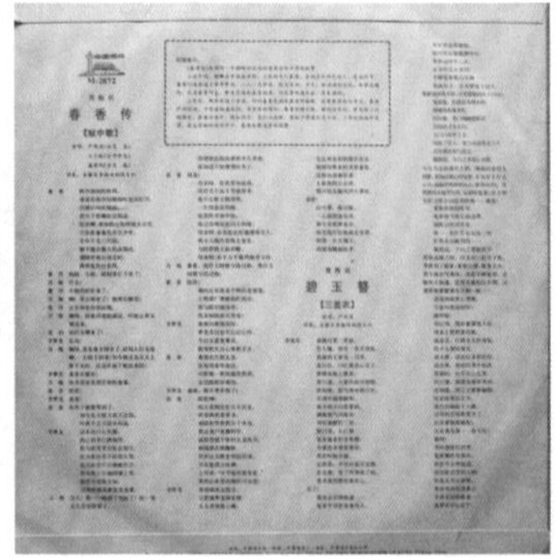

▌中華唱片廠에서 발매한 黃梅戲 〈춘향전〉(1984년) 음반 내용 소개

▌中國唱片公司에서 발매한 越劇 〈춘향전〉(1984년) 음반 표지

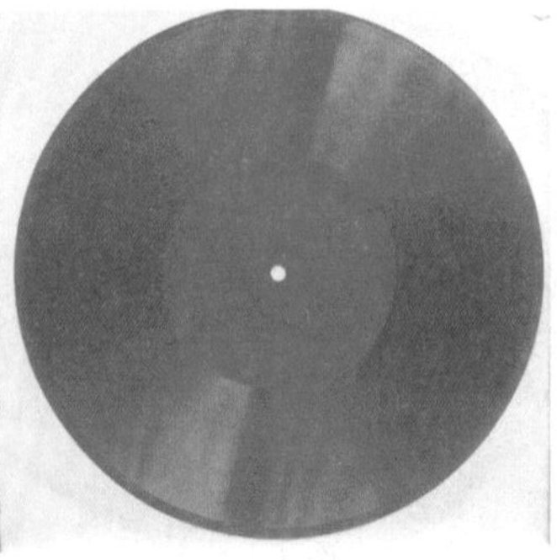

▌中國唱片公司에서 발매한 越劇 〈춘향전〉(1984년) 음반

▌中國唱片公司에서 발매한 越劇 〈춘향전〉(1984년) 음반 내용 소개1

中國唱片公司에서 발매한 越劇 〈춘향전〉(1984년) 음반 내용 소개2

마카오 寶鼎唱片公司에서 발매한 潮劇 〈춘향전〉(1980년대 추정) 음반 표지

마카오 寶鼎唱片公司에서 발매한 潮劇 〈춘향전〉(1980년대 추정) 음반1

마카오 寶鼎唱片公司에서 발매한 潮劇 〈춘향전〉(1980년대 추정) 음반2

마카오 寶鼎唱片公司에서 발매한 潮劇 〈춘향전〉(1980년대 추정) 음반3

마카오 寶鼎唱片公司에서 발매한 潮劇 〈춘향전〉(1980년대 추정) 음반4

마카오 寶鼎唱片公司에서 발매한 潮劇 〈춘향전〉(1980년대 추정) 음반5

마카오 寶鼎唱片公司에서 발매한 潮劇 〈춘향전〉(1980년대 추정) 음반6

1980년대 초 중국에는 카세트녹음기가 전국을 휩쓸었고 따라서 카세트 테이프 수요도 하늘을 찌를 듯 했다. 이런 시대적 변화에 부응하여 조극, 월극, 황매극 등 여러 극종의 <춘향전> 테이프들이 곳곳에서 제작 발매되면서 <춘향전> 문화콘텐츠화의 또 다른 양상을 보여주었다.

자료 수집의 한계로 그 양상을 전반적으로 알 수 없지만 대체적으로 아래와 같은 특징을 띠고 있다고 하겠다.

첫째, 유성기음반 발매와 마찬가지 테이프 표지에 <춘향전> 전반 작품 내용이 요약적으로 소개되어 있다.

황매극 <춘향전> 테이프 표지에 있는 작품 개요를 보기로 한다.

> <춘향전>은 한 조선 여성이 봉건세력과 투쟁하는 이야기를 쓰고 있다.
>
> 300년 전, 조선 전라남도 남원부에 관기의 딸 춘향이 있었는데 아름답고 선량하기로 원근에 소문이 자자하였다. 단오 날, 춘향은 사또의 아들 이몽룡을 만나게 된다. 두 사람은 첫 눈에 반하고 그날 밤 백년가약 맺는다. 얼마 후 사또가 한양으로 승진하면서 몽룡도 따라 가야 함을 명하고 춘향의 동행은 거절한다. 몽룡은 춘향과 눈물로 작별하며 장원급제하여 승진한 후 다시 와서 춘향을 데려 가겠노라 다짐한다. 3년 후 신임사또 변학도는 춘향의 미모에 반하여 권세로 수청을 강요한다. 춘향은 유혹에 빠져들지 않고 위협에 두려워하지 않으며 절대 굴복하지 않는다. 기념하고자 한다. 순찰어사가 된 이몽룡은 비밀 순찰하다가 춘향소식을 접하고 급급히 남원에 온다. 변학도의 갖은 죄장을 조사하고 파면 처벌한다. 백성들의 환호성 속에서 춘향과 몽룡 부부는 재회한다.[7]

조극 <춘향전> 테이프 표지에 있는 작품 개요를 보기로 한다.

7 黃梅戲, 『春香傳(嚴鳳英, 王少舫, 潘璟琍 演唱)』, 中國唱片社, 1983, (1959－녹음)

300년 전, 조선 전라남도 남원부에 관기의 딸 춘향이 있었는데 아름답고 선량하기로 원근에 소문이 자자하였다. 단오 날, 춘향은 소녀들과 함께 광한루에서 명절놀이 하다가 남원 사또의 아들 이몽룡을 만나게 된다. 두 사람은 첫 눈에 반하고 그날 밤 이몽룡이 춘향네 집에 찾아가 청혼하며 춘향 어머니 월매는 몽룡이 진심이고 보통 관료 자제와 다름을 판단하고 춘향과의 결혼을 허락한다. 3개월이 되기 전, 사또가 한양으로 승진하면서 몽룡도 따라 가야 함을 명하고 춘향의 동행은 거절한다. 몽룡은 춘향과 눈물로 작별하며 장원급제하여 승진한 후 다시 와서 춘향을 데려 가겠노라 다짐한다. 3년 후 신임사또 변학도는 춘향의 미모에 반하여 권세로 수청을 강요한다. 춘향은 유혹에 빠져들지 않고 위협에 두려워하지 않으며 절대 굴복하지 않는다. 하여 혹형을 당하고 사형선고를 받는다. 백성들은 이 소식을 듣고 크게 격노하며 가가호호 동을 헌납하여 비를 세워 춘향을 기념하고자 한다. 이때 이몽룡은 이미 순찰어사가 되어 비밀리에 순찰하다가 이 소식을 접하고 급급히 남원에 온다. 변학도의 갖은 죄장을 조사하고 파면 처벌한다. 백성들의 환호성 속에서 춘향과 몽룡 부부는 재회한다.[8]

위에서 보다시피 황매극과 조극의 <춘향전> 작품 개요는 거의 동일하다. 유성기음반과 마찬가지로 청중들에게 원본의 서사구조와 주제의식을 변형 없이 그대로 수용하고 이를 통해 젊은 청중들이 쉽게 이해하고 감상할 수 있게 하였다.

다음 테이프에 수록된 내용은 대체로 <사랑가>, <이별가>, <옥중가> 등 3곡을 한 곡 또는 두 곡 혹은 3 곡을 모두 수록되는 양상을 보이고 있다. 이는 대중들이 실제적으로 <춘향전>을 봉건 폭정에 대한 비판 보다 사랑에 대한 자유와 충정의 명작으로 수용하고 있음을 방증한다고 하겠

8 潮劇, 『春香傳(范潭華, 陳玉 陳 鸞英演唱)』, 香港藝聲唱片公司, 1980.

다. 바로 이런 실제적 수용자세가 <춘향전>으로 하여금 광범위한 대중들의 사랑을 받고 지속적으로 전파되게 하지 않았나 싶다.

그 다음 테이프에는 모두 가사가 별도로 첨부되어 있어 청중들이 듣기 쉽고 배우기 쉬워 노래 보급에 편리하였다.

테이프의 이와 같은 특징은 1950년대 및 1980년대 유성기음반 양상과 동일하다. 다만 문화콘텐츠의 종류가 다를 뿐이다. 시대의 급격한 변화에도 <춘향전>의 보편성은 변함없음을 알 수 있다.

1980년대에 카세트녹음기가 보통 가정에까지 전면 보급됨과 더불어 <춘향전>은 대중들에게 널리 전파되고 1990년대에는 중국의 명곡의 하나로 자리 잡았다.

여기서 간과할 수 없는 것은 황산음상출판사(黃山音像出版社)에서 1984년에 발매한 황매극 <춘향전>(상, 하. 李萍 汪文生 主唱), 중국악우음상출판공사(中國樂友音像出版公司)에서 1980년대 발매한 조극 <춘향전>(方樺 陳美雲 主唱)은 작품 전부를 수록함으로써 테이프로서의 집대성자로 되어 조극과 황매극의 감상과 전파에 적극적인 영향을 끼쳤다는 것이다.

카세트테이프는 여러 출판사에서 여러 방식으로 발매되었지만 여러 여건의 한계로 그 수집 정리가 부진하여 아래와 같은 불완전한 합계 **표 9**을 제공한다.

■ **표 9 _ 카세트테이프 발매 양상**

제목 및 출연자	극종	출판사 출판년월	〈춘향전〉 소개 및 수록 내용
춘향전 (徐玉蘭 王文娟 等演唱)	越劇	中國唱片社 1983년	<춘향전>은 한 조선 여성이 봉건통치자와 맞서 싸우는 이야기인데 이는 조선인민들의 온유강직한 성격을 찬송하고 인민들의 의지는 그 어떤 폭력으로도 정복할 수 없다는 진리를 제시해주

			고 있다.
춘향전(嚴鳳英, 王少舫, 潘璟琍演唱)	黃梅戲	中國唱片社 1983년 (1959년 녹음)	<춘향전>은 한 조선 여성이 봉건세력과 투쟁하는 이야기를 쓰고 있다. …… 춘향과 몽룡 부부는 재회한다. 수록 내용: <옥중가>
춘향전(춘향전(范潭華, 陳玉 陳 鸞英 演唱)	潮劇	香港藝聲唱片公司1980년대	300년 전, 조선 전라남도 남원부에 관기의 딸 춘향이 있었는데 춘향과 몽룡 부부는 재회한다. 수록 내용: <사랑가>, <이별가>, <옥중가>
춘향전(徐玉蘭 王文娟 演唱)	越劇	香港藝聲唱片公司1980년대	수록 내용: <사랑가>, <이별가>, <옥중가>
춘향전 (方寶玲 潘啓才演唱)	黃粤劇	中國唱片總社上海公司 1987년	수록 내용: <사랑가>, <이별가>, <옥중가>
춘향전(劉艷華 唱)	粤劇	江南唱片公司 1988년	수록 내용: <옥중가>
춘향전(상, 하. 李萍 汪文生 主唱)	黃梅戲	黃山音像出版社 1988년	<춘향전>은 한 쌍의 조선 청년 남녀의 사랑에 대한 열망과 행복에 대한 갈망, 생활의 추구를 반영함과 아울러 사악한 세력의 간교함과 흉악 잔인함을 폭로 비판하였다. 수록 내용: 全劇. <광한루>, <백년가약>, <사랑가와 이별가>, <일심>, <옥중가>, <부시(賦詩)>
춘향전(상, 하, 方樺 陳美雲主唱)	潮劇	中國樂友音像出版公司1980년대	수록 내용: 全劇
黃梅戲珍韻集3(方寶玲潘啓才演唱)	黃梅戲	中國唱片總社上海公司1997년	수록 내용: <사랑가>
中國戲曲藝術家唱腔選68(王文娟)	越劇	中國唱片總社上海公司1998년	수록 내용: <사랑가>, <옥중가>

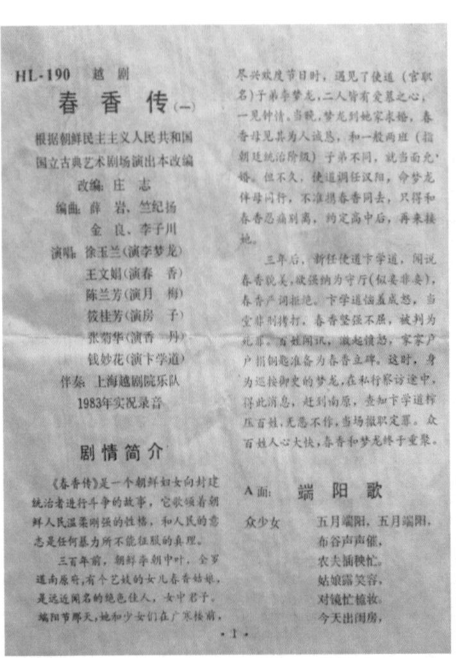

HL-190 越剧

春 香 传(一)

根据朝鲜民主主义人民共和国
国立古典艺术剧场演出本改编

改编: 庄 志
编曲: 薛 岩、竺纪扬
金 良、李子川
演唱: 徐玉兰(演李梦龙)
王文娟(演春 香)
陈兰芳(演月 梅)
筱桂芳(演房 子)
张菊华(演香 丹)
钱妙花(演卞学道)
伴奏: 上海越剧院乐队
1983年实况录音

剧情简介

《春香传》是一个朝鲜妇女向封建统治者进行斗争的故事，它歌颂着朝鲜人民温柔刚强的性格，和人民的意志是任何暴力所不能征服的真理。

三百年前，朝鲜李朝中叶，全罗道南原府，有个艺妓的女儿春香姑娘，是远近闻名的绝色佳人，女中君子。端阳节那天，她和少女们在广寒楼前，尽兴欢度节日时，遇见了使道（官职名）子弟李梦龙，二人皆有爱慕之心，一见钟情。当晚，梦龙到她家求婚，春香母见其为人诚恳，和一般两班（指朝廷统治阶级）子弟不同，就当面允婚。但不久，使道调任汉阳，命梦龙伴母同行，不准携春香同去，只得和春香忍痛别离，约定高中后，再来接她。

三年后，新任使道卞学道，闻说春香貌美，欲强纳为守厅(似妾非妾)，春香严词拒绝。卞学道恼羞成怒，当堂非刑拷打，春香坚强不屈，被判为死罪。百姓闻讯，激起愤怒，家家户户捐铜匙准备为春香立碑。这时，身为巡按御史的梦龙，在私行察访途中，得此消息，赶到南原，查知卞学道狞压百姓，无恶不作，当场撤职定罪。众百姓人心大快，春香和梦龙终于重聚。

A面: 端 阳 歌

众少女 五月端阳，五月端阳，
布谷声声催，
农夫插秧忙。
姑娘露笑容，
对镜忙梳妆。
今天出闺房，

·1·

中國唱片社에서 발행한 越劇 〈춘향전〉(1983년) 테이프 내용 소개

中國唱片社에서 발행한 越劇 〈춘향전〉(1983년) 테이프 표지

中國唱片社에서 발행한 越劇 〈춘향전〉(1983년) 테이프

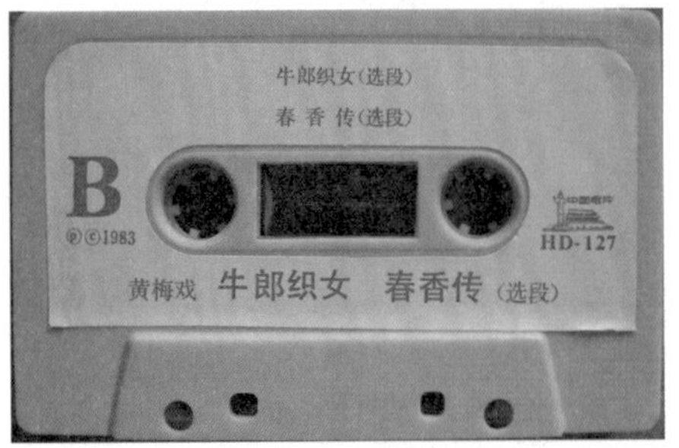

中國唱片社에서 발행한 黃梅戲 〈춘향전〉(1983년) 테이프

中國唱片社에서 발행한 黃梅戲 〈춘향전〉(1983년) 테이프 표지

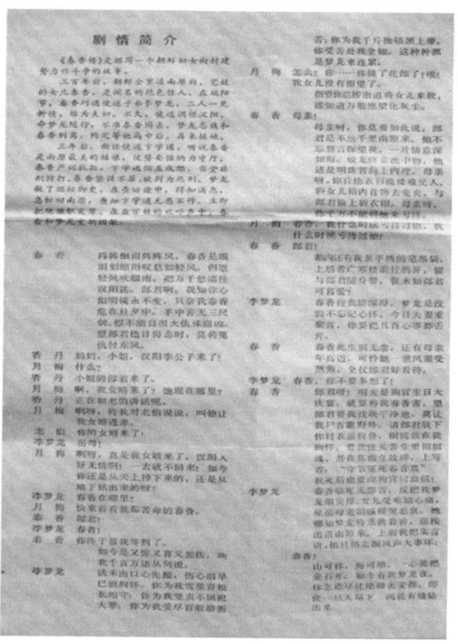
剧情简介

中國唱片社에서 발행한 黃梅戲 〈춘향전〉(1983년) 테이프 내용 소개

香港藝聲唱片公司에서 발행한 潮劇 〈춘향전〉(1980년대) 테이프 표지

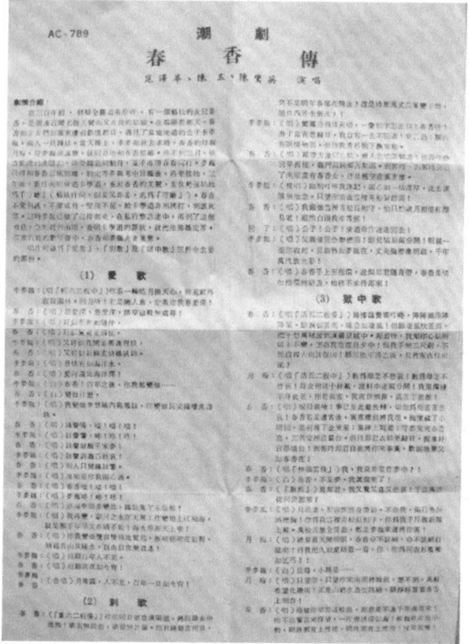
AC-789

潮劇

春香傳

香港藝聲唱片公司에서 발행한 潮劇 〈춘향전〉(1980년대) 테이프 내용 소개

香港藝聲唱片公司에서 발행한 潮劇 〈춘향전〉(1980년대) 테이프

香港藝聲唱片公司에서 발행한 越劇 〈춘향전〉(1980년대) 테이프

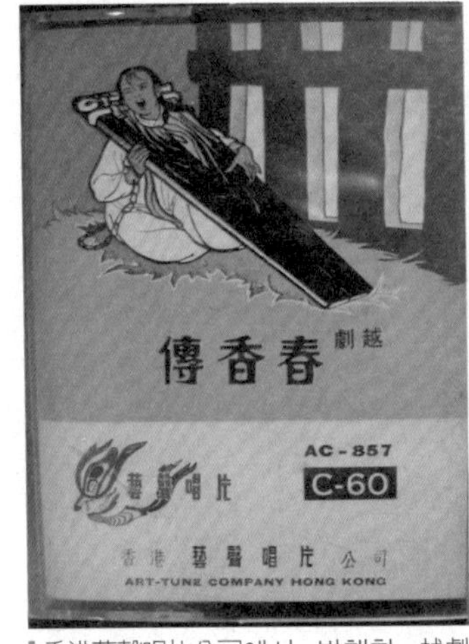

香港藝聲唱片公司에서 발행한 越劇 〈춘향전〉(1980년대) 테이프 표지

中國唱片總社上海公司에서 발행한 黃梅戲 〈춘향전〉(1987년) 테이프 표지

中國唱片總社上海公司에서 발행한 黃梅戲 〈춘향전〉(1987년) 테이프 표지

江南唱片公司에서 발행한 粵劇 〈춘향전〉(1988년) 테이프

江南唱片公司에서 발행한 粵劇 〈춘향전〉(1988년) 테이프 표지

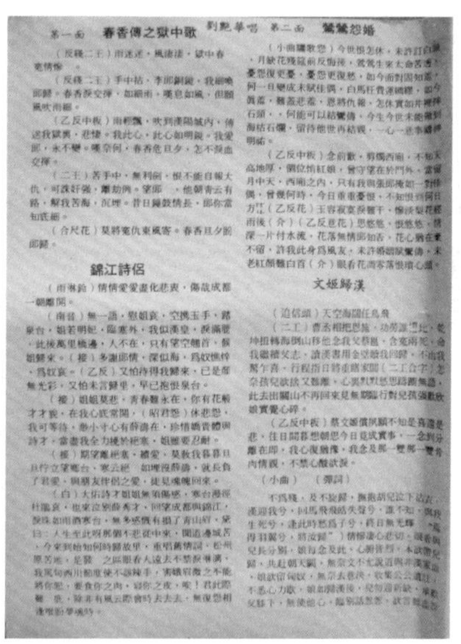

春香傳之獄中歌

錦江詩侶

文姬歸漢

江南唱片公司에서 발행한 粵劇 〈춘향전〉(1988년) 테이프 가사

黃山音像出版社에서 발행한 黃梅戲 〈춘향전〉(1988년) 테이프 표지

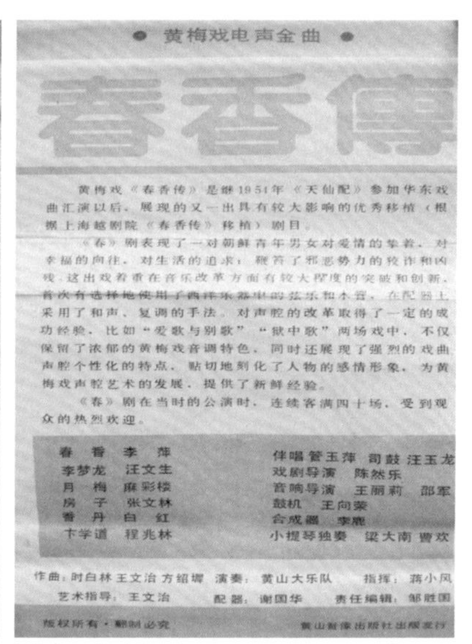

● 黄梅戏电声金曲 ●

春香傳

黄梅戏《春香传》是继1951年《天仙配》参加华东戏曲汇演以后，展现的又一出具有较大影响的优秀移植（根据上海越剧院《春香传》移植）剧目。

《春》剧表现了一对朝鲜青年男女对爱情的挚着，对幸福的向往，对生活的追求；鞭苔了邪恶势力的狡诈和凶残。这出戏着重在音乐改革方面有较大程度的突破和创新。首次有选择地使用了西洋乐器中的弦乐和木管，在配器上采用了和声、复调的手法。对声腔的改革取得了一定的成功经验。比如"爱歌与别歌""狱中歌"两场戏中，不仅保留了浓郁的黄梅戏音调特色，同时还展现了强烈的戏曲声腔个性化的特点，贴切地刻化了人物的感情形象，为黄梅戏声腔艺术的发展，提供了新鲜经验。

《春》剧在当时的公演时，连续客满四十场，受到观众的热烈欢迎。

春香 李萍
李梦龙 汪文生
月梅 麻彩楼
房子 张文林
香丹 白红
卞学道 程兆林

伴唱管玉萍 司鼓 汪玉龙
戏剧导演 陈然乐
音响导演 王丽莉 邵军
鼓机 王向荣
合成器 李鹿
小提琴独奏 梁大南 曹欢

作曲：时白林 王文治 方绍墀 演奏：黄山大乐队 指挥：蒋小风
艺术指导：王文治 配器：谢国华 责任编辑：邹胜国

版权所有·翻制必究 黄山音像出版社出版发行

黃山音像出版社에서 발행한 黃梅戲 〈춘향전〉(1988년) 테이프 내용 소개

黃山音像出版社에서 발행한 黃梅戲 〈춘향전〉(1988년) 테이프(상)

黃山音像出版社에서 발행한 黃梅戲 〈춘향전〉(1988년) 테이프(하)

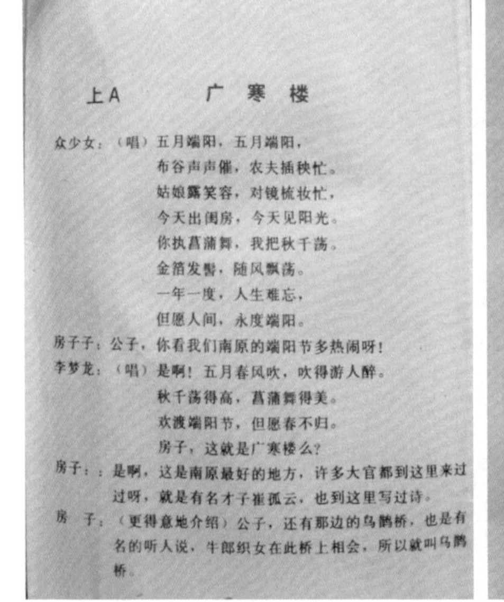

上A　广 寒 楼

众少女：（唱）五月端阳，五月端阳，
布谷声声催，农夫插秧忙。
姑娘露笑容，对镜梳妆忙，
今天出闺房，今天见阳光。
你执菖蒲舞，我把秋千荡。
金箔发髻，随风飘荡。
一年一度，人生难忘，
但愿人间，永度端阳。
房子子：公子，你看我们南原的端阳节多热闹呀！
李梦龙：（唱）是啊！五月春风吹，吹得游人醉。
秋千荡得高，菖蒲舞得美。
欢渡端阳节，但愿春不归。
房子，这就是广寒楼么？
房子：：是啊，这是南原最好的地方，许多大官都到这里来过过呀，就是有名才子崔孤云，也到这里写过诗。
房　子：（更得意地介绍）公子，还有那边的乌鹊桥，也是有名的听人说，牛郎织女在此桥上相会，所以就叫乌鹊桥。

黃山音像出版社에서 발행한
黃梅戲 〈춘향전〉(1988년) 테이프(상) 가사

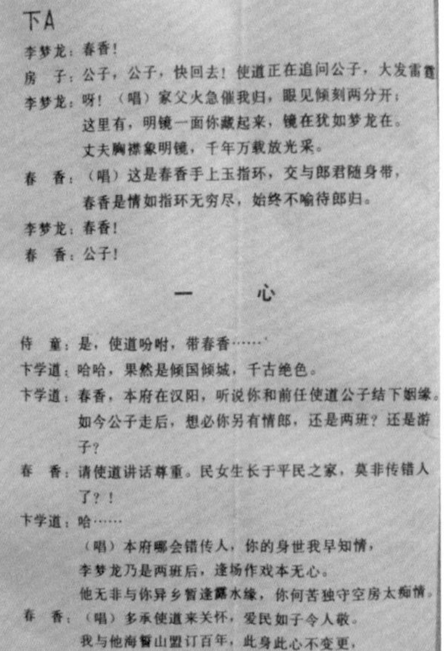

下A

李梦龙：春香！
房　子：公子，公子，快回去！使道正在追问公子，大发雷
李梦龙：呀！（唱）家父火急催我归，眼见倾刻两分开；
这里有，明镜一面你藏起来，镜在犹如梦龙在。
丈夫胸襟象明镜，千年万载放光采。
春　香：（唱）这是春香手上玉指环，交与郎君随身带，
春香是情如指环无穷尽，始终不喻待郎归。
李梦龙：春香！
春　香：公子！

一　心

侍　童：是，使道吩咐，带春香……
卞学道：哈哈，果然是倾国倾城，千古绝色。
卞学道：春香，本府在汉阳，听说你和前任使道公子结下姻缘。如今公子走后，想必你另有情郎，还是两班？还是游子？
春　香：请使道讲话尊重。民女生长于平民之家，莫非传错人了？！
卞学道：哈……
（唱）本府哪会错传人，你的身世我早知情，
李梦龙乃是两班后，逢场作戏本无心。
他无非与你异乡暂逢露水缘，你何苦独守空房太痴情。
春　香：（唱）多承使道来关怀，爱民如子令人敬。
我与他海誓山盟订百年，此身此心不变更，

黃山音像出版社에서 발행한
黃梅戲 〈춘향전〉(1988년) 테이프(하) 가사

黃梅戲 〈춘향전〉(1988년)과 潮劇 〈춘향전〉(1980년대) 상, 하 표지

中國樂友音像出版公司에서 발행한 潮劇 〈춘향전〉(1980년대) 테이프 표지

中國樂友音像出版公司에서 발행한 潮劇 〈춘향전〉(1980년대) 테이프(상)

中國樂友音像出版公司에서 발행한 潮劇 〈춘향전〉(1980년대) 테이프(하)

▌中國唱片總社上海公司에서 발행한 黃梅戲珍韻集3(1997년) 테이프 표지

▌中國唱片總社上海公司에서 발행한 中國戲曲藝術家唱腔選68(1998년) 테이프 표지

▌中國唱片總社上海公司에서 발행한 黃梅戲珍韻集3(1997년) 테이프

▌中國唱片總社上海公司에서 발행한 中國戲曲藝術家唱腔選68(1998년) 테이프

주지하는바와 같이 1990년대에 중국은 시장경제체제시대에 진입함과 아울러 디지털 기술의 비약적인 발전과 더불어 영상매체시대를 맞게 되었다. 보다 자유로운 사회 경제 문화 환경과 보다 편리하고 신속한 디지털 기술은 중국의 전통적인 문화체제와 대중들의 독서, 감상 및 문화소비 습관을 완전 타파하였다. 문자보다 음향과 영상이 더 친숙하고 외래문화에 대한 수용성향도 글로벌화로 변화되었다.

이와 같은 문화적 흐름 속에서 1990년대에 중국에서의 <춘향전> 수용은 주로 1950년대의 여러 극종의 <춘향전>을 VCD, DVD 등 영상작품으로 콘텐츠 하는 방식으로 시대의 변화에 적극적으로 적응하는 양상을 보여주었다.

그 양상은 주로 아래와 같은 두 가지 특징으로 살펴볼 수 있다.

우선 음향 콘텐츠와 마찬가지로 <춘향전> VCD, DVD 등 영상작품은 표지에 작품 개요가 있다.

월극(越劇) <춘향전> VCD 표지에는 작품 개요가 이렇게 되어있다.

> 이는 아주 오래전부터 전해온 조선 사랑이야기이다.
>
> 귀족 귀공자 이몽룡과 빈한한 가정 출신의 재능 넘치는 처녀 춘향은 단오명절에 우연히 만나 첫눈에 반하고 백년가약을 맺는다. 얼마 후 몽룡의 부친이 승진하여 한양으로 가게 되면서 몽룡도 함께 가야 한다고 하지만 춘향은 가문 출신이 나쁘다고 함께 가는 것을 거절한다. 두 사람은 눈물을 흘리며 다시 만날 것을 약속한다. 3년 후 부패 타락한 남원 신임사또가 춘향의 미모와 재능을 탐내 권세와 재부로 수청을 강요한다. 춘향이 결사 거절하자 사또는 대노하여 사형에 처한다. 이때 과거 급제하여 어사가 된 몽룡이 남원에 암행하여……[9]

9 越劇, 『春香傳(徐玉蘭, 王文娟 等 演唱)』, 上海音像出版社, 1997, 표지.

조극 <춘향전> VCD 표지의 작품 개요를 보기로 한다.

> 몇 백 년 전, 전라도 남원부에 관기의 딸 춘향이 있었는데 단오 날 광한루에 봄놀이 갔다가 사또 아들 이몽룡과 해후하게 되고 두 사람은 서로 첫 눈에 반한다. 몽룡은 춘향에게 청혼하고 춘향모는 몽룡이 진심이고 여느 귀족 귀공자들과 다름을 보아내고 혼사를 허락한다. 두 사람도 출신의 한계를 타파하고 영원히 사랑할 것을 맹세한다. 몽룡의 부친은 승진하여 남원을 떠나게 되자 두 사람을 강제로 헤어지게 한다. 신임 사또 황학도는 권세 부리며 춘향더러 수청 들라고 강요하나 혹형을 당하고 사형에 처하여 옥에 갇힌다. 이때 몽룡은 어사가 되어 남원에 와서 순찰하다가 춘향을 구하고 극악한 세력을 처벌한다. 두 연인은 마침내 소원 성취한다.[10]

위 월극(越劇) <춘향전> VCD와 조극 <춘향전> VCD 표지의 작품 개요는 1950년대의 유성기음반, 1980년대의 카세트테이프와 거의 동일하다. 1950년대에 번역 수용된 창극 <춘향전>의 서사구조와 주제의식이 1990년대 영상매체시대에도 변함없이 수용 계승되고 있다. 이 점은 21세기에 접어들어서도 마찬가지라 하겠다.

2006년, 절강문예음상출판사(浙江文藝音像出版社)에서 출품한 월극(越劇) <춘향전> VCD(王志 萍, 陳娜君, 張紅 等 演唱)의 표지에 기재된 작품 개요를 살펴보기로 한다.

> 조선왕조 숙종시대 전라도 남원부에 퇴기 월녀의 딸 춘향이 있었는데 총명하고 지혜롭고 아름답기로 원근에 소문이 자자하였다. 단오 날, 춘향이는 소녀들과 함께 광한루 앞에서 그네 뛰다가 사또 아들 이몽룡과

10 潮劇, 『春香傳(湯海華, 陳瑞珠等香港新天彩潮劇團演唱)』, 福建音像出版社, 1997.

해후하게 되고 두 사람은 서로 사랑하게 된다. 그날 밤 이몽룡은 춘향네 집에 와서 청혼한다. 춘향모 월매는 원래 관료의 수청(명분이 없는 소첩) 들었다가 버림받고 온갖 고생을 다 하며 춘향을 키웠기에 관료자제들에 대한 경계심이 강하다. 이몽룡은 '영원히 변치 않으리라'라는 글귀를 써 월매를 감동시키고 결혼을 허락 받는다. 얼마 후 몽룡의 부친이 승진하여 한향으로 가게 되자 몽룡도 따라 가지 않을 수 없게 된다. 몽룡이 아직 무명인이기에 그의 부친은 몽룡이 춘향과 함께 상경하는 것을 반대한다. 춘향과 몽룡은 서로 변치 않을 것을 맹세하고 눈물로 작별한다. 3년 후, 남원에 새로 부임한 사또 변학도는 백성들의 재물을 착취할 뿐만 아니라 춘향의 미모에 눈독 들이고 강압적으로 수청 들라고 한다. 춘향이 완강하게 거절하자 대노하여 사형에 처하고 옥게 가둔다. 이때 이몽룡은 이미 과거 급제하여 왕으로부터 암행어사 직을 임명 받는다. 그는 남원에 와 암행하며 민심을 조사하다가 춘향의 상황을 알게 된 후 깊은 밤 옥중에 가서 춘향을 만나본다. 이 한쌍의 연인은 마침내 재회한다.

이는 1950년대 1990년대까지의 월극(越劇) <춘향전> 작품 개요와 똑같은 상황이다. 70여 년의 변천에도 무변화로 대응하면서 완강한 생명력을 과시하고 있다. <춘향전> 수용은 피동적이 아닌 역동적이며 기대지평 또한 시대를 초월하는 지속성을 보여주고 있다고 할 수 있다

1990년대의 또 다른 특징은 수록 내용이 작품 전부일 뿐만 아니라 월극(越劇)과 조극만이 영상물로 전환하였다는 것이다. 일부 극종은 1950년대에만 흥행된 상황과 대비할 때 월극 <춘향전>과 조극 <춘향전>의 예술적 매력이 여전히 건재해 있고 광범위하고 든든한 대중적 기반을 갖고 있음을 알 수 있다.

이런 <춘향전>의 콘텐츠는 위에서 보다시피 오랜 시간을 두고 대중성이 충분히 검증 되어 경전(經典)으로 자리 잡게 되었다. 1990년대부터 발매

된 월극 <춘향전>과 조극 <춘향전>의 CD, VCD, DCD는 중국 희곡 경전(中國戲曲經典), 경전(經典) 경전전기(經典傳奇) 등 수식어를 갖게 되었다. 사실 현재 월극 <춘향전>과 조극 <춘향전>의 일부 곡은 중국희곡경전창단 100집(中國戲曲經典唱段100集)으로 선정되어 노래방음반 등 여러 가지 음향 영상물로 제작 전파되고 있다.

1990년부터 <춘향전>의 CD, VCD 등으로의 전환은 중국에서의 창극 <춘향전>의 영속성(永續性)을 갖게 하는 획기적인 계기로 되었다고 하겠다.

이외 여러 극종 <춘향전>의 명장면은 민화, 엽서, 전화카드 등 다양한 문화상품으로 재생산되어 예술가치뿐만 아니라 상품적가치도 부가되었다. 이런 문화상품은 <춘향전>의 잠재적 독자를 육성하고 그 영향력을 확대하는 데 일조하였다고 해도 지나치지 않다.

요컨대 <춘향전>은 중국에서의 번역 수용 또는 변용 과정에 서사구조, 주제의식 그리고 캐릭터 등 여러 면에서 시대적 변화에도 불구하고 현대적 변용이 없이 1950년대의 전통을 계승 보전함으로써 월극 <춘향전>과 조극 <춘향전>은 중국의 경전으로 현지화 되었다.

필자가 수집 정리한 VCD, DCD 발매 양상을 불완전한 합계이지만 **표 10**로 제공한다.

■ **표 10 _ VCD, DCD 발매 양상**

제목 출연자	극종	출판사 출판년월	〈춘향전〉 소개 및 수록 내용
춘향전(吳玲兒 何麗芳等演唱, 經典潮劇, VCD)	潮劇	汕頭海洋音像出版社 1993년	<춘향전>은 세상에 이름난 성공적인 명극이다. 이 극은 춘향의 형상을 통하여 고대 아름답고 선량한 춘향의 부귀와 권세에 굴하지 않고 폭력에 두려워하지 않는 굳센 의지의 우수한 품성을 노래함과 아울러 간악한 세력이 폭력으로 백성을 노예화하는

			세상을 질타하고 고대 백성들이 자유와 행복을 추구하는 완강한 의지를 보여주었다. ……수록 내용: 全劇
춘향전(湯海華, 陳瑞珠等香港新天彩潮劇團演唱, 潮劇經典, VCD)	潮劇	福建音像出版社 1997년	몇 백 년 전, 전라도 남원부에 관기의 딸 춘향이 있었는데……변학도는……춘향더러 수청 들라고 강요하나……이때 몽룡은 어사가 되어……춘향을 구하고 극악한 세력을 처벌한다. 두 연인은 마침내 소원 성취한다. 수록 내용: 全劇
춘향전(徐玉蘭 王文娟 等演唱 中國戱曲經典, VCD)	越劇	上海音像出版社 1997년	귀족 공자 이몽룡과 가정출신이 빈한한 재녀 춘향이 단오명절에 우연히 만나 첫눈에 반하며 결혼을 약속한다. …… 수록 내용: 全劇
춘향전(湯海華, 陳瑞珠等香港新天彩潮劇團演唱, 傳統潮劇, VCD)	潮劇	武漢音像出版社 1999년	<춘향전>은 세상에 이름난 성공적인 명극이다. 이 극은 춘향의 형상을 통하여 고대 아름답고 선량한 춘향의 부귀와 권세에 굴하지 않고 폭력에 두려워하지 않는 굳센 의지의 우수한 품성을 노래함과 아울러 간악한 세력이 폭력으로 백성을 노예화하는 세상을 질타하고 고대 백성들이 자유와 행복을 추구하는 완강한 의지를 보여주었다. 몇 백 년 전, 전라도 남원부에 관기의 딸 춘향이 있었는데……변학도는……춘향더러 수청 들라고 강요하나……이때 몽룡은 어사가 되어……춘향을 구하고 극악한 세력을 처벌한다. 두 연인은 마침내 소원 성취한다. 수록 내용: 全劇
춘향전(湯海華, 陳瑞珠等香港新天彩潮劇團演唱, 潮劇經典, DCD)	潮劇	廣東音像出版社 2000년	몇 백 년 전, 전라도 남원부에 관기의 딸 춘향이 있었는데……변학도는……춘향더러 수청 들라고 강요하나……이때 몽룡은 어사가 되어……춘향을 구하고 극악한 세력을 처벌한다. 두 연인은 마침내 소원 성취한다.(생략된 부분은 필자가 약한 것임) 수록 내용: 全劇

춘향전(徐玉蘭 王文娟 等演唱 中國戱曲珍品, VCD)	越劇	揚子江音像出版社 2000년	조선 이조 중엽 남원부 관기 월매의 딸 춘향이 광한루에서 당지 사또 아들 이몽룡을 우연히 만난다. 두 사람은 첫눈에 반하여 백년가약을 약속한다. …… 수록 내용: <백년가>, <사랑가>, <이별가>.
춘향전(黃丹娜, 林碧芳 等 廣東潮劇院二團 演出, 大型古裝潮劇 VCD)	潮劇	中國國際電視總公司出版 2001년	수록 내용: 全劇
월극(王志萍 陳娜君等, 經典, 傳奇越劇 VCD)	越劇	浙江文藝音像出版社 2006년	조선왕조 숙종 시대에 저나도 남원에 퇴기 월매의 딸 춘향이 있었는데 총명하고 아름답기로 소문났다. 단오명절에 광한루에서 그네 뛰다가 사또 아들 이몽룡을 우연히 만난다. ……수록 내용: 全劇
춘향전(徐玉蘭 王文娟 等演唱 中國戱曲經典版, VCD)	越劇	楊洲龍翔音像出版有限公司 2008년	조선 이조 중엽 남원부 관기 월매의 딸 춘향이 광한루에서 당지 사또 아들 이몽룡을 우연히 만난다. 두 사람은 첫눈에 반하여 백년가약을 약속한다. …… 수록 내용:全劇
中國戱曲名家名唱(嚴鳳英等演唱 VCD)	黃梅戱	中華文藝音像聯合出版社1994년	수록 내용: <옥중가>
錢惠麗越劇佧拉OK專輯(中國戱曲經典唱段100集 VCD)	越劇	上海音像出版社 2001년	수록 내용: <사랑가>
춘향전(李楚卿, 蔡史渃 等演唱潮劇經典名曲十四 CD)	潮劇	中國國際電視總公司 1979년 녹음, 2005년 발행	수록 내용: <情絲萬縷>, <一片誠來救親>, <사랑가>, <이별가>, <옥중가>

王志萍 鄭國鳳越劇經典 對唱OK專輯, 佧拉OK教唱版, (中國戲曲經典 VCD)	越劇	上海音像 出版社2006년	수록 내용: <與君不結百年仇>
王志萍 越劇經典唱段OK 專輯, 佧拉OK教唱版, (中國戲曲經典 VCD)	越劇	上海音像出版社 2006년	수록 내용: <陳陳細雨陳陳風>
葬花(徐錦霞 邵贋 等演唱 百年越劇百首名 段佧拉OK2	越劇	浙江文藝音像 出版社 2007년	수록 내용: <사랑가>

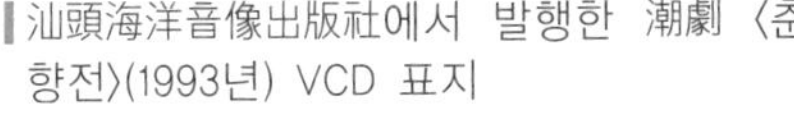
▌汕頭海洋音像出版社에서 발행한 潮劇 〈춘향전〉(1993년) VCD 표지

▌汕頭海洋音像出版社에서 발행한 潮劇 〈춘향전〉(1993년) VCD 저작권

▌福建音像出版社에서 발행한
潮劇 〈춘향전〉(1997년) VCD 표지

▌福建音像出版社에서 발행한
潮劇 〈춘향전〉(1997년) VCD 저작권

▌上海音像出版社社에서 발행한
越劇 〈춘향전〉(1997년) VCD 표지

▌上海音像出版社社에서 발행한
越劇 〈춘향전〉(1997년) VCD 저작권

▎武漢音像出版社에서 발행한 潮劇 〈춘향전〉 (1999년) VCD 표지

▎武漢音像出版社에서 발행한 潮劇 〈춘향전〉 (1999년) VCD 저작권

▎廣東音像出版社에서 발행한 潮劇 〈춘향전〉 (2000년) VCD 표지

▎廣東音像出版社에서 발행한 潮劇 〈춘향전〉 (2000년) VCD 저작권

▌揚子江音像出版社에서 발행한 越劇 〈춘향전〉(2000년) VCD 표지

▌揚子江音像出版社에서 발행한 越劇 〈춘향전〉(2000년) VCD 저작권

▌中國國際電視總公司出版에서 발행한 潮劇 〈춘향전〉(2001년) VCD 표지

▌中國國際電視總公司出版에서 발행한 潮劇 〈춘향전〉(2001년) VCD 저작권

▌浙江文藝音像出版社에서 발행한 越劇 〈춘향전〉(2006년) VCD 표지

▌浙江文藝音像出版社에서 발행한 越劇 〈춘향전〉(2006년) VCD 저작권

▌楊洲龍翔音像出版有限公司에서 발행한 越劇 〈춘향전〉(2008년) VCD 표지

▌楊洲龍翔音像出版有限公司에서 발행한 越劇 〈춘향전〉(2008년) VCD 저작권

▎中華文藝音像聯合出版社에서 발행한 黃梅戲 名家名唱(1994년) VCD 표지

▎中華文藝音像聯合出版社에서 발행한 黃梅戲 名家名唱(1994년) VCD 저작권

▎上海音像出版社에서 발행한 越劇 中國戲曲經典唱段100集(2001년) VCD 표지

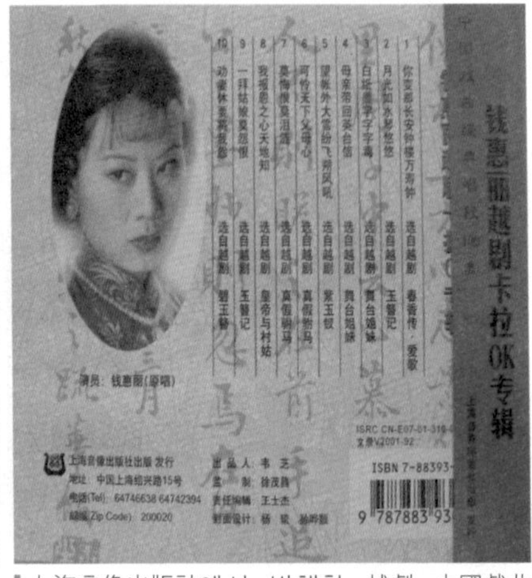

▎上海音像出版社에서 발행한 越劇 中國戲曲經典唱段100集(2001년) VCD 저작권

▌中國國際電視總公司에서 발행한 潮劇經典名曲十四(2005년) CD 표지

▌中國國際電視總公司에서 발행한 潮劇經典名曲十四(2005년) CD 저작권

▌上海音像出版社에서 발행한 越劇經典對唱OK專輯(2006년) 中國戲曲經典 VCD 표지

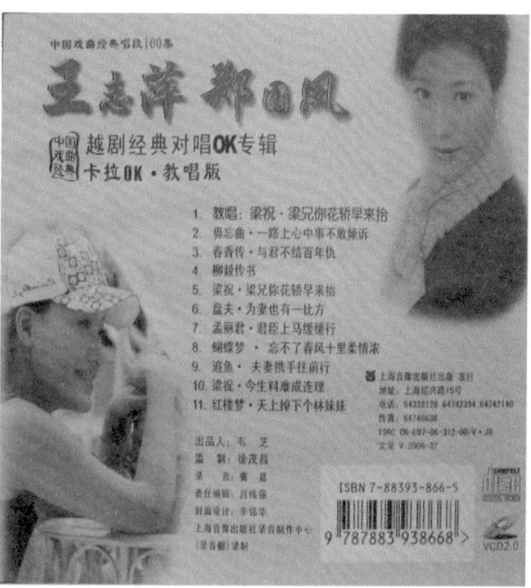

▌上海音像出版社에서 발행한 越劇經典對唱OK專輯(2006년) 中國戲曲經典 VCD 저작권

▍上海音像出版社에서 발행한 越劇經典唱段OK 專輯(2006년) 中國戲曲經典 VCD 표지

▍上海音像出版社에서 발행한 越劇經典唱段OK 專輯(2006년) 中國戲曲經典 VCD 저작권

▍浙江文藝音像出版社에서 발행한 百年越劇百首名段佧拉OK2(2007년) VCD 표지

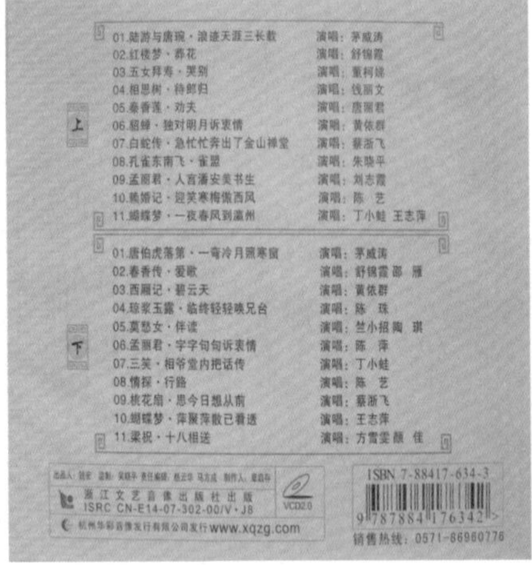

▍浙江文藝音像出版社에서 발행한 百年越劇百首名段佧拉OK2(2007년) VCD 저작권

03

연화 및 엽서 기타 등으로서의 〈춘향전〉 양상

연화(年畵)는 중국 민화의 한 형태로서 백성들이 음력 새해를 맞아 정원과 집안의 대문, 벽, 기둥 등 구서구석에 부치는 회화(繪畵)이다. 연화는 질박하고 열렬한 분위기를 추구하기에 회화(繪畵)의 선이 단순하고 색채가 짙고 선명하다. 내용은 대체로 화조(花鳥), 반해(胖孩), 금계(金鷄), 춘우(春牛), 신화전설(神話傳說), 역사고사(歷史故事) 등으로 풍년을 기원하고 행복한 생활을 동경하는 것으로 민족 색채와 향토 색채가 짙다. 따라서 연화는 설 명절의 아름다운 장식품이자 문화교류, 도덕교육, 심미전파(審美傳播), 신앙승계의 매체와 도구라고 한다. 또한 간도식자(看圖識字)식의 대중도서이기도 하다.

연화는 여러 가지 형태가 있는데 그중 연화연환화(年畵連環畵)가 유명하다. 민화 방식의 그림책이라고 할 수 있다. 연화연환화는 몇 장의 연화로 하나의 완정한 연속 그림을 구성하는데 흔히 4조병(四條屛, 12 혹은 16폭 그림), 8조병(八條屛, 18 혹은 32폭 그림) 혹은 1장다도(一張多圖) 식으로 백성들이 좋아하는 민간이야기 혹은 희곡이야기의 길한 내용들을 표현하고 있다. 이런 내용들에는 유구한 역사 배경과 문화가 안받침 되어 있다.

연화연환화는 20세기 전반기에는 대체로 <봉신방(封神榜)>, <삼국지>, <제공(濟公)> 등 고대문학 소재가 많았고 1950년대에는 새 사회의 현대 소재가 많았다. 1960~70년대 "문혁(文革)" 시기에는 양반희(樣扳戱)라는 8 개의 소재만 있었고 1970년대 후반~1980년대에는 백화제방의 다양한 소재로 전성기를 누렸다. 1990년대 중반에 거의 완전 소실되었다가 최근 년부터 다시 점차 부활되기 시작하였다.

이와 같은 중국의 가장 전통적인 민간예술장르 및 그 문화상품에 <춘향전>이 한 소재로 반영되어 있다.

1959년 11월 요녕미술출판사(遼寧美術出版社)에서 화백 이성훈(李成勛)의 연화연환화 <춘향전>을 출판한다. 이 <춘향전>은 16폭 그림으로 그 제반 이야기를 표현하고 있다. 특징상 4조병으로 서사화(敍事化)되었겠지만 아쉽게도 아직까지 이 원본을 발굴하지 못하여 실질적으로 확인할 수 없다. 연화는 1년에 한 번씩 새것으로 바꾸는 것이 관례이기에 보전하기가 극히 어렵다. 연화연환화 <춘향전>은 50여 년 전에 출판된 것이라 원본 발굴이 여간 쉽지 않은 일이다. 다행히 2005년 6월, <연환화수장(連環畵收藏)>이라는 간행물 편집부에서 내부 교류 목적으로 중국연화연환화정품총서(中國年畵連環畵精品叢書)를 출간하였는데 이 총서의 제12집으로 연화연환화 <춘향전>이 그림책 형식으로 출간되었다. 이를 통해 연화연환화 <춘향전>을 간접적으로 살펴볼 수 있다. 연화연환화 <춘향전>은 내용 소개나 주제 개괄이 없이 그냥 16폭의 그림으로 소설 <춘향전>을 서사화하고 있다. 봉건 통치배의 폭정을 비판하고 청춘 남녀 간의 사랑의 자유와 충정을 노래하고 있는데 이는 소설 <춘향전>과 창극 <춘향전>의 번역 이입 양상과 일치하다. 1950년대라는 동일한 시대적 특징과 그 수용 자세가 잘 반영되었다고 할 수 있다. <춘향전>이 1950년대 연화연환화의 소재로 되었고 또 그 연화연환화가 2000년대에 정품으로 인정받은 것은 당시 대중들의 많은 사랑을 받았음을 방증해준다. 아울러 <춘향전>이 1950년대에 문화콘텐츠로 성공하였음을 말해 주기에 이를 한류의 원조라고 해도 과언이 아닐 것이다.

〈連環畫收藏〉에서 출간한 中國年畵連環畵精品業書12 〈춘향전〉 (2005년 6월) 표지

〈連環畵收藏〉에서 출간한 中國年畵連環畵精品業書12 〈춘향전〉(2005년 6월) 저작권

⑤ 一日，李父得到入朝任職的聖旨，這雖是喜訊，但對李夢龍確實晴天霹靂，祇好說出實情，其父勃然大怒，讓他立即與春香斷絕關系，永不來往，并下令將房子吊打一頓，趕出門去。

⑥ 李夢龍無奈便來找春香，春香聞訊大驚失色，月梅雖百般埋怨也無萬全之計，此時，家人前來催促公子回府，李夢龍祇好與春香換了銅鏡、玉指環，以誓永不變心，然後夫妻含泪告別。

⑦ 從此，春香日夜獨守空房，整日淡裝素服，不見外人，一心一意地盼望丈夫早日歸來。

⑧ 數月後，南原來了個名叫卞學道的新任使道，他不但是個昏庸的貪官，而且還是個好色的狂徒，聽說春香貌美絶倫，上任不到三天，就令人將她傳來。

⑨ 春香被押到大堂，卞學道便直言不諱地逼她作妾，受到春香的拒絶，老羞成怒的卞學道便將春香嚴刑拷打之後，當場捏造罪狀，下獄候斬。

⑩ 却說，李夢龍随父進京以後，苦讀詩書，力求上進，不久考中了頭名狀元，被任爲全羅道御史，這正合他的心意，領旨後，便告別雙親，帶領一行人員向全羅道進發。

11
半路上，李夢龍吩咐隨員分頭巡查，約定八月十五在南原待命。他也喬裝成乞丐漫游察訪，沿途百姓被卞學道等貪官污吏逼迫地個個冤聲連天，路上巧遇從前被父親趕走的僕人房子，從他口中得知春香翌日將被處斬。

12
李夢龍當天趕到春香家，月梅一見女婿，喜出望外，後見他衣衫襤褸，又失望地哭了起來。李夢龍怕誤了大事沒有說出實情，一面安慰岳母一面要她同去監牢探望春香，月梅祇好同意了。

13
香丹引路，三人來到監獄。春香忽見丈夫到來，悲喜交集，後見他窮困不堪，一切希望立刻化爲泡影，但她毫無怨言，囑咐母親對李郎多加照顧，此時李夢龍仍不便吐露真情，祇好安慰了春香一番。

14
八月十五，卞學道大擺酒席，文武官員齊來祝壽，正在飲酒作樂興致勃勃之時，忽然有人喊新任御史到來，衆人嚇得手忙脚亂，一哄而散。

15
頃刻間，李夢龍穿着綉金官服，前呼後擁十分威嚴地走來，當堂宣布了卞學道的貪贓枉法等罪狀，卞學道立即被革去官職，下獄候斬。

16
李夢龍又令帶春香上堂，春香見這位新任御史就是李郎，驚喜萬分，立刻跑上去，這時月梅、香丹等人也紛紛趕到，大家破涕爲笑，喜慶拆散的夫妻又團圓了。

이 연화연환화 <춘향전> 16폭 회화의 서사내용은 아래와 같다.

❶ 옛날 조선 전라도 남원에 퇴기 월매의 무남독녀 춘향이 있었다. 춘향은 세속에 물들지 않은 순결한 처녀로서 매일 시를 읊거나 금(琴)을 타거나 하였다. 총명하고 품성이 바르며 사리에 밝았다.

❷ 단오명절날, 춘향은 시녀 향단이와 함께 교외로 나와 신나게 놀고 있었다. 춘향이 그네를 타고 있을 때 마침 광한루에서 봄 경치를 즐기던 한 도련님이 이를 보고 반해버렸다.

❸ 이 도련님은 바로 남원 사또의 아들 이몽룡이었다. 그는 집에 돌아간 후 춘향에 대한 그리움을 금할 바 없어 부모 몰래 하인 방자와 함께 춘향 집에 와서 청혼한다. 월매는 험악한 세상을 잘 알고 있어 처음에 주저하다가 춘향도 이몽룡과 같은 마음이고 이몽룡 또한 진심이기에 그들의 혼사를 허락한다.

❹ 방자의 보호 하에 이몽룡은 부모 몰래 춘향과 결혼한다. 두 사람은 그림자처럼 떨어질 줄 모르며 백년해로를 다짐한다. 눈 깜빡할 사이에 3개월이 지났다.

❺ 어느 날, 이몽룡의 부친은 한향으로 올라오라는 조정의 명을 받는다. 이는 좋은 소식이지만 이몽룡에게는 청천벽력이었다. 사실대로 말할 수밖에 되어 부친에게 결혼 사실을 이야기 한다. 이에 부친은 대노하여 즉시 춘향과 관계를 끊고 영원히 왕래하지 못한다고 한다. 방자도 죽도록 매 맞고 쫓겨난다.

❻ 이몽룡은 하는 수 없이 춘향을 찾아와 사연을 이야기한다. 춘향은 대경실색하며 월매는 한없이 원망한다. 이때 하인이 찾아와 이몽룡의 귀가를 독촉한다. 이몽룡은 춘향과 거울과 옥 반지를 교환하면서 영원히 변치 않겠노라 다짐한다. 부부는 눈물 흘리며 작별한다.

❼ 그 후 춘향은 매일 소복차림으로 독수공방하며 외간 사람들을 만나

지 않고 일심으로 남편이 하루 빨리 돌아오기를 기다린다.

⑧ 수개월 후, 남원에 변학도라는 신임사또가 부임하는데 그는 탐관일 뿐 만 아니라 호색한이다. 춘향의 미모가 출중하다는 소문을 듣고 부임하여 3일이 되기 전에 춘향을 불러들이라고 호령한다.

⑨ 춘향이 관가에 잡혀오자 변학도는 수청 들라고 강요한다. 춘향한테 거절당하자 변학도는 곤장으로 고문하고 죄를 씌워 옥에 가두며 사형을 기다리게 한다.

⑩ 한편, 이몽룡은 부친을 따라 상경한 후 열심히 공부하여 과거급제한 후 전라도 어사로 부임된다. 이는 마침 이몽룡이 꿈꾸던 바라 명을 받은 후 급급히 부모와 작별하고 일행을 거느리고 전라도로 출발한다.

⑪ 도중에 이몽룡은 일행들더러 각자 순찰하다가 8월 15일에 남원에 모여 명을 기다리라고 한다. 그는 거지로 분장하여 순찰하는 가운데 백성들로부터 변학도 등 탐관오리들의 죄행을 알게 된다. 또 길에서 부친한테 쫓겨났던 하인 방자를 우연히 만나게 되며 방자한테서 춘향이 다음날 사형에 처하게 된다는 소식을 듣게 된다.

⑫ 이몽룡은 당일 춘향 집에 도착한다. 월매는 사위가 찾아오자 대단히 반겼지만 그의 거지꼴을 보고 실망하여 눈물을 흘린다. 이몽룡은 일을 그르칠 가 염려되어 진실을 말하지 않고 장모를 위로하는 한편 춘향을 보러 옥으로 가자고 한다. 월매는 동의하는 수밖에 없었다.

⑬ 향단이의 안내로 세 사람은 옥에 도착한다. 춘향은 남편을 만나자 희비가 엇갈린다. 몽룡의 거지꼴을 보고 모든 희망이 물거품됨을 느낀다. 그러나 춘향은 한마디도 원망하지 않고 모친더러 남편을 잘 돌봐주라고 부탁한다. 이몽룡은 그때까지 진실을 말할 수 없기에 춘향을 위로하기만 한다.

⑭ 8월 15일, 변학도는 자신의 생일잔치를 으리으리하게 벌이고 문무 관리들로부터 생일 축하를 받는다. 바야흐로 주흥이 오를 때 갑자기 웬 사람

이 신임어사가 왔다고 말한다. 관리들은 급급히 도망간다.

⑮ 그 시각, 이몽룡이 어사 관복을 입고 위풍당당하게 나타나 변학도의 죄를 문책한 뒤 해임시키고 옥에 가둔다.

⑯ 이몽룡은 춘향을 관가에 데려오라고 명령을 내린다. 춘향은 신임어사가 몽룡임을 알아보고 놀라움을 금치 못하며 몽룡한테 달려간다. 이때 월매 향단 등 여러 사람들도 관가에 도착한다. 사람들은 춤추고 노래하면서 부부의 재회를 축하한다.

여기서 연화연환화 <춘향전>은 봉건 통치배의 폭정을 비판하는 한편 청춘 남녀 간의 사랑의 자유와 충성을 표현하고 있다. 춘향과 몽룡의 재회가 주선을 이루고 있다. 이는 해피엔딩을 요하는 연화연환화의 주제 표현 방식과 일치하다고 하겠다. 중국 대중들이 <춘향전>을 무엇보다 청춘 남녀 간의 사랑의 자유와 충성을 구현한 작품으로 수용하고 있음을 방증한다고 볼 수 있다.

1950년대에 출판된 것으로 추정되는 또 다른 연화연환화 <춘향전>이 있다. 오철부(吳哲夫) 등의 작품으로 상해화편출판사(上海畵片出版社)에서 출간한 것으로 추정된다. 역시 현재까지 원본을 발굴하지 못하였지만 2000년대에 중국위성통신회사(中國衛通)에서 발매한 IP전화카드를 통해 그 존재를 방증할 수 있다.

이 IP전화카드는 티베트 창도(西藏昌都) 지역에서만 사용이 가능한 것인데 한 세트가 7 매로 되었고 매 카드 정면에 연화연환화 <춘향전> 회화가 인용되었다. 총 7점의 그림이 인용되고 그 내용이 마침 창극 <춘향전>의 매 장 내용과 일치한 것으로 보아 이 연화연환화 <춘향전>은 1장 1도(一張一圖)의 방식으로 구성된 것 같다. 또한 창극 <춘향전>을 개편한 어느 지방 극종 <춘향전>을 텍스트로 하여 그린 것으로 추정된다. 50여 년 전의 연화가 21세기에 그것도 디지털 제품에 인용되었다는 것은 이 연화가 당시에 대중들의 큰 사랑을 받았을 뿐만 아니라 현재에도 사랑을 받고 있다는 것을 다시 한번 방증해준다.

아래 IP전화카드에 인용된 연화연환화 <춘향전>을 보기로 한다.

앞에서 본 연화연환화 <춘향전> 7점 회화의 서사내용은 아래와 같다.

❶ 300년 전, 조선 전라도 남원에 춘향이라는 한 관기의 딸이 있었다. 춘향은 총명하고 아름다운 처녀였다. 단오명절에 광한루로 놀러 왔다가 우연히 당지 사또의 아들 이몽룡을 만나게 된다. 두 사람은 서로 첫 눈에 반하여 사랑에 빠지게 된다.

❷ 그날 밤 이몽룡은 춘향의 집에 와서 청혼한다. 춘향의 모친은 그가 젊고 진심이고 보통 관가의 자제보다 다르기에 춘향과의 결혼을 동의한다.

❸ 얼마 후 이몽룡의 부친은 한양으로 부임되자 몽룡에게 모친과 더불어 한양으로 가되 춘향을 못 데리고 간다고 엄명을 내린다. 몽룡은 어쩔 수 없이 춘향과 후일을 약속하고 작별하게 된다.

❹ 3년 후, 신임사또 변학도는 춘향이가 남원에서 제일 아름다운 처녀라는 소문을 듣고 권세로 춘향더러 수청 들라고 강요한다. 춘향이 강하게 저항하자 변학도는 곤장으로 고문한 후 옥에 가둔다.

❺ 한편 이때 이몽룡은 이미 암행어사가 되어 민간의 질고를 살피는 도중에 춘향이 변학도의 박해를 받고 있다는 소식을 급급히 남원 옥에 찾아가 춘향을 만나본다.

❻ 이몽룡은 변학도의 죄행을 확인한 후 즉석에서 변학도를 해임시키고 옥에 가둔다.

❼ 춘향의 굳센 의지와 깨끗한 정조는 당지 사람들의 칭송을 받았고 젊은 처녀들은 춤추고 노래하면서 이 행복한 부부가 영원히 함께 있기를 바랐다.

이 연화연환화도 봉건 통치배의 폭정을 비판하고 있지만 춘향과 몽룡의 사랑이야기가 주선을 이루고 있다. <춘향전>이 무엇보다 청춘 남녀 간의 사랑의 자유와 충성을 구현한 작품으로 중국 대중 속에 수용 전파되고 있음을 알 수 있다.

이외 <춘향전>은 1980년대에 가장 전통적인 민화 즉 1장1도(一張一圖) 형식의 민화로 개발되었다. 현재까지 필자는 2 점의 민화를 발굴하였다. 한 점은 황치근(黃治根)의 민화 <춘향전>(1980년 8월 遼寧美術出版社)이고 다른 한 점은 고국강(高國强), 이세은(李世恩)의 민화 <춘향전>(1988년 6월 上海人民美術出版社)이다. 이 두 점의 민화 기법은 전통적인 기법으로 되었고 내용은 전통적인 해피엔딩으로 되었다. 그 크기는 모두 너비 0.48m, 길이 0.74m 규모의 비교적 큰 민화이다. 보통 민화는 흔히 민간의 목판 인쇄로 제작되어 특정된 일정한 지역에서 스스로 판매되기에 그 발행량이 적지만 이 두 점의 민화는 현대인쇄술에 의해 출판사를 통해 출판되면서 전국적으로 발행되었다. 인쇄 발행량은 각각 10만 부와 7만 2천부에 달한다. 다시 말하면

遼寧美術出版社에서 출판한 민화 〈춘향전〉(1980년 8월)

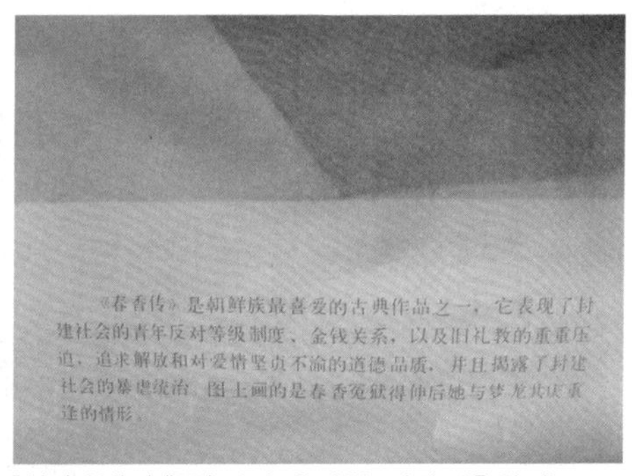

遼寧美術出版社에서 출판한 민화 〈춘향전〉 (1980년 8월) 내용 소개

遼寧美術出版社에서 출판한 민화 〈춘향전〉 (1980년 8월) 저작권

이 두 점의 민화는 전통과 현대의 힘을 입어 광범위하게 전파되었다고 할 수 있다.

황치근의 민화에서는 <춘향전>을 이렇게 소개하고 있다.

> "<춘향전>은 조선족이 가장 좋아하는 고전명작의 하나로 봉건사회의 청년들이 등급제도, 금전관계 그리고 낡은 예교의 갖은 구속을 반대하고 자유해방과 일편단심 사랑에 충성하는 도덕품성을 갈망하는 것을 표현하고 있다. 아울러 봉건사회의 폭정을 폭로하고 있다. 이 그림은 춘향이 억울하게 투옥되었다가 몽룡과 재회하는 장면이다."

上海人民美術出版社에서 출판한 민화 〈춘향전〉(1988년 6월)

上海人民美術出版社에서 출판한 민화 〈춘향전〉(1988년 6월) 내용 소개

上海人民美術出版社에서 출판한 민화 〈춘향전〉(1988년 6월) 저작권

<춘향전>을 청춘 남녀들의 자유와 순결한 사랑에 대한 갈망을 표현한 해피엔딩의 명작으로 수용하고 있음을 보여준다.

고국강, 이세은의 민화는 <춘향전>을 이렇게 소개하고 있다.

> "<춘향전>은 아름답고 선량한 조선 여성 춘향이 권세에 굴하지 않고 사또아들 이몽룡과 사랑하는 이야기를 쓰고 있다. 이 그림은 두 사람이 서로 사랑을 고백하는 장면이다."

이 민화에서도 <춘향전>을 청춘 남녀들의 자유연애와 순결한 사랑에 대한 갈망을 표현한 작품으로 수용하고 있음을 보여주고 있다.

상기한 민화들은 또 여러 가지 형식의 콘텐츠로 개발되어 그 영향력을 보다 광범위하게 지속적으로 과시하였다.

1950년대부터 1980년대에 이르기까지 노트, 달력, 장부(帳簿) 등 일상 문화용품의 삽화로 재개발되었고 지어 엽서로 판매되기도 하였다.

위에서 보다시피 2000년대에는 전화카드에도 활용되었다.

현재까지 <춘향전>만큼 몇 십 년의 세월과 부동한 사회 시대를 아우르며 중국에서 여러 가지 형식의 문화콘텐츠로 개발된 한국문학작품은 찾아볼 수 없다. 참으로 한류의 원조로, 가장 대표적인 유일무이한 작품이라고 할 수 있다. 이는 <춘향전>이 명실상부한 세계적 명작임을 말해준다.

필자가 발굴 입수한 자료들을 보기로 한다. 이외 아직 발굴하지 못한 자료들이 산재(散在)하여 있음을 특히 밝혀둔다.

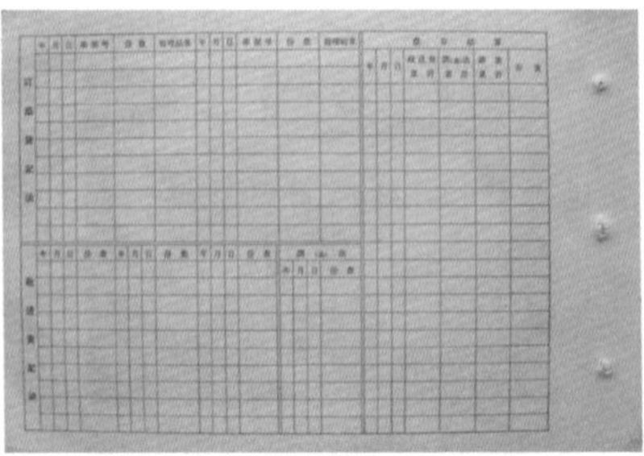

▍上海畵片出版社에서 출간한 장부에 인용된 〈춘향전〉 삽화

▍노트에 인용된 〈춘향전〉 삽화

▍上海人民出美術版社에서 출간한 노트에 인용된 〈춘향전〉 삽화

▍노트에 인용된 〈춘향전〉 삽화

上海人民出美術版社에서 출간한 엽서
〈춘향전〉1

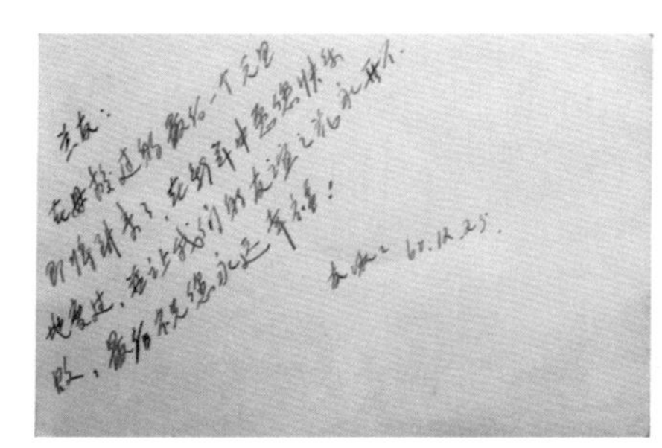

上海人民出美術版社에서 출간한 엽서
〈춘향전〉1 뒷면 (실제로 사용된 엽서)

上海人民出美術版社에서 출간한 엽서
〈춘향전〉3

上海人民出美術版社에서 출간한 엽서
〈춘향전〉6

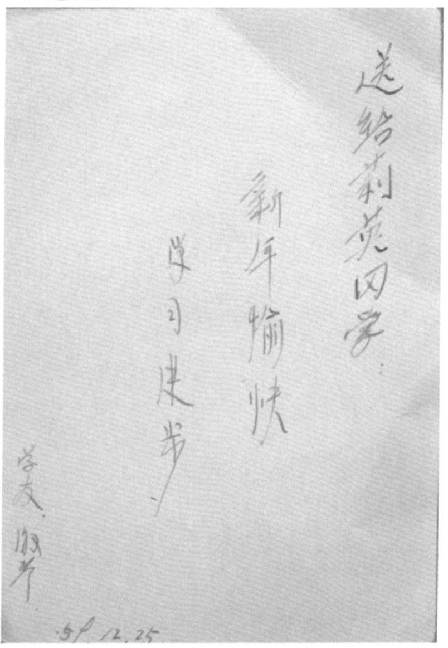

上海人民出美術版社에서 출간한 엽서
〈춘향전〉6(실제로 사용된 엽서)

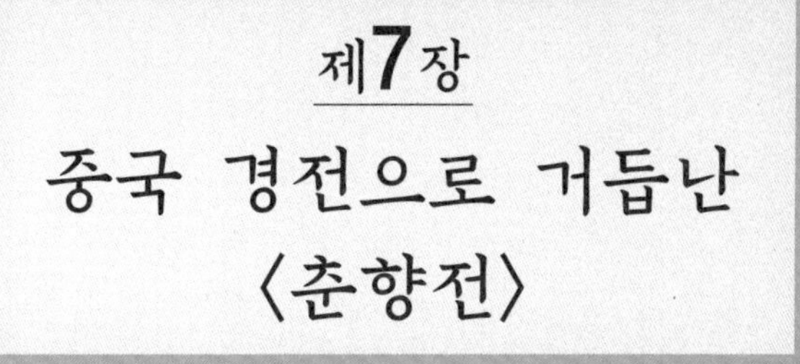

제7장

중국 경전으로 거듭난 〈춘향전〉

<춘향전>은 1939년부터 2010년에 이르기까지 중국에서 70여 년 태풍 폭우 같은 사회 정치 역사의 세례에도 끊임없이 희곡, 창극, 소설, 연환화(連环畵) 등 여러 가지 장르로 번역 개편 또는 개작되어 광범위하게 장기적으로 수용 전파되면서 중국번역문학사의 대표적 작품의 하나로 되었다.

1939년 6월, "만주국" 중국인 작가 외문(外文)이 번역한 장혁주 일어체 희곡 <춘향전>이 <예문지(藝文志)> 창간호에 게재 되어 중국 최초의 <춘향전> 중국어 번역본이 출현되었다. 이는 또 한국 근대극의 첫 중국어 번역 작품이라는 중요한 의미를 갖는다.

북한 창극 <춘향전>은 1954년 8월 중국 월극으로 번역 개편 공연되면서부터 중국 각지에서 경극, 평극, 예극, 진극, 조극, 황매극 등 여러 지방 극종으로 개편 공연되고 그 대본들은 또한 8개 출판사에 의해 공식 출판되어 희곡 예술 분야에서 <춘향전> 붐이 일었다. <춘향전>은 이를 계기로 중국 억만 민중들에게 널리 알려지고 깊은 사랑받는 명작으로 각인되었고 수십 년 역사의 세례와 검증을 거쳐 절강 월극 <춘향전>과 광동 조극 <춘향전>은 완전 현지화 되어 현재 중국 희곡명작으로 자리매김하였다.

중국에서의 소설 <춘향전>의 번역 이입은 1950년대에 시작되어 2000년대까지 4차례 번역 이입 되었다. 창극 <춘향전>의 번역 개편된 후 1956년에 소설 <춘향전>이 중국어로 번역 출판되었는데 이는 첫 중국어 번역본으로 된다. 이 번역본은 1960년에 재판되면서 그 영향력을 다시 한번 과시하였다. 그 후 40여 년이 지난, 2000년대에 3개의 번역본이 출간되면서 새로운 시대의 새로운 번역 이입 양상을 보여주었다. 한국 소설이 반세기에 거쳐 4차례 번역 이입된 것은 오직 <춘향전>뿐이다.

중국에서는 1960년대와 1980년대에 걸쳐 두 차례 영화 <춘향전>을 수입 번역 하였다. 1960년대 번역영화 <춘향전>은 관방(官方)에서는 반봉건(反封建) 주제를 강조하고 영화관에서 실제로 관중들에게 홍보할 때는 사랑이야기를 다룬 영화로 소개하고 있어 민간에서는 사랑주제를 주선으로 수용하였다. 1980년대에 수입 개봉한 번역영화 <춘향전>은 1960년대와는 달리 개성해방과 사랑에 충성하는 도덕품성을 우선적인 주제로 강조하고 있다. 이는 1980년대 중국에서 형성된 사상해방의 사회 정치 문화 분위기와 알맞은 주제가 아닐 수 없다. 영화 <춘향전>은 완전 춘향과 이몽룡의 사랑이야기를 보여주고 있음을 뚜렷하게 함과 동시에 반봉건(反封建) 주제도 있음을 관중들에게 알려주고 있다.

중국에서의 영화 <춘향전> 수입 번역 개봉은 1960년대든 1980년대든 <춘향전>의 주제 내용 등 면에서 관방 시책과 관중들의 기대시야에 모두 잘 부합되었다는 점을 쉬이 알 수 있다. 영화 <춘향전>의 수입 개봉은 영화 자체뿐만 아니라 문학명작으로서의 <춘향전>의 매력과 가치를 다시 한번 과시해주고 있다.

중국에서 <춘향전>은 단순히 문학 작품만으로 번역 수용된 것이 아니라 여러 양식의 문화콘텐츠로 변용되었다. 1950년대부터 2000년대에 이르기까지 지속적으로 시대적 변화에 부응하면서 그림책, 유성기음반, 카세트테이프, CD, VCD, DVD, 민화, 엽서, 전화카드 등 다양한 양식의 문화콘텐츠로 개발되었다. 이런 변용을 거쳐 <춘향전>이 보다 광범위하게 전파되고 여러 모로 장기간 대중성이 검증되면서 일부 극종은 중국 희곡 경전(經典)으로 되었고 <사랑가>와 <옥중가>는 중국 희곡 경전 100곡에 선정되었다. <춘향전>은 문화콘텐츠 과정 또한 캐릭터, 서사구조, 주제의식 등 제 면에서 현대적 재해석이 없이 진행되어 원문의 의미를 축소하거나 확대하지 않은 긍정적인 양상을 보여주었고 가치지향적인 사용가치와 산업적인 교환가치를 동시에 추구하여 <춘향전>의 제반 부가가치를 보다 많이 창출하였다. <춘향전>은 중국에서의 한반도문학의 문화콘텐츠 다양화와 성공을 보여준 전범(典範)으로 한류의 원조라고 할 수 있다.

중국 대학에서 『외국문학사』는 중국 대학 중국어언문학학과 교육과정의 필수 기초 학과목의 하나로 해마다 수 만 명에 달하는 학부생과 대학원생들이 『외국문학사』를 통하여 고금의 외국문학을 접하게 된다. 한국(조선)문학도 주로 『외국문학사』를 통하여 중국 대학 중국어언문학학과 학부생과 대학원생들에게 수용 전파된다. 필자의 불확실한 합계에 의하면 1950년부터 2000년대까지 출판된, 동서양 문학을 통합적으로 다룬 『외국문학사』 교재 56종인데 그중 한 개 절로 분량을 할애하여 <춘향전>을 서술한 교재가 11종에 달한다. 동방문학을 독립적으로 다룬 『동방문학사』 교재는 20종에 달하는데 한 개 절로 분량을 할애하여 <춘향전>을 서술한 교재가 8종에 달한다. 그 외 근 반세기 동안 편찬 출판된 중국 대학 『동방문학사』 참고서(동방문학작품선집)는 7~8종에 불과하나 그중 5종의 작품집에 판소리계소설 <춘향전>(발췌)이 수록되어 있다.

이런 교재와 참고서는 1950년대부터 2000년대에 이르기까지 <춘향전>의 서사구조와 주제의식에 대한 이해와 평가에서 모두 <춘향전>은 민간전설을 기반으로 하여 창작된 고전명작이며 봉건귀족계급과 이조 봉건관료제도의 암흑상과 부패상을 폭로하고 인민대중들의 봉건세력을 반대하는 염원을 반영하고 있다는 공통된 주제의식과 평가를 보여주고 있다. 이는 1950년대 북한학자 윤세평이 쓴 "<춘향전>에 대하여"(<춘향전> 단행본 서문)라는 평문을 그대로 수용하고 이를 전통으로 계승 보전하고 있음을 말해 준다. 50여 년 세월 동안 <춘향전> 평가가 동일한 기준의 동일한 내용으로 수많은 중국문학전공자들에게 전수 전파되었다고 하겠다.

요컨대 중국의 한국문학번역이입사에서 <춘향전>만큼 70여 년 지속적으로 변함없이 여러 장르로 번역 수용되고 여러 양식의 문화콘텐츠로 개발된 작품은 없다. 또한 그 전파와 영향력이 그처럼 광범위하고 심원한 것은 <춘향전>이 유일무이하다. 중국 경전으로 거듭난 <춘향전>의 중국 번역 수용 및 변용은 현재 진행형이라고 해도 과언이 아닐 것이다.

참고문헌

張赫宙 著, 〈春香傳〉, 昭和十三年4月, 新潮社

外文 譯, 張赫宙, 〈春香傳〉, 〈藝文志〉(月刊滿洲社, 滿洲文藝家協會 編輯) 第1輯, 1939年 6月

민병욱, 「신극 '춘향전'의 공연사회학적 연구」, 『한국문학논총』 제31집(2002.10)

민병욱, 「村山知義 연출 '춘향전'의 공연사회학적 연구」, 『한국문학논총』 제33집(2003.4)

민병욱, 「장혁주의 일어체 희곡 '춘향전' 연구」, 『한국문학논총』 제48집(2008.4)

민병욱, 『춘향전 공연 텍스트와 공연 미학』, 역락, 2011

박진태 외, 『춘향예술의 양식적 분화와 세계성』, 박이정, 2004

설성경, 『춘향예술의 역사적 연구』, 연세대학교출판부, 2000

설성경, 『춘향전의 비밀』, 서울대학교출판부, 2001

윤종선, 『한국 고전과 콘텐츠 개발』, 커뮤니케이션북스, 2012

장혁주, 「나의 작품 잡감」, 『삼천리』 1938년 5월호

장혁주, 「후기-〈춘향전〉」, 『新潮』 5-3, 1938년 3월

『춘향전』, 조선작가동맹출판사, 1954년 2월

윤세평, 『리조문학의 사적 발전과정과 제 쟌르에 대한 고찰』, 국립출판사, 1954년 3월

윤세평, 『해방전조선문학』, 조선작가동맹출판사, 1958년 12월

김하명 김삼불 『우리 나라의 고전 문학』, 국립출판사, 1957년

조운 박태원 김아부 『조선창극집』, 국립출판사, 1955년 9월

〈戲劇報〉, 1955年-1965年

〈大衆電影〉, 1960年-1990年

周靜書 主編, ≪梁祝文化大觀≫, 中華書局, 2000年 10月

白庚胜主編, 楊慶生 金芝 著, ≪黃梅戏≫, 中國文聯出版社, 2008年 10月

白庚胜主編, 譚靜波著, ≪豫劇≫, 中國文聯出版社, 2008年 10月

龚伯洪著 ≪粤劇≫, 广東人民出版社, 2004年 12月

陳歷明著 ≪潮劇≫, 广東人民出版社, 2005年 10月

山西省戏劇研究所編, ≪晋劇百年史話≫, 山西人民出版社, 1985年 9月

翁敏華 著, ≪中日韓戏劇文化因緣研究≫, 學林出版社, 2004年 3月
國家教委高教司 編, ≪外國文學史教學大綱≫, 高等教育出版社, 1995年 3月
中國外國文學學會 編, ≪外國文學研究60年≫, 浙江大學出版社, 2010年 10月
林精華・吳康茹・庄美芝 主編, ≪外國文學史教學和研究与改革開放30年≫, 北京大學出版社, 2009年 6月
王邦維 主編,『東方文學研究集刊』(3), 北岳文藝出版社, 2007年 11月
宛少軍 著,『20世紀中國連環畵研究』, 廣西美術出版社, 2012年 2月

저자 ▌김장선

저자와 아내 李貞子 여사

1963년 중국 길림성 화룡시에서 출생
연변대학 조선어문학부 및 대학원 졸업, 문학박사
천진사범대학교 한국문화연구센터 센터장
천진사범대학교 외국어학원 한국어학과 학과장, 교수

• 저서

『僞滿洲國時期 조선인문학과 중국인문학의 비교연구』(도서출판 역락, 2004년 8월)
『만주문학연구』(도서출판 역락, 2009년 4월)
『中國翻譯文學史』(공저, 北京大學出版社, 2005년 7월)
『外國文學史(東方卷)』(공저, 教育部中文學科教學指導委員會組編, 高等教育出版社, 2013년 9월) 등.

중국에서의 〈춘향전〉 번역 수용 연구(1939-2010년)

인 쇄 2014년 5월 7일
발 행 2014년 5월 16일
지은이 김장선
펴낸이 이대현
편 집 박선주
디자인 이홍주
펴낸곳 도서출판 역락
서울시 서초구 동광로 46길 6-6(문창빌딩 2F)
전화 02-3409-2058(영업부), 3409-2060(편집부)
팩시밀리 02-3409-2059
이메일 youkrack@hanmail.net
등록 1999년 4월 19일 제303-2002-000014호
ISBN 979-11-5686-005-1 93810

정 가 18,000원

■ 이 도서의 국립중앙도서관 출판시도서목록(CIP)은 e-CIP홈페이지(http://www.nl.go.kr/ecip)와 국가자료공동목록시스템(http://www.nl.go.kr/kolisnet)에서 이용하실 수 있습니다.(CIP제어번호 : CIP2014013061)